NAOMI MUHN
un CUENTO al REVÉS

YOUNG KIWI, 2023
Publicado por Ediciones Kiwi S.L.

Primera edición, octubre 2023
IMPRESO EN LA UE
ISBN: 978-84-19939-15-9
Depósito Legal: CS 711-2023
© del texto, Naomi Muhn
© de la cubierta, Borja Puig
Corrección, Carol RZ

Código THEMA: YF

Copyright © 2023 Ediciones Kiwi S.L.
www.youngkiwi.com

Quedan prohibidos, dentro de los límites establecidos en la ley y bajo los aper-
cibimientos legalmente previstos, la reproducción total o parcial de esta obra
por cualquier medio o procedimiento, ya sea electrónico o mecánico, el trata-
miento informático, el alquiler o cualquier otra forma de cesión de la obra sin la
autorización previa y por escrito de los titulares del copyright. La infracción de
los derechos mencionados puede ser constitutiva de delito contra la propiedad
intelectual (art. 270 y siguientes del Código Penal).

Contacta con CEDRO (Centro Español de Derechos Reprográficos) si necesitas
fotocopiar o escanear algún fragmento de esta obra.

NOTA DEL EDITOR
Tienes en tus manos una obra de ficción. Los nombres, personajes, lugares y
acontecimientos recogidos son producto de la imaginación del autor y ficticios.
Cualquier parecido con personas reales, vivas o muertas, negocios, eventos o locales es
mera coincidencia.

Para ti, que sueñas que todo es posible.

«Las mentiras nos hacen más fuertes.
Las mentiras nos hacen crecer.
Las mentiras nos hacen bien.
La verdad… está sobrevalorada».

PRÓLOGO

ARIEL

—Vega, avisa al Conejo Blanco de que la Reina de Corazones ya no será un problema —me ordenó Ariel, sin ni siquiera mirarme.

Observé su espalda, vestida con una armadura negra tintada por la sangre de los soldados que componían el ejército de la monarca, y vi cómo guardaba su espada sin inmutarse ni un ápice por las manchas carmesí que había en su hoja afilada. Nos encontrábamos en mitad del campo de batalla, cerca de la frontera que dividía el mundo mágico de las tierras en las que los aliados de Arturo conspiraban, mientras nuestras tropas desvalijaban a los muertos caídos en la lucha.

La estampa era dantesca, si no fuera porque nosotros éramos los vencedores... Ganadores de una contienda donde la violencia se había desproporcionado y la ira se había apoderado de la persona que nos dirigía.

Ariel... La joven e inocente joven que había llegado a nuestro mundo de fantasía y había descubierto que los cuentos de hadas eran historias reales, pero lejanas a todo lo que le habían contado de niña; que era descendiente de la Bella Durmiente y que su padre había sido miembro de la misma organización de la que ahora ella formaba parte, y que incluso comandaba, dirigiendo las brigadas con mano firme, cuando Merlín lo veía oportuno. Por su sangre corría la magia primigenia, la clave que se suponía que daría por terminada esta lucha en la que nos veíamos inmersos desde hacía años, siglos..., pero que todavía no habíamos resuelto. Un dilema que nos traía de cabeza a todos y que a Ariel no la dejaba descansar, junto a la traición que había sufrido y que la había hecho madurar de golpe.

—Ariel, no era necesario...

—¡Sí, era necesario! —me escupió con los ojos llameantes, volviéndose hacia mí. La tensión de sus brazos y su rictus nervioso eran la contraposición de aquella joven que conocí hace unos meses—. La Reina de Corazones ha hecho mucho mal en nuestra tierra. Ha torturado a muchos inocentes por querer disfrutar del placer que sentía presenciando su dolor. Si no, díselo a Orejitas. Pregúntale a él si no sufrió cuando fue prisionero en su palacio. —Movió la mano, señalando el edificio que se levantaba a la derecha y que ahora esperaba un futuro incierto.

Era un castillo de piedra gris, que había perdido su brillo original, y con tejados rojos que coronaban sus torres. Escaleras enmarañadas nacían desde el suelo y ascendían rodeando el edificio sin un diseño equilibrado, pero sí rocambolesco. Lo más espectacular era su jardín, un laberinto hermoso donde los setos con grandes rosales destacaban por su color rojo sangre; como la tonalidad que invadía el verde césped donde los fallecidos descansaban tras creer que nos vencerían en la batalla.

—Y, cuando el Conejo Blanco sepa que la mujer de la que está enamorado ha muerto, ¿qué le dirás?

Ariel me miró de arriba abajo y pude apreciar cómo su mandíbula temblaba por un minisegundo. Su larga melena castaña ondeaba con libertad por el viento por detrás de ella. Le había crecido mucho en ese tiempo, y la delgadez de su cuerpo se había acentuado desde que regresó a La Fundación, tras la emboscada que sufrimos en las propiedades de la Bestia, y que la llevó a recuperar el espejo de Blancanieves.

Allí se enfrentó a nuestro enemigo. A Arturo.

Allí sufrió la mayor de las traiciones. La de Riku.

—Que el amor solo es una ilusión innecesaria para vivir —indicó midiendo cada una de sus palabras, para darme la espalda de nuevo a continuación, alejándose de mí, mientras sorteaba a los muertos.

CAPÍTULO 1

VEGA

El portal mágico comenzó a abrirse en la pared oriental del muro que protegía La Fundación del exterior mágico. Un pequeño círculo que crecía poco a poco, mientras chispas amarillas y azules saltaban desde los ladrillos a la tierra seca que formaba parte del campo de entrenamiento, hasta abarcar un espacio por donde tanto los especialistas como sus monturas pudieran atravesar.

Pocos eran los que se encontraban cerca de la puerta esperando a los suyos, ya que la gran mayoría de los miembros que conformaban las brigadas habían acudido a la batalla contra el ejército de la Reina de Corazones. Y la gran mayoría regresaban con pequeñas heridas que apenas necesitaban cuidados.

—¡Bienvenidos! —gritó Merlín, y el resto de los que se hallaban a su lado lo imitaron con escasa ilusión. Había algo en los gestos de sus compañeros que no animaba a alegrarse—. Vega, ¿qué tal ha ido todo?

Me acerqué al profesor, mientras observábamos el desfile de nuestros aliados con el castillo de la Reina Roja al fondo, y me percaté de que, a diferencia de todos nosotros, incluida yo misma, la ropa del mago estaba impoluta. Llevaba pantalones marrones de pana y una camisa azul de manga larga, que coronaba con una pajarita blanca. El cabello lo tenía recogido en una coleta, lo que hacía que destacaran las canas sobre el negro pelo.

—Ganamos…

Me miró de reojo y volvió la vista al frente, no sin antes subirse las gafas negras por el puente de la nariz. Se fijó en los especialistas que desfilaban hacia el cuartel donde vivíamos y en el rictus serio de Ariel. Ella era la que había abierto el portal mágico para llegar hasta nuestro hogar, gracias a la llave del Conejo Blanco que seguía colgada de su cuello por una cadena de plata y que no se había quitado desde el día que despertó.

Nada hacía presagiar que éramos el bando vencedor. Ni los gestos ni la escasa felicidad presente en nuestros rostros.

—¿Cuántas víctimas?

—No hay heridos graves entre nuestras filas, pero…

—¿Pero? —me preguntó con voz firme.

—No nos esperaban, y el ejército rojo ha caído entero.

Merlín centró su oscura mirada en mí.

—¿Y la reina? —Negué con la cabeza—. ¿Quién ha sido?

—Ariel —le indiqué, y ambos nos volvimos hacia ella—. No se detuvo para comprobar quién estaba al otro lado de su espada. Una vez que comienza la lucha…

—Se ciega y no ve nada ni a nadie —terminó por mí, porque ya sabía la historia.

Era la misma que llevábamos presenciando desde que había decidido formar parte de las brigadas y se había puesto en forma para poder enfrentar a nuestros enemigos.

En cuanto supo manejar una espada en condiciones, no dudó en acudir a las misiones y fue escalando posiciones dentro de los puestos de mando. Aunque por su sangre corría la magia, la de la rama primigenia del mundo de la fantasía, al no conseguir convocar el poder que debía poseer —que todos le decían que tenía—, se había centrado en algo más terrenal. Se había olvidado de los entrenamientos que buscaban potenciar ese don y se había centrado en sus habilidades con la espada.

Cualquiera podría sorprenderse al ver cómo la esgrimía ahora, tras la torpeza que mostró cuando llegó hasta nosotros. Era un demonio con armadura negra que conseguía que la hoja afilada del metal atemorizara a nuestros enemigos.

Su furia y la venganza habían hecho el resto.

Todos sabíamos que se lo había ganado por méritos propios, pero también conocíamos que el coste de ese esfuerzo la había llevado *casi* a desprenderse de su corazón. Estaba a un paso de convertirse en uno de los antagonistas de los cuentos de hadas, en uno de los personajes malvados que atemorizaban a los niños pequeños...

A un solo paso.

—Merlín, debe hablar con ella... Desde la última expedición a la que acudimos para recuperar esa reliquia —lo miré, incidiendo en la importancia que tenía ese objeto—, se ha desatado. No fue algo bueno que lo volviera a ver. —No mencioné su nombre. Ambos sabíamos de quién se trataba.

—Lo he intentado, pero reconozco que no me escucha. No quiere saber nada de su poder ni de sus antepasados desde lo que sucedió. —Se pasó la mano por la nuca y me percaté de la preocupación que mostraba su cuerpo—. La sed de venganza que corre por sus venas alcanza cotas que no había visto jamás en nadie salvo en...

—Arturo —sentencié por él, y movió la cabeza de forma afirmativa—. Por eso debe hablar con ella, Merlín. Quizás debería apartarla, que se centre en encontrar su poder... En cualquier cosa que la lleve lejos de las misiones porque, al final, la perderemos.

Este asintió, aunque seguía habiendo dudas en sus gestos.

—Esta tarde hablaré con ella...

—¿Con quién? —preguntó la persona que centraba nuestra conversación, y que se había acercado a nosotros, cerrando la puerta mágica tras ella.

Se limpiaba el sudor de la frente con un trapo húmedo que uno de los compañeros le había pasado. El color blanco de la tela estaba oculto por la suciedad y la sangre que había en nuestros cuerpos, pero eso no parecía importarle.

—Ariel...

—Merlín —lo cortó, sin dejar que empezara a hablar, como si sospechara lo que quería decir—, ¿le ha informado Vega de que hemos recuperado algunas reliquias?

El mago me miró y asentí resignada.

—¿Estaban en el castillo?

—Así es —afirmó Ariel, y le pasó el brazo por los hombros para invitarle a caminar—. Una de las botas del gato, la pluma del Patito Feo y una cuchara de madera de...

Me miró por encima del hombro buscando mi ayuda. Me había puesto en movimiento tras ellos dos, pendiente de lo que hablaban.

—De Ricitos de Oro —aclaré.

Merlín asintió y palmeó su espalda.

—Eso está bien. Tendremos que estudiarlas con detenimiento, pero gracias al libro podremos comprender para qué sirven.

—O también podemos preguntar a Gruñón o a Conejito —apunté—. Creo que ellos ya nos hablaron de la pluma y de la bota cuando fuimos a visitarlos, ¿te acuerdas, Ariel?

—Fue hace mucho tiempo —me comentó esta, y soltó al profesor, para restregar sus manos la una contra la otra en un gesto nervioso—. Si tenemos esa gran biblia de las reliquias, mejor buscarlas entre sus páginas. No hay necesidad de molestarlos.

—El enanito y el Conejo Blanco forman parte de las brigadas, Ariel —le recordé—. Para ellos no supone una molestia. Todo lo contrario. Gruñón está deseando tener algo de acción. Eso de vigilar las fronteras le aburre un poco —comenté, e incluso sonreí al pensar lo feliz que le haría esta tarea, aunque fuera muy nimia para ellos.

—Pero, gracias a su trabajo, podemos anticiparnos a algunos de los planes que trama Arturo. Su trabajo, aunque aburrido —comentó Arturo con retintín—, es muy importante. —Se detuvo delante de la puerta del edificio que cobijaba La Fundación.

Suspiré y asentí con la cabeza mientras miraba hacia arriba, donde se alzaban las grandes torres, y volvía a sorprenderme de las similitudes que había con la parte del otro lado, donde había vivido Ariel hasta hacía unos meses. Eran dos fachadas tan similares que parecían gemelas, si no fuera por las vidrieras que decoraban este lado del edificio, donde se representaban muchas escenas de los cuentos de hadas.

—Exacto —afirmó Ariel, entrando en el gran *hall* que había en esa zona del cuartel—. Primero al libro y luego, si no sacamos ninguna conclusión, podremos hablar con ellos.

—De acuerdo —indiqué a regañadientes, siguiéndolos hasta la biblioteca.

La luz artificial de la gran sala estaba encendida, aunque no hacía falta, ya que en el exterior era de día y los rayos del sol entraban por los vanos con total libertad. Era algo habitual, porque siempre había alguien consultando los libros que ocupaban las enormes librerías o estudiando las reliquias que habíamos recuperado a lo largo del tiempo.

Avanzamos hacia el extremo más alejado de la puerta por la que habíamos entrado y llegamos hasta el viejo escritorio que solía ocupar Merlín, y que estaba abarrotado de papeles. Vi cómo apartaba algunos de los libros que debía haber consultado mientras nosotros nos enfrentábamos al ejército rojo hasta que encontró lo que buscaba: el libro azul de los padres fundadores.

Lo llamábamos «libro azul» por la encuadernación exterior de sus tapas, de ese color tan intenso que no había nada comparable, salvo el que aparecía en los cuadros de Tiziano y que analizaba cuando podía escaparme del mundo de la fantasía, para disfrutar de las visitas culturales que me ayudaban a desconectar. A solas o en compañía.

Últimamente había preferido ir acompañada de mi propia soledad, pero en alguna que otra ocasión había venido conmigo Nahia, que se aburría sobremanera en ellas, compensando su escaso interés con lo que hacíamos después en mi habitación.

Es cierto que echaba de menos a otra persona, pero Bastian hacía tiempo que nos había dejado.

Me acerqué a la mesa redonda que había no muy lejos de donde se encontraban Merlín y Ariel, y me dejé caer sobre una de las sillas que había alrededor de ella. Apoyé las piernas sobre la lisa superficie de madera, sin importarme que las botas estuvieran llenas de barro, y observé la suciedad que también había impregnada en mis mallas caquis y mi chaqueta de similar color.

Menos mal que no me había decantado por otra ropa, porque ahora mismo estaría soltando espumarajos por la boca al saber que sería muy difícil lavarla.

—Tendré que tirarla —susurré sin intención de que nadie me escuchara y apoyé la cabeza en el respaldo de la silla. Cerré los ojos, no sin antes apartar los mechones rosados que caían sobre mi frente, y dejé que el sonido de las páginas al pasar me arropara.

Después del entrechocar de metales, era lo más relajante que había experimentado desde que me había despertado esa mañana, cuando habíamos partido para luchar contra el ejército de la Reina de Corazones.

—Necesito una ducha —afirmé, y me incorporé de golpe.

—Y yo —indicó Ariel, y dejó la espada, con su funda, sobre la mesa—. Y comer algo...

—Ohh..., sí. Algo dulce —concordé, y mi amiga se rio, moviendo la cabeza de forma afirmativa mientras se quitaba los guantes y caía en la silla que había enfrente de mí.

Cuando escuché su risa, casi pensé que la joven estudiante a la que había engañado para que me siguiera hasta el cuartel había regresado.

Había días que me arrepentía de eso... De haberla traído conmigo. Días en los que me acordaba de cómo yo misma había sufrido al perder a un ser querido y ella había seguido mi mismo camino. Parecía que este mundo de la fantasía se reía de quiénes alcanzábamos el amor, burlándose de nosotras como un viejo chiste que no creía en los finales felices. Algo tan dispar a lo que propagaban los mismos cuentos de hadas.

—Ahora os vais, pero antes necesito que veáis una cosa —indicó Merlín, dejando el libro abierto sobre la mesa.

Las dos nos incorporamos y miramos el objeto que estaba dibujado en una de sus páginas.

—¿De qué se trata? —me interesé, tomando la biblia para apreciar mejor la reliquia.

Merlín nos miró a las dos como si escondiera un gran secreto, hasta que golpeó con el dedo el dibujo.

—Es una caracola.

—¿Una caracola? —pregunté, y me senté de nuevo, acercándome todavía más al libro.

Ariel se dejó caer con fuerza, haciendo mucho ruido por culpa de la armadura que todavía llevaba puesta.

—Es la caracola de Ariel, ¿verdad?

—¿Tu caracola? —la interrogué, confusa.

—Bueno, más concretamente, es la caracola de Úrsula —especificó Merlín, y apartó la silla que había entre las dos para acomodarse—. Según la historia, es donde estaba guardada la voz de la sirenita. A cambio de piernas, la bruja del mar le pidió su voz.

—Ahh... Por eso —comenté, señalando el libro y a mi amiga.

Esta encogió un hombro y suspiró.

—Esa reliquia perteneció a mi familia...

—Así es —afirmó el profesor, y me quitó el libro para pasar de página—. Según lo que dicen aquí los padres fundadores, podría ayudarte a descubrir tu poder.

Ariel frunció el ceño y se levantó. Tomó la espada, la sacó de su funda y la elevó por encima de su cabeza sin dejar de mirarla.

—No necesito ningún poder teniéndola a ella...

—Pero «ella» —señalé el arma con el dedo mientras arrugaba la boca. El color de la sangre y el metal no era algo que me agradara en ese momento—, no es Excalibur, y tú y yo sabemos que, como te enfrentes a *esa* espada, perderás.

Ariel me miró con cara de pocos amigos y se alejó de la mesa al mismo tiempo que giraba el arma entre sus dedos con gran destreza, atrayendo la luz del sol sobre la hoja.

—Quizás te sorprenda, Vega.

No pude evitar reírme mientras me echaba hacia atrás en la silla y llevaba mis brazos al cuello.

—Y quizás seas una ingenua, Ariel.

Dejó caer la espada, sin soltar la empuñadura, y enfrentó mi mirada.

—A veces, no sé si sigues siendo mi amiga...

—Si dudas de ello, es que quizás sí que eres tonta de remate —espeté, y me levanté. Apoyé las manos sobre la mesa y miré al profesor—. Estoy demasiado cansada para estas chorradas. Necesito una ducha y descansar. Si no os importa...

—Vega, por favor —me llamó Merlín, y respiré con fuerza—. Dame un minuto.

Observé la súplica en su mirada tras los cristales de sus gafas negras.

—Un minuto, profesor. —Elevé el dedo índice, donde uno de mis anillos brilló, contrastando con mi piel oscura.

Este asintió.

—Ariel... —la llamó, mirándola por encima del hombro—, por favor.

La joven suspiró con fuerza, subrayando las pocas ganas que tenía de hacer lo que le pedía, pero al final se acercó. Dejó la espada sobre la mesa y esperó con los brazos cruzados a que el mago hablara.

—De acuerdo —comenzó Merlín—. Ahora que tengo vuestra atención... —Nos miró otra vez y pude apreciar un brillo divertido en sus ojos—. Tenéis que ir a buscarla.

Arrugué el ceño y vi que señalaba la concha de nuevo.

—¿Para qué?

—No es necesario —dijo Ariel, alzando el tono sobre mí.

—Para ella, y, sí, es necesario —respondió el profesor, señalando a la que se suponía que era mi amiga.

—Si no la quiere, es una pérdida de tiempo e, incluso, puede ser peligroso —comenté—. Acabamos de luchar contra una de las grandes aliadas de Arturo. De seguro que querrá venganza y tendremos que prepararnos.

—Vega tiene razón —acordó para mi sorpresa—. Puede ser peligroso...

El mago chascó la lengua contra el paladar, y negó con la cabeza.

—La necesitamos para que tengas una oportunidad. Para que todos tengamos una oportunidad —se corrigió, y noté cómo Ariel cedía—. No sabemos si tu manejo con la espada será suficiente, y estamos cansados... A pesar de que las victorias se suceden en las diferentes batallas a las que nos enfrentamos y que hemos recuperado muchas más reliquias desde que llegaste, no es suficiente —insistió—. La gente está cansada, el ánimo decae... Necesitamos que esto termine y no sabemos cuándo llegará la contraofensiva de Arturo.

—Está tardando más de lo que suele acostumbrar —indiqué—. Algo trama.

Merlín asintió.

—Seguro, y me temo que en cualquier momento recibiremos el peor golpe que nos pueda propinar.

—Pero...

—En el espejo de Blancanieves hay también pequeñas caracolas enlazadas con los caballitos de mar —la cortó, y las dos lo miramos, sorprendidas por esa información.

—¿Desde cuándo lo sabe?

—Hace unos días —me aclaró—. Había algo que me llamaba la atención en el marco que rodeaba el espejo y, tras limpiarlo con cuidado, comenzaron a aparecer estas pequeñas piezas. —Se acercó a su mesa, donde descansaba la reliquia, y nos animó a seguirlo—. ¿Veis? Aquí. —Señaló las conchitas de las que hablaba y que nos habían sido imperceptibles hasta ese momento.

—¿Esta reliquia y la caracola están relacionadas? —pregunté con interés, mientras pasaba mis dedos por las conchitas.

—Eso parece —afirmó, y miró a Ariel—. Necesitamos que vayas al castillo de tu padre y localices la caracola de Úrsula —indicó, sin dejarle ni un ápice de tiempo para exponer sus quejas—. Debes alcanzar tu máximo poder, si en realidad corre por tus venas...

—Sí que está en mi sangre —se defendió, e incluso se sintió insultada porque se dudara de ello—. Usted mismo dijo que pertenezco a la rama primigenia y, por tanto, el poder de mi padre, o de Aurora, debe estar durmiendo dentro de mí. Incluso los padres fundadores hablan de mí en ese dichoso libro. —Lo señaló.

—Bueno, pero los padres fundadores a veces se equivocan...

Me observó con los ojos achicados.

—Tú siempre los defiendes—me acusó, y me encogí de hombros.

—Pero quizás he estado equivocada todo este tiempo y no hay ningún poder dentro de ti...

—Iremos —atajó, interrumpiéndome, y agarró la espada, junto al resto de sus pertenencias, para dirigirse a la escalera—. Voy a mi dormitorio a ducharme, luego hablaremos de los detalles.

Merlín y yo observamos cómo subía por las escaleras, para desaparecer de la habitación a continuación.

—Quizás se ha pasado un poco, profesor, con todo eso del ánimo decaído...

—Tal vez te has pasado mucho, Vega, con lo de que no crees a los padres fundadores. —Lo miré al notar la risa en su voz—. Siempre me has llevado la contraria cuando dudaba de su palabra y ahora... —Señaló el libro azul y luego las escaleras por las que se había marchado Ariel.

Encogí uno de mis hombros y sonreí con superioridad.

—Hacía falta un empujón...

—Pensé que el último encuentro que tuvo con Riku lograría que diera el paso...

Negué con la cabeza.

—Ella sola debe estar convencida. Ni nosotros ni Riku ni la última reliquia que recuperamos conseguirá que cambie de opinión si ella no cree en sí misma.

Merlín apoyó la mano sobre mi hombro.

—¿Siempre has sido tan sabia?

—He aprendido del mejor —le indiqué, y le guiñé un ojo cómplice.

La risa del profesor me envolvió mientras me alejaba en busca de ese baño que tanto necesitaba. Cerré unos segundos los ojos y susurré unas palabras sin apenas emitir sonido alguno cuando alcancé el corredor con baldosas verdes y negras. Seguí las doradas hasta mi propia habitación cuando comprobé que mi llamada había funcionado.

Delante de la puerta me esperaba Nahia con una sonrisa de lo más sugerente.

—¿Me has llamado? —me preguntó, y me llevé un dedo a la cabeza.

—Necesitaba compañía... —Abrí la puerta y tiré de una de sus manos, invitándola a acompañarme.

CAPÍTULO 2

ARIEL

Abrí el grifo de la ducha y pasé la mano por el chorro de agua hasta que comprobé que la temperatura era la adecuada. Me había desecho de la armadura, que descansaba tirada en la esquina más cercana a la puerta de mi dormitorio, junto al resto de mi ropa, sin ningún cuidado.

Era lo primero que había hecho nada más cruzar el umbral de la habitación, cansada de sentirme encerrada. Mis pulmones comenzaban a quejarse y la seguridad que quería mostrar empezaba a desprenderse de la máscara que me autoimponía cada vez que me encontraba lejos de estas cuatro paredes.

Mi dormitorio era mi lugar seguro. En el que me había refugiado, junto al gimnasio, cuando desperté en aquella sala blanca y aséptica, amparada por varias camas vacías. Cuando abrí los ojos en la enfermería de La Fundación y me informaron de que el espejo de Blancanieves estaba a salvo.

Yo estaba a salvo.

Lo había conseguido.

Había logrado huir de los hombres de Arturo y le había arrebatado la reliquia que más deseaba casi a costa de mi vida.

Pero, por alguna extraña razón, no era feliz.

La misión que nos condujo hasta el castillo de la Bestia resultó ser una trampa y, aunque logramos ayudar al príncipe Adam y este

23

nos dio la llave que necesitábamos para alcanzar el espejo, todo fue a costa de la traición de Axel.

—Axel... —Toqué la llave que colgaba de mi cuello, y que contrastaba con el color de mi piel, y me quité la cadena para dejarla sobre el lavabo—. Si supieras que tu hermana parece un alma en pena, no lo habrías hecho... —susurré con pesar, recordando la sonrisa que siempre lo acompañaba, cuando el reflejo de mi rostro en el espejo me detuvo un segundo.

Las ojeras moradas destacaban sobre mi cara y mi cabello indómito no ayudaba a mostrar la estabilidad que quería aparentar. Ni la cordura.

Solo habían pasado unos meses desde aquella misión, pero mi vida se había transformado por completo. Junto a mi imagen. En mis ojos estaba asentada la tristeza, que luchaba a muerte con la venganza para apoderarse de mi cuerpo, pero ni yo misma sabía qué sentimiento deseaba que saliera ganador.

Era muy consciente de que en mi interior tenía lugar una batalla campal donde la cabeza buscaba la venganza, pero mi corazón, tan inútil como me había demostrado hasta entonces, pugnaba por que me detuviera un segundo y dejara salir todos esos sentimientos que me ahogaban.

Pero no tenía ni tiempo ni ganas de dejarme llevar, hacerle caso, porque sabía que solo provocaría que me sumiera en una depresión que podía ahogarme en un pozo sin fondo donde el dolor y el llanto me impidiera respirar.

Ya tenía su papel protagonista, ese órgano «débil», cuando se apoderaba por las noches de mí. Cuando las pesadillas me sorprendían y la ansiedad me desbordaba. El miedo hacía acto de presencia y la imagen de la persona que alentaba mi odio, mi ira y un sentimiento de venganza se materializaba entre las sombras, recordándome que no podía flaquear.

Es entonces cuando se materializaba un poso amargo en mi estómago, que me acompañaba hasta que amanecía, y me prometía a mí misma, de nuevo, que no me podía dejar engañar otra vez.

Y que no debía seguir pensando en él.

—Riku… —Su nombre se escapó de entre mis labios sin poder evitarlo, al mismo tiempo que suspiraba.

Mi conciencia era mi propia enemiga.

Cerré los ojos y me sujeté al lavabo, dejando la cabeza caída hacia delante. Un gesto de rendición que no permitía que nadie más viera.

Ni yo misma me lo podía permitir.

Los nudillos de mis manos comenzaron a ponerse blancos mientras trataba de retener sin éxito las lágrimas que se deslizaban por mis mejillas en silencio y el dolor rebotaba por las paredes del cuarto de baño.

—¡Joder! ¡Joder! —solté varias veces, hasta que me incorporé y me limpié con mala leche el agua salada. En ese momento, atrajo mi atención el brillo carmesí que había en una de mis mejillas—. Ya no eres la misma, Ariel. Ya no puedes ser esa niña tonta a la que engañó. Recuerda lo que pasó. Recuerda lo que te hizo —me ordené, y me giré hacia la ducha para dejar que el agua arrastrara todos los malos momentos que me habían conducido hasta aquí mientras un pensamiento se materializaba en mi mente:

«Pero hay tantas preguntas sin resolver…».

MUCHO MUCHO ANTES...
ARIEL

CAPÍTULO 3

ARIEL

Abrí los ojos despacio, pero los tuve que cerrar de inmediato cuando la luz me deslumbró. Me giré sobre la superficie blanda en la que estaba tumbada, y que parecía ser una cama, y tiré de la sábana hasta la cabeza, cuando me di cuenta de que tenía algo en el brazo derecho.

Entorné los ojos y lo levanté, percatándome de que se trataba de un catéter que estaba unido a una bolsa, de la que me llegaba lo que, supuse, sería algún tipo de medicamento. Me incorporé con cuidado, miré a ambos lados y observé que, donde me hallaba, había más camas, pero todas estaban vacías, excepto la mía.

Esperé por si alguien aparecía, pero pasó el tiempo y por allí no se veía a nadie. Es por ello por lo que aparté las sábanas y saqué las piernas por un lado del colchón, momento en el que aprecié que tenía una venda desde el muslo hasta el tobillo en la derecha. Giré el pie, doblé poco a poco la rodilla y, aunque noté un leve tirón, comprobé que podría mantenerme más o menos estable.

Apoyé la mano izquierda sobre el colchón y me di un pequeño empujón hasta que conseguí incorporarme del todo. La mano derecha agarraba el gotero del que colgaba la bolsa del medicamento y, cuando constaté que tenía fuerza suficiente para caminar, me dirigí hacia la única puerta que veía desde donde me encontraba.

Palpé la parte trasera del camisón blanco que tenía puesto y sentí cierto alivio frívolo cuando comprobé que no había ninguna abertura que dejara visible mi trasero, como tanto había visto en las películas.

Avancé muy despacio para mi sorpresa, ya que en un primer momento había pensado que me encontraba mejor, pero el sudor frío que se deslizaba por mi espalda contradecía mis sensaciones.

Estuve a punto de regresar a la cama, pero ya había recorrido más de la mitad del trayecto, y pensé que me daba igual seguir hacia delante, y así poder averiguar dónde estaba, cuando Vega apareció ante mí.

—Ariel..., ¿estás de pie?

Yo sonreí al mismo tiempo que asentía con la cabeza. Creo que jamás en la vida había estado más feliz de ver a alguien con el pelo verde.

—Vega... El espejo... Riku... —comencé a tartamudear de los nervios, y sentí que mis piernas temblaban.

La joven se abalanzó hacia mí, rodeándome la cintura, y miró hacia atrás.

—¡Merlín! ¡Pérez! ¡Venid!

—Vega, no puedo... —Dejé caer todo mi peso sobre ella.

—Tranquila. Está bien. Estoy contigo —me dijo. Y, a pesar de ser más baja que yo, y de que su complexión era más delgada, noté que me alzaba levemente y me llevaba hasta la cama que teníamos más cerca.

—Vega, ¿qué sucede? —Escuché la voz de Merlín detrás de ella y un sentimiento a hogar me atravesó.

Era la misma sensación que conseguía transmitirme mi abuela, y eso que apenas había convivido con el profesor. Quizás se debía a que había conocido a mis padres y que había prometido contarme cosas de ellos, cuidarme... No lo sabía en realidad, y tampoco me detuve a analizarlo, ya que con solo verlo, y a Vega, supe que estaba a salvo.

—Profesor, Ariel ha despertado —le anunció, y el rostro del hombre, mucho más joven que la edad que poseía, apareció delante de mí.

—Ariel, cariño, ¿qué tal te encuentras? —Se colocó al otro lado de la cama, donde Vega me obligaba a tumbarme de nuevo, y me regaló una sonrisa preocupada que traté de borrar con rapidez.

—Bien, bien... Algo dolorida, pero soportable.

El hombre asintió contento.

—Nos alegramos...

—¿Qué tal está nuestra paciente? —preguntó una voz desconocida para mí.

—Parece que bien, Pérez —respondió Merlín, y un hombre de baja estatura, mucho más pequeño que Gruñón, apareció ante mí.

Tenía el cabello rubio y, por entre sus mechones dorados, asomaban unas orejas de gran tamaño. Su nariz era respingona, y de ella nacían varios bigotes largos y finos con libertad. Eran similares a los de un ratón. Llevaba una bata blanca sobre la ropa y un estetoscopio colgaba de su cuello.

Me observó, con lo que parecía un gesto complaciente, y se acercó a la cama al mismo tiempo que Vega se apartaba. Vi cómo presionaba un pequeño botón, situado en la mesa que había cerca de donde nos encontrábamos, y una escalerilla salió de la estructura del lecho.

—Vamos a ver cómo estás, Ariel —comentó, ascendiendo los escalones para colocarse a mi altura, y me tomó el pulso.

—Pérez, ¿qué tal? ¿Todo bien?

El mencionado siseó acallando a Vega.

—¿Es médico? —interrogué mirando a Merlín, y este asintió con la cabeza.

Volví a prestar atención al hombre de la bata blanca y esperé a escuchar su diagnóstico.

—Parece que todo marcha de acuerdo con lo estimado —señaló Pérez, y me soltó la muñeca tras guiñarme un ojo.

—Pues se ha tirado una semana inconsciente, por lo que más vale que todo esté en perfecto estado —comentó Vega de malos modos, y la observé confusa.

—¿Una semana?

—Vega... —Merlín la llamó, reprendiéndola.

Pasé mi atención de la joven al profesor, con el ceño fruncido, y luego me centré en el médico.

—Doctor...

—Pérez —me corrigió—. Todos por aquí me llaman Pérez, por lo que tú también puedes hacerlo sin problema.

Asentí conforme y continué hablando:

—Pérez, ¿qué ha pasado?

—Winifred y Hansel te encontraron y te trajeron a La Fundación —me explicó—. Estabas malherida...

—Daba miedo ver tus heridas. Estábamos muy preocupados —señaló Vega, y recibió una mirada de enfado por parte de Merlín, lo que provocó que se cruzara de brazos y se enfurruñara todavía más.

Si no fuera porque quería descubrir todo lo que había ocurrido hasta llegar aquí, me habría reído por su comportamiento. Parecía una niña pequeña que no conseguía lo que deseaba.

—Pérez... —lo animé a que prosiguiera.

Este asintió con la cabeza.

—Tuvimos que curar tus heridas, pero el dolor que sentías era tan profundo que tuve que inducirte al coma —me explicó.

—Y has dormido una semana entera...

—Tu cuerpo necesitaba sanar. Debías descansar mientras recuperabas las fuerzas —apuntó Pérez mirando de reojo a Vega, quien parecía que no estaba muy conforme con que el médico me hubiera dormido—. Por eso, te hemos ido suministrando un medicamento especial que hacía que todas las actividades que realiza normalmente tu cuerpo prosiguieran, como si estuvieras despierta, sin perder ni un ápice de tu energía. Tus músculos no han perdido masa y tus órganos han trabajado a medio ritmo, pero con la ayuda de eso —señaló la bolsa que colgaba de la barra de metal—, se encuentran mejor que nunca.

—¿No es suero o algún analgésico? —me interesé, mirando el líquido transparente.

Era cierto que, si te quedabas de forma fija observándolo, se podía apreciar una especie de brillantina parpadeante que se deslizaba de la bolsa al tubo, que luego se introducía en mi cuerpo.

Pérez negó con la cabeza mientras buscaba una gasa en los cajones de la mesa.

—Tiene un toque especial...

—Mágico —especificó Vega, y vi cómo Merlín se acercaba a ella para atrapar su brazo.

A continuación, los dos salieron de la sala sin decir ni una palabra más, y Pérez y yo nos quedamos solos.

El médico, aunque observó cómo se marchaban, no tardó en proseguir con lo que realizaba.

Observé cómo llevaba la gasa hasta el lugar donde tenía la aguja clavada al brazo, por donde entraba ese líquido mágico, como lo había llamado la joven de pelo verde, y tiró de ella sin avisarme.

Tensé la mandíbula brevemente cuando noté el pinchazo, pero el dolor se marchó tan rápido como había llegado. La gasa sustituyó a la aguja, y el médico me obligó a doblar el brazo para evitar que saliera sangre.

—¿Bien?

Yo asentí, esperando que continuara con la explicación que me ofrecía antes de que nos hubiéramos quedado solos, pero estaba más concentrado en recoger la bolsa y los tubos de plástico que en hacerme caso.

—Pérez, por favor, ¿me explica qué sucedió?

El hombre movió la nariz de una forma graciosa y, aunque escuché cómo suspiraba con resignación, se bajó de las escaleras y me miró desde una posición mucho menos ventajosa para él.

—Ariel, tus heridas eran muy graves. Tu vida corría peligro y, por eso, opté por la solución más rápida.

—Dormirme...

Asintió.

—Utilicé un poco de la magia que poseo. —Chasqueó los dedos y una chispa nació de ellos—. Te dejé en una especie de coma, como lo llamáis en vuestro mundo, y rezamos para que te despertaras.

—Hoy. —Movió la cabeza de forma afirmativa—. Pero... ¿por qué hubo que rezar? ¿No era algo seguro?

Observé cómo el hombre, que cada vez me recordaba más al Ratoncito Pérez, agachaba la mirada oscura y se rascaba la cabeza.

—No sabíamos lo que podíamos esperar —confesó para mi sorpresa—. Desconocíamos cómo podía afectarte la magia, ya que no sabemos a ciencia cierta si podrías soportar su energía corriendo por tus venas o si sufrirías algún tipo de reacción adversa, ya que eres parte de la familia primigenia, y podría tener algún síntoma que...

—Acabara con mi vida —terminé por él, cuando vi que tardaba en proseguir con su discurso.

Movió la cabeza de forma afirmativa y buscó mis ojos.

—Era la única opción que podía ayudarte y...

—Tranquilo —le indiqué, y me acerqué al borde de la cama para atrapar su mano—. Estoy bien, ¿no? —Asintió y, aunque noté poca seguridad en ese movimiento, no quise profundizar en el tema. Me encontraba bien, y eso era lo importante—. Vega no estaba muy conforme con su proceder, ¿no?

El médico sonrió con cariño.

—Vega estaba muy preocupada al ver que tardabas en despertar, y le puede su impaciencia, pero en el fondo es una buena chica.

—Una buena amiga —afirmé, y el hombre asintió conforme.

—Ahora, será mejor que descanses —me aconsejó, y soltó la mano que todavía teníamos unidas—. Avisaré de que te traigan algo para comer. Debes de estar hambrienta.

—Sí, gracias.

Observé cómo se alejaba y desaparecía por la puerta que no había conseguido alcanzar al mismo tiempo que me recostaba sobre la cama. De pronto, el poco ejercicio que había realizado me pasaba factura y notaba los ojos muy pesados.

CAPÍTULO 4

ARIEL

Me desperté y la sonrisa de Vega me recibió.

—Hola...

La joven de pelo verde me acarició la frente con cariño.

—¿Qué tal estás?

—Cansada —confesé, y me tumbé bocarriba, sin separar los ojos de ella—. ¿Y tú?

Suspiró y amplió la sonrisa.

—Ahora mejor. —Se levantó de mi cama y se acomodó en otra que había cerca. Llevaba una camisa negra, varias tallas más grandes de la que le correspondía, y unas mallas del mismo color. La única nota de color era su cabello y los anillos que portaba en cada uno de sus dedos.

—Vega... —la llamé cuando se quedó callada—, estoy bien. No tienes por qué preocuparte.

Alzó la comisura de sus labios, mostrando ese lado travieso que siempre le acompañaba.

—¿Quién ha dicho que esté preocupada? —Arqueé mi ceja y se rio—. De acuerdo, de acuerdo... —Levantó las manos hacia arriba—. Ya dejo las ñoñerías a un lado.

No pude evitar reír al escucharla.

—Me gusta que seas ñoña, pero, de verdad, estoy bien. —Me senté y traté de colocar la almohada en mi espalda, pero, al no lograrlo, Vega terminó por hacerlo por mí—. Gracias —le dije, y asintió con la cabeza—. Solo ando algo cansada —reconocí, y tiré de la sábana para que me cubriera las piernas—. Es algo normal después de estar convaleciente, ¿no?

Ella asintió de nuevo con la cabeza, sin dejar de jugar con los anillos dorados de sus dedos.

—¿Recuerdas algo? —me preguntó. Y, por la tardanza de formular la cuestión y el nerviosismo que reflejaba, se notaba que le había costado hacerlo.

—Todo —anuncié y me quedé con la vista fija en el borde de la sábana.

—Ariel...

—¿El espejo de Blancanieves está seguro? —la interrogué cortando aquello que fuera a decir. No tenía ganas de hablar de lo que me atormentaba. Incluso mientras dormía, había estado presente.

—Con el resto de las reliquias. En la biblioteca —me informó—. Winifred dice que les costó mucho que lo soltaras cuando te encontraron. —Sonrió, aunque el gesto no le llegó a los ojos—. Merlín lo está estudiando para ver si puede desentrañar sus secretos y quizás usarlo en contra de Arturo...

—Sería muy peligroso —la interrumpí.

Aunque no era muy consciente del poder que poseía esa pieza mágica, salvo por lo que me había dicho Arturo en nuestro único encuentro, si era cierto que servía para adelantarse a los posibles acontecimientos que pudieran suceder, y así prever los planes del enemigo, eso implicaba que se podría alterar el espacio-tiempo, y nadie debía poseer semejante poder entre sus manos.

Nosotros tampoco, aunque fuéramos los buenos...

—Lo sabemos —afirmó—, y, por eso, el profesor solo lo está estudiando. No tiene en mente usarlo, por ahora.

Asentí con la cabeza, e incluso solté el aire que retenía en mi interior sin saberlo, mientras buscaba algún tema de conversación del que poder hablar y así evitar lo que ambas rehuíamos.

—Minerva..., ¿cómo está? —me interesé, alejando el silencio que se posaba por encima de nosotros.

Vega apoyó las manos en el colchón y estiró las piernas, con la vista fija en el blanco techo.

—Bien... —Dudó y se colocó recta de nuevo—. Ella dice que se encuentra bien —reconoció con gesto triste—, pero no sé...

Me pasé la mano por el cabello, dándome cuenta de que necesitaba un buen cepillado. Colé los dedos entre los mechones y comencé a tirar de los nudos de forma inconsciente.

—Debe ser difícil asumir que tu hermano te ha traicionado...

—Bueno, en el fondo, Axel lo hizo buscando un beneficio para los dos. Para Minerva y él —comentó—. Puedo llegar a entenderlo.

La miré asombrada.

—¿Por qué dices eso? Axel nos traicionó a todos. A La Fundación.

—Ariel, llevamos mucho tiempo en esta lucha —me indicó con gesto cansado—. Muchos han muerto, pero otros se han ido, hartos de esta guerra sin fin.

—Pero...

Levantó la mano para silenciarme.

—No quiero decir que lo que hizo Axel estuviera bien. Todo lo contrario. Traicionó sus creencias, sus principios, a nosotros y a su familia, por su propio beneficio. Quería una salida que lo llevara lejos de todo esto. Una salida fácil. —Movió uno de sus brazos abarcando el lugar donde nos encontrábamos—. Llevo muchos años repitiendo la misma historia, Ariel. Buscar reliquias que en teoría nos venden que nos llevarán a ese final feliz que tanto aparece en los cuentos de hadas. Luchas contra nuestros enemigos, pero... también contra antiguos amigos, compañeros con los que compartimos risas y bromas en alguna ocasión. —Su voz fue bajando de tono según hablaba y observé un brillo en sus ojos azules.

—Vega, no quería...

Ella me miró, parpadeando varias veces para evitar que esa lágrima traidora se escapara de su cárcel, y tomó la mano que le ofrecía. Me la apretó con cariño y se levantó al poco para caminar entre las camas.

—Debió esperar —continuó hablando—. El muy tonto debió esperar...

—¿Por qué dices eso?

Se volvió hacia mí con una gran sonrisa.

—Porque ahora tenemos un arma secreta.

Arrugué confusa el ceño, hasta que me di cuenta de que hablaba de mí.

—Vega, no. No puedes creer que yo...

—Ariel, ya te lo dijo Merlín... —Vino corriendo hacia mí y se arrodilló en el suelo, sin apartar su mirada de la mía—. Todos te lo han dicho —señaló, recordando la conversación que compartimos con Gruñón y Orejitas, y que parecía tan lejana—. Perteneces a la rama primigenia y, gracias a ti, conseguiremos acabar con Arturo.

Aparté mis manos de ella y, con cuidado, salí de la cama por el lado contrario de donde se encontraba.

Me levanté con miedo de que me sucediera lo mismo que me había pasado la última vez que me había aventurado fuera del lecho, pero, en cuanto comprobé que mis piernas me sostenían, comencé a caminar por el pasillo que creaban el resto de las camas. Cada poco me apoyaba en las estructuras metálicas, como si necesitara confirmar que algo me sostendría si volvían a fallarme las fuerzas.

—Ariel...

Llegué hasta la ventana más lejana de donde se encontraba Vega y dejé anclados mis ojos en el exterior oscuro. Era de noche en esa parte del mundo y la tranquilidad que se apreciaba era solo un espejismo de la realidad que había tras los muros que protegían La Fundación.

—Vega, no creo que tengan razón —indiqué, mirándola con seguridad—. Puede que yo no sea de quien hablan en ese libro azul que tratáis como la biblia. —Me crucé de brazos y sentí que me temblaba el labio inferior—. En todos mis años de vida nunca he sentido ni una gota de magia por mis venas. Puede que mi padre... Eric, fuera un especialista...

—Merlín estuvo a su lado. Fue su amigo —me rebatió, mientras se acercaba a mí.

Yo asentí con la cabeza, porque de eso no era de lo que dudaba. Estaba la fotografía que me había llevado hasta allí. La culpable de que me encontrara en el mundo de la fantasía y de que hubiera conocido a Vega o a Merlín, pero el resto... Todo lo demás me costaba asimilarlo, y más después de lo vivido.

Me miré los brazos, donde eran visibles mis venas por la palidez de mi piel, y apreté los puños con fuerza.

—No puede haber tanto poder en ellas —musité, y las manos de Vega se posaron en uno de mis antebrazos.

Nuestros ojos se encontraron.

—Ariel, solo tú has sido capaz de conseguir algunas de las reliquias que hasta ahora se nos habían resistido. La rosa, las llaves, el espejo... —enumeró, e instintivamente cerré los ojos según la escuchaba.

Los momentos vividos se sucedieron uno tras otro y, con ellos, el sufrimiento y el dolor que los había acompañado.

—Pero podría haber impedido...

—¿El qué? ¿Que Axel no hiciera el estúpido? ¿Que no nos traicionara? ¿Que no hiriera a Minerva?

Agaché la mirada, rendida.

—Si ese poder existiera, lo habría podido evitar —argumenté.

—Ningún poder puede impedir que alguien tome sus propias elecciones. Cada uno somos libres de pensar lo que creemos que es mejor para nosotros. Podemos acertar, pero también podemos equivocarnos, y es con esos errores con los que debemos acarrear. Seguir viviendo y aprender, para estar orgullosos de la persona en la que nos estamos convirtiendo.

—Pero Axel no podrá aprender de ello...

Vega apoyó su frente en la mía y nuestras respiraciones se enlazaron.

—Cuando Axel eligió traicionarnos, sabía las posibles conse-cuencias —indicó en apenas un susurro, y yo terminé por asentir con la cabeza, porque tenía razón.

No podíamos hacer nada, y él fue quien tomó esa decisión.

—¿Y Riku? —pregunté de forma inconsciente, y los ojos azu-les de Vega mostraron la sorpresa, el dolor y el pesar que debía estar presente también en los míos.

Nadie había esperado lo de Riku...

CAPÍTULO 5

ARIEL

Golpeaba con fuerza el saco que colgaba del techo en el gimnasio de La Fundación, para repetir el mismo movimiento varias veces seguidas, mientras mi respiración se aceleraba.

Mi cuerpo ya había recuperado su complexión física en un tiempo récord, e incluso sentía mis músculos más firmes que antes del «suceso».

Todavía debía acudir cada pocos días a la consulta del doctor Pérez para confirmar que todo marchaba dentro de la normalidad y, aunque en un principio ambos nos extrañamos de la inusual fuerza que poseía, tan diferente a cuando pisé por primera vez el mundo mágico, lo achacamos a los efectos secundarios que podría haberme dejado la medicina tan especial que habían utilizado para sanarme.

Ojalá que todos los efectos de un medicamento se centraran en ofrecer al paciente un beneficio tan valioso, como en la situación en la que me encontraba, y no provocara reacciones adversas, como en la mayoría de las ocasiones sucedía.

Aunque no me quejo de la reacción, el médico pronosticaba que pronto desaparecería, pero, hasta que llegara a ese punto, me había propuesto ejercitarme para no volver a ser un lastre en la próxima misión a la que acudiera con las brigadas.

Porque lo que tenía claro es que volvería a salir allá fuera.

No me podía dejar intimidar ni permitir que el miedo se adueñara de mí, por el temor a que la próxima vez quizás no lo contara. Deseaba ayudar y, si la única forma que tenía era formando parte de expediciones para recuperar las reliquias, allí estaría, pero sería en el mejor estado físico posible.

Si no tenía ningún poder con el que ayudar, como Vega o Minerva, lo haría con mi fuerza y destreza.

Me acerqué hasta uno de los bancos donde descansaba mi bolsa de deporte y tomé la botella de agua. Estaba sudando mucho debido al excesivo ejercicio que me autoimponía, pero era necesario para alcanzar mi objetivo.

Me quité los cascos, con los que escuchaba música mientras hacía deporte, y me miré los brazos una vez más, como llevaba haciendo desde que me había despertado en la enfermería.

Fue un solo segundo.

Como un tic nervioso que me acompañaba, y que no sé si lo realizaba porque trataba de encontrar algún rastro de magia o de eso que decían que mi cuerpo portaba.

Una ilusión.

Bebí del agua, intentando refrescarme, y dejé que su frescor me atravesara la garganta mientras obligaba a mi corazón a bajar de revoluciones.

—*Los héroes no son los buenos de esta historia, Sirenita...*

Me volví con rapidez hacia el lugar desde donde creí que me llegaba *su* voz... al mismo tiempo que un golpe de desilusión me sacudió con fuerza. La botella se me escurrió de entre los dedos y el sonido de esta al golpear el suelo rebotó entre las paredes del gimnasio.

No había nadie.

No podía haber nadie.

Recogí la botella mientras tensaba la mandíbula al darme cuenta de que mi subconsciente me había vuelto a engañar al hacerme recordar su voz. Era algo que no me beneficiaba. Sus recuerdos, su voz, su imagen... debían quedarse guardados en un cajón oscuro, con candado, y la llave tirada en mitad del océano profundo. Lejos. Muy lejos de mí.

—Es solo el cansancio... —me dije, y agarré una toalla para retirar el sudor frío de mi frente.

Me giré de nuevo hacia el saco contra el que arremetía mi frustración y elevé una pierna para propinarle una patada con fuerza, no sin antes dejar la toalla y la botella en su lugar de origen. No me olvidé de la música, que necesitaba para acallar mis pesadillas, y continué golpeando con saña el saco, sin descanso, hasta que noté que mis piernas se quejaban por el esfuerzo y me detuve.

Me dejé caer al suelo y me tumbé todo lo larga que era, sin molestarme en apartar los mechones que se me habían pegado a la cara. Estiré los brazos y las piernas, y cerré los ojos mientras me obligaba a respirar con lentitud.

Llevé una de las manos hasta el lugar donde latía mi corazón, e inhalé, exhalé... Dejé que mi mente se vaciara, obligándome a no pensar en nada, mientras escuchaba la canción *It's Time*, de Imagine Dragons.

No debía pensar en nada.

Nada..., pero sus últimas palabras se repetían en mi cabeza una y otra vez: «Huye, Sirenita. Huye de mí», mientras unos ojos rasgados se me aparecieron. Eran similares a los de un gato. Rasgados, atrayentes y fríos... Unos ojos que me acompañaban desde que había conocido a su dueño y que no me abandonaban, a pesar de su traición.

Unos ojos que odiaba.

«Nada de lo que hay aquí es lo que crees, pero yo soy todo lo que ves...».

—Tampoco eras lo que veía... —susurré, y sentí cómo mis ojos se llenaban de lágrimas. Apoyé uno de mis brazos sobre ellos, para impedir que se derramaran, y grité de frustración cuando no logré mi objetivo.

Comencé a patalear el suelo. Lo golpeé con los puños mientras los gritos salían de mi interior con libertad. El dolor se derramaba,

me rompía por dentro, pero quería alejarlo, quería olvidarme de
él...

No quería añorarlo.

No quería recordarlo.

No quería a Riku...

—Ariel, te estaba buscando —me dijo Vega, apareciendo por la
puerta del gimnasio.

Me volví hacia ella con la bolsa de deporte colgada al hombro
y en mi cara la máscara que me había autoimpuesto desde que me
había recuperado.

No quería que nadie se compadeciera de mí.

Su compasión solo supondría un obstáculo para mis planes,
y la venganza, el odio que sentía cada vez con más fuerza, era lo
único que necesitaba para conseguir mi objetivo.

—Pues aquí llevo toda la mañana —le indiqué con una sonrisa
que no alcanzaba mis ojos.

Si Vega lo notó, no hizo mención de ello.

No habíamos vuelto a hablar de lo sucedido desde aquel día en
la enfermería, y se lo agradecía. No sabía si sería capaz de recupe-
rarme si dejaba que mi corazón llorara la pérdida.

—Mira que fue lo primero en lo que pensé, y se lo comenté a
Merlín, que de seguro estarías aquí metida. —Señaló la estancia
que La Fundación tenía bien equipada para entrenar—. Parece que
es lo único que haces últimamente.

La golpeé el estómago cuando pasé cerca de ella y salí del
gimnasio.

—No hago daño a nadie, ¿no?

—A ti misma —me soltó, y me detuve de pronto.

La miré a los ojos y me regaló una sonrisa divertida, por lo que
supuse que estaba de broma.

Me engañé.

—Tendrías que seguir mi ejemplo y acompañarme —le indiqué, y proseguí con mi camino, ignorando sus palabras.

Escuché como bostezaba detrás de mí.

—Suficiente tengo con las clases del profesor para perfeccionar mi telepatía, para añadir ejercicio físico. No soy mucho de eso, salvo en la cama.

Me volví hacia ella y, sin dejar de caminar, me reí mientras negaba con la cabeza.

—Con alguien que se llama Nahia, ¿puede ser?

—Ya que tú rechazas mi compañía, tendré que conformarme con ella...

Mi carcajada aumentó, y no tardé en escuchar su risa mientras le pasaba un brazo por los hombros.

—No queremos complicar nuestra amistad, ¿verdad?

—Verdad —afirmó, y me dio un beso en la mejilla, que correspondí con un guiño de ojos—. Ahora, a lo que venía. Merlín quiere verte.

Puse los ojos en blanco al escuchar el nombre del mago.

—Vega, necesito una ducha.

Ella se soltó de mi agarre y se llevó una mano a la nariz mientras movía la otra de lado a lado.

—No voy a negar eso...

—¡Vega! —La golpeé en el brazo y esta dio un salto, alejándose de mí sin perder la sonrisa.

—Lo has dicho tú, no yo —apuntó, y negué con la cabeza sin perder la sonrisa.

Era la única que conseguía que me olvidara de todo el dolor que sentía, y no podía estar más que agradecida por poseer su amistad.

—Bueno..., ¿es muy urgente? —le pregunté, deteniéndome delante de la puerta de mi dormitorio.

—No quiere que busques una excusa y huyas otra vez.

Fruncí el ceño al oírle decir eso.

—Yo no huyo. Solo es que parece que solo me reclama cuando tengo cosas importantes que hacer...

—Ariel, te estás convirtiendo en *miss* excusas —me dijo, y se apoyó en la pared, cruzándose de brazos.

Abrí la puerta de la habitación y lancé al interior la bolsa sin ningún cuidado.

—Está bien. Vayamos ahora —le indiqué, y cerré la puerta de nuevo, poniéndome en movimiento de inmediato.

Vega tardó en seguirme. Parecía que la había pillado desprevenida.

—Pero ¿no quieres ducharte?

—Ya lo haré cuando regrese. —La miré de lado cuando llegó a mi altura—. No quiero que Merlín piense que huyo de él.

—Ariel...

—Venga, no queremos hacerle esperar —la apremié, sin dejarla hablar, y salí corriendo hacia la biblioteca.

CAPÍTULO 6

ARIEL

Llegamos a la escalera por la que se descendía a la sala principal de la biblioteca casi al mismo tiempo.

Me detuve en la barandilla, mientras trataba de recuperar el aliento, y me quité la camisa holgada de tirantes azul y blanca que llevaba por encima de un top deportivo. Me limpié la cara con ella, apartando los restos de sudor que todavía me quedaban, cuando escuché una voz que me resultó conocida, pero no lograba ubicarla.

—¿Y cómo está?

—Mejor. Su recuperación está siendo extraordinaria —respondió Merlín, justo cuando aparecía delante de nuestro campo de visión—. Pérez está muy contento.

—Me alegro —afirmó una mujer pelirroja que lo acompañaba—. Cuando la trajimos, no se encontraba en las mejores condiciones.

—Es cierto que fue casi un milagro que sobreviviera...

—Profesor, ya estamos aquí —nos anunció Vega, interrumpiéndolo, y comenzó a bajar por las escaleras.

—Por fin —indicó Merlín—. Ariel, ven. Quiero presentarte oficialmente a alguien importante dentro de La Fundación.

—Siempre has sido un exagerado —le indicó la mujer, al mismo tiempo que le golpeaba el brazo de forma amistosa.

Presencié sus gestos cómplices con curiosidad y dejé la bolsa de deporte en el suelo, antes de seguir a mi compañera. Mientras descendía la escalera, no podía apartar los ojos de la desconocida, que me observaba con el mismo interés que yo a ella.

Había algo en su voz que me resultaba familiar.

Cuando llegamos a su lado, me di cuenta de que era bastante alta. Tanto como el mago, pero, a diferencia de este, su cuerpo era el doble de tamaño. En su cara había multitud de pecas, y tenía una nariz respingona de lo más graciosa. No había ni una arruga en su piel. Ni en el rostro ni en sus manos, y su mirada verde era de una tonalidad más clara que la de Riku...

Ese pensamiento lo aparté de un manotazo tan rápido como apareció por mi cabeza y fruncí el ceño instintivamente, regañándome por tener tan poca fuerza de voluntad. Hacía apenas unos minutos, en el gimnasio, me había convencido de que no debía pensar más en él, y yo...

«Agh..., mi fuerza de voluntad es *increíble*», pensé.

—Por su gesto, creo que no le agrada mucho conocerme... —comentó la desconocida, haciendo referencia a mis actos involuntarios, al mismo tiempo que interrumpía mis pensamientos inapropiados.

Merlín la miró y luego pasó a mí, justo cuando negaba con la cabeza.

—No, no... Perdón. —Llevé mi mano al cuello y le ofrecí una tímida sonrisa—. Es solo que estoy cansada...

—De tanto ejercicio como hace —apuntó Vega, que se había acercado a una de las mesas que había en la sala. Se apoyaba en ella mientras me observaba divertida, lo que me mosqueó porque temía que, sin mi permiso, me hubiera leído la mente.

Desde que me había despertado en la enfermería, no había sentido que utilizara su poder de telepatía sobre mí, pero, conociendo a Vega, no podía fiarme.

—Bueno, no te preocupes. No te retendremos mucho tiempo —indicó Merlín, y señaló a su compañera—. Esta es Winifred...

—¿La bruja de Hansel y Gretel? —solté sin pensar, mientras la observaba con verdadero interés.

—Ariel, no...

—Tranquilo, Merlín. —La mujer apoyó su mano en el brazo del hombre y negó con la cabeza—. Sí, soy esa bruja —comentó, divertida—, aunque no es un título que me guste mucho portar.

—Perdone... Yo... —titubeé, y la sonrisa de la mujer se amplió.

—No te preocupes, Ariel. —Extendió la mano, que estreché con gusto—. Me complace verte tan recuperada.

—Bueno, sí. Me encuentro mucho mejor... Gracias por ayudarme —indiqué con rapidez—. Vega y el profesor ya me informaron de que fue gracias a usted que llegué a La Fundación.

—Y a Hansel.

—Sí, sí... Trasládele mi agradecimiento —señalé de inmediato—. No sé qué habría sucedido si no me hubieran encontrado...

La mujer me acarició el brazo y se acercó a Vega.

—No pienses en eso. Lo importante es que te encuentras aquí, con nosotros, y que conseguiste salvar la reliquia —comentó, y asentí, conforme con ella—. Por cierto, ¿dónde está?

—¿El espejo de Blancanieves? —preguntó Merlín.

La risa cascada de la mujer nos envolvió.

—Tan despistado como siempre, ¿no?

—Ni que lo digas, Winifred —dijo Vega, y se sentó sobre la mesa. Se subió las mangas de la chaqueta azul que llevaba y dejó visible la multitud de pulseras que había en sus muñecas—. Se nota que los años le pasan factura.

—Todos nos hacemos viejos, Vega —señaló la bruja.

—Pero Merlín más que otros...

—Vale, ya —las cortó el mago, y las señaló con el índice—. Sabéis que os estoy escuchando, ¿verdad?

Las dos mujeres sonrieron y asintieron con la cabeza a la vez, lo que provocó un gruñido por parte del hombre.

—Sois imposibles —espetó, y vi cómo se acercaba a un armario que había cerca de la puerta del servicio, sin evitar contagiarme de la diversión de Winifred y Vega.

Se notaba que se conocían desde hacía tiempo.

Me aproximé a ellas, recibiendo un guiño cómplice por parte de la pelirroja, y me senté en la silla que me indicaba Vega que ocupara mientras Merlín abría el mueble y sacaba de su interior la reliquia.

La llevó hasta la mesa en la que nos encontrábamos, obligando a Vega a que se bajara de ella, y la dejó sobre la superficie de madera.

Era la primera vez que la veía desde que se la había arrebatado a Arturo y me volví a quedar extasiada por su enigmática belleza. Su gran tamaño me hacía dudar de cómo había sido posible que huyera con él mientras el enemigo me perseguía, pero siempre había escuchado que, cuando la adrenalina corre por tu cuerpo, somos capaces de realizar grandes proezas.

Eso debió de sucederme...

Acerqué la mano al marco plateado y pasé los dedos sobre los caballitos de mar con delicadeza. Delineé cada una de las curvas con los dedos y me maravillé del artesano que había creado tal belleza.

—¿Has logrado resolver algo? —Escuché que le preguntaba Winifred a Merlín.

—Nada... Muy poco...

Las dudas del profesor me llamaron la atención.

—¿Qué ocurre?

—El profesor no consigue descubrir cómo se usa —me aclaró Vega al ver que este no me respondía, pendiente más de contarle a la bruja el callejón sin salida en el que se encontraba.

—Pero ¿en esa biblia vuestra no lo explican?

—¿Biblia? —interrogó Winifred de pronto.

—Es como llama Ariel al libro de los padres fundadores —le informó Vega, mientras me revolvía el cabello con cariño.

La aparté, golpeándola, y miré a la pelirroja.

—Bueno, es lo más apropiado, ¿no? —Me encogí de hombros—. En su interior se recogen todas las reliquias que se han creado en el mundo mágico, con una explicación de para qué sirven y cómo se utilizan.

—Además de explicar quién será nuestra salvadora —señaló Winifred, y me levanté de golpe de la silla.

—Bueno, en eso puede que se equivoquen...

—Los padres fundadores no se equivocan nunca —me rebatió Vega, y arrugué el morro, para alejarme de ellas a continuación.

Por el rabillo del ojo pude ver cómo compartían miradas cómplices, donde Winifred le preguntaba lo que me sucedía y mi amiga le pedía paciencia.

Paciencia...

No sé lo que Vega quería o buscaba en mí, porque ya le había dicho en más de una ocasión que no podía esperar más de lo que veía.

... soy todo lo que ves...

Tensé la mandíbula cuando su afirmación volvió como un eco, y rumié palabras inconexas mientras me alejaba de ellos y del espejo. No quería que vieran mi desconcierto. No quería que supieran de mi malestar.

Mis pasos me llevaron hasta la rueca de la Bella Durmiente...

A la reliquia que nos unía a Riku y a mí. A nuestras familias.

—*Ellos forman parte del pasado. Nosotros somos el presente.*

—*Pero ese pasado rige nuestros caminos ahora mismo* —le mencioné—. *Si yo no fuera familia de Aurora, no estaría aquí.*

Maléfica envenenó el huso.

Ella fue la culpable de que la princesa durmiera durante años hasta que su salvador apareció, según lo que contaban los cuentos clásicos, pero la realidad era otra muy distinta, porque quien se pinchara con esa aguja cerraría los ojos para siempre.

Un escalofrío me recorrió el cuerpo al recordar que, si no hubiera sido por Riku, quizás habría acabado tentada por el brillo de la aguja por culpa de las artimañas de Axel.

Me crucé de brazos y fruncí el ceño recordando ese momento. Lo había estudiado al milímetro, al igual que la conversación que habíamos mantenido Riku y yo en mi dormitorio cuando pusimos las cartas sobre la mesa. Trataba de encontrar alguna explicación a su comportamiento, a sus actos, pero no sacaba nada en claro, salvo una única cosa: nos había traicionado.

—*La traición siempre sobrevuela nuestras cabezas...*

—Ariel, ¿te encuentras bien? —me preguntó Winifred, acercándose a mí.

Tardé en reaccionar, pero, cuando lo hice, asentí con la cabeza. Me volví hacia ella y le regalé una sonrisa.

—De verdad, no sé cómo darte las gracias por lo que hicisteis...

—No hace falta, mi niña. —Posó una de sus manos sobre mi cara y también sonrió con cariño—. Hay que dar gracias a los padres fundadores de que pasáramos por allí, justo cuando saliste por ese agujero como un conejo.

—Como el conejo de Alicia —comenté, y se rio.

—Aunque Orejitas tiene mejor arte para hacerlo. —Me pasó el brazo por los hombros y me llevó hacia donde se encontraba Vega con el profesor—. Podría darte alguna clase particular la próxima vez.

—Esperemos que no haya una próxima vez —le indiqué, y ella asintió.

Me soltó y se acercó al espejo para mirar lo que Merlín señalaba.

—¿Ves esto? —preguntó el mago a la bruja.

Vega se levantó y yo me aproximé un poco más para observar lo que nos enseñaba.

—¿De qué se trata? —me interesé.

Merlín miró a Winifred y luego, a mí. Noté que fue a decirme algo, pero, en el último momento, negó con la cabeza y comentó:

—No, no es nada seguro. Tengo que consultar algunos libros, quiero ver si puede ser...

Las tres mujeres nos miramos sin saber muy bien qué podía estar pasando por la mente de Merlín mientras este se alejaba de nosotras para colarse por uno de los pasillos que conformaban las estanterías repletas de libros. Lo vimos sacar uno de las baldas de madera y olvidarse de nuestra presencia.

—¿Te quedas a comer? —le preguntó Vega a la bruja, pasado cierto tiempo.

—Hansel me espera en casa...

—¿Y Gretel? —Ambas me miraron, pero no me respondieron—. ¿Pasa algo?

—Ariel...

—Gretel no se encuentra entre nosotros —me anunció Winifred, interrumpiendo lo que fuera a decir la joven de pelo verde.

—Lo siento mucho. No sabía que había muerto. Yo, perdón...

—¡Ojalá se hubiera muerto! —exclamó Vega, y la sorpresa me golpeó—. Así por lo menos no tendríamos que sufrir sus ataques.

—¿Ataques?

—Gretel fue una de las primeras que se unió a las tropas de Arturo —me explicó la bruja, y noté cierto pesar en su voz.

—Nos traicionó.

—Tenía sus motivos, Vega —le recordó Winifred.

—Agh... Lo sé —escupió la joven, al mismo tiempo que elevaba las manos al techo para dejarlas caer a continuación. Golpeó la silla que tenía más cerca y se alejó de nosotras.

—¿Cómo puedes justificar una traición? —le pregunté a la pelirroja, que observaba los gestos de enfado de Vega.

Se volvió hacia mí y aprecié tristeza en sus ojos.

—Gretel tiene un hijo...

—¿Gretel? ¿La pequeña Gretel?

Ella se rio al ver mi asombro en la cara.

—A veces, se me olvida lo que aparece en esos cuentos de hadas. —Se apartó un par de mechones rojos de la frente—. Hansel y Gretel ya no son esos niños perdidos que llegaron a la casita de dulces. A mi casa. —Me guiñó un ojo y asentí con la cabeza—. Cuando aparecieron ante mi puerta, yo los cobijé bajo mi techo. Sus padres los habían abandonado y, a diferencia de eso de que me gusta comer niños sanos, los cuidé como si fueran mis propios hijos.

—Eso es... —Busqué las palabras que pudieran describir lo que pensaba de lo que me estaba contando, pero no encontré nada coherente que decir—. ¡Joder!

La carcajada de Winifred atrajo la atención de Vega, que regresó a nuestro lado.

Merlín prosiguió con sus libros.

—No me digas más, seguro que le estás contando tu historia.

La bruja asintió, confirmando la afirmación de la joven de pelo verde.

—Había que ponerle en antecedentes.

—¿Dónde te has quedado? —preguntó, y tomó la silla que se había llevado su anterior frustración, y se sentó. Apoyó los codos sobre sus piernas, enfundadas en un vaquero azul eléctrico, y dejó caer la cara sobre las manos, sin apartar la atención de nosotras.

—En que los cuidé como si fueran mis propios hijos...

—Mejor di que los adoptaste —apuntó ella, y sonrió.

—No sabía que eso se podía hacer en este mundo —comenté, y Vega se rio de mi tonto comentario, provocando que mis mejillas se tiñeran de rojo.

—Aunque vivamos en el mundo de la fantasía, nos regimos por muchas de vuestras leyes, Sirenita. —Fruncí el ceño al escuchar el apodo cariñoso. Me dolía que alguien me llamara así, y lo notó de inmediato—. Perdona...

Moví la mano quitándole importancia, pero le di la espalda y me acerqué al ventanal que teníamos más cerca, donde un caballero luchaba contra un dragón. Podía representar mis propios demonios. La lucha interna en la que me veía inmersa contra mis recuerdos.

—Ariel, ¿estás bien? —se interesó Winifred, y por el gesto de su cara, se notaba que no sabía la razón por la que Vega se había disculpado.

—Sí, sí... Continúa, por favor —le pedí, y traté de mostrar una sonrisa cordial, pero había veces que no conseguía que la máscara de indiferencia que me acompañaba se mantuviera en su sitio.

—De acuerdo —afirmó la bruja, pero no se la veía muy conforme—. Como te decíamos...

—Adoptó a Hansel y Gretel, y se convirtió en su madre. Tuvo la familia que siempre había deseado.

La gran sonrisa de Winifred contrastaba las palabras de Vega.

—Éramos felices, hasta que llegó...

—Arturo —escupió la joven, y hasta yo sentí pesar en el corazón por la bruja, al escuchar el tono de voz que usó Vega. Algo grave debió suceder para romper esa familia.

—Sí, hasta Arturo —corroboró con gesto cansado. Y, por primera vez, desde que la había visto, observé arrugas en su cara y manos. Era como si el tiempo que esa mujer había experimentado a lo largo de su vida se mostrara de golpe. Ya no era esa joven que aparentaba, sino que estaba más vieja, mostrando las etapas de su experiencia.

—¿Qué ocurrió? —les pregunté al ver que ninguna continuaba hablando.

Winifred soltó el aire que retenía, fue a contármelo, pero Vega posó la mano sobre su brazo y negó con la cabeza, impidiéndoselo. Se levantó de la silla y se cruzó de brazos, sin apartar la mirada celeste de mí.

—Gretel conoció a alguien...

—A Pinocho —apuntó la bruja.

Yo arqueé mi ceja, más sorprendida si cabía, y Vega suspiró.

—Sí, Gretel y Pinocho están juntos —me indicó, antes de que pudiera preguntar algo más—, pero eso no es lo importante ahora —añadió, y asentí, entendiendo que mi curiosidad debía dejarla aparcada a un lado para más tarde—. Tuvieron un hijo en común —prosiguió—, y Arturo les prometió su ayuda a cambio de que se uniera a su propósito.

Winifred movió la cabeza de forma afirmativa. Parecía que estaba de acuerdo con la explicación que me había proporcionado Vega, pero yo todavía tenía una duda.

—¿Por qué necesitaban la ayuda de Arturo?

—Mi nieto nació con una enfermedad congénita que solo podía curarse con una de las primeras reliquias que robó Arturo: el anillo de Maléfica.

Abrí la boca para decir algo, pero la cerré a continuación cuando escuché el nombre del «personaje» que era familia de Riku.

—El anillo de Maléfica... —Vega me empujó levemente con el brazo, atrayéndome al momento presente, cuando susurré esas palabras—. Perdón..., ¿decías?

Winifred negó con la cabeza.

—No. Ya está todo.

Arrugué el ceño.

—Pero ¿para qué sirve el anillo?

—Para sanar a las personas —me aclaró Vega.

—¿Y el niño está bien?

Winifred asintió y suspiré aliviada.

—Que sepamos, los tres están en perfecto estado, aunque todos sufrimos lo lista que siempre ha sido mi hija.

—Gretel es muy buena estratega y es quien planifica hasta el mínimo detalle de las emboscadas que sufrimos las brigadas.

Moví la cabeza con lentitud mientras asimilaba sus explicaciones.

—Entiendo... Por eso puedes perdonar una traición, ¿verdad? —insistí, volviendo al punto que nos había llevado hasta esa conversación.

La bruja asintió y me sonrió.

—Detrás de nuestros actos siempre hay una razón que nos hace mover ficha. Un tablero de ajedrez donde todas las piezas hablan y actúan. Solo hay que saber la causa que los ha llevado hasta ese punto. Lo que define la bondad o la maldad es relativo a lo que escondemos en nuestro interior.

—¿Tu nieto?

—El amor nos lleva a realizar cosas que jamás pensamos que haríamos, pero, por el bien de los otros, somos capaces hasta de traicionar nuestros principios, la vida que hemos llevado hasta entonces, a nuestra familia o a la persona que más hemos amado.

Miré a la bruja y, aunque podría estar de acuerdo con su discurso, hubo algo que me impidió darle la razón.

Quizás lo que había vivido hasta ahora tenía detrás un porqué oculto.

Tal vez los actos de Riku estaban motivados por una causa importante, pero no podía entenderlo. Todavía no podía comprender sus razones, y no quería perder tiempo en ello porque, cada vez que me detenía a pensar en esos hipotéticos motivos —si los había—, mi corazón lloraba y el dolor me cegaba.

No quería sufrir más.

—Yo... —titubeé brevemente—. Tengo que irme. —Señalé la escalera—. Ha sido un placer conocerte, Winifred. Gracias por salvarme la vida...

—Ariel, no hace falta...

No escuché nada más.

Sabía que le había repetido mi agradecimiento de nuevo, pero era en lo único que podía pensar en ese momento. En eso y en escapar de allí. Mis pulmones comenzaban a arder y notaba que les costaba retener el aire que necesitaba para respirar.

CAPÍTULO 7

ARIEL

—Buenas noches, Minerva —saludé a la hermana de Axel, al mismo tiempo que me sentaba enfrente de ella en el comedor principal de La Fundación.

Era la hora de la cena y estaba hambrienta. Después de varias clases infortunadas con Merlín —para tratar de encontrar ese poder que en teoría se suponía que poseía—, había aumentado el tiempo de entrenamiento y estaba agotada. Mis músculos se quejaban porque no les daba descanso, pero la sensación de que se estaban equivocando conmigo me perseguía. No terminaba de creerme eso de ser la solución para terminar con Arturo; esa leyenda que estaba impresa en la biblia y que habían vaticinado los padres fundadores.

Yo no podía ser la salvadora de nadie, porque, si así fuera, habría visto todo lo sucedido. Porque, si así fuera, por qué no lograba alcanzar mi poder...

Sintiéndome impotente al comprobar que el esfuerzo con el mago no daba los frutos esperados, había decidido que la solución no eran esas clases, sino buscar una salida diferente donde sí me sintiera útil. Es por ello por lo que me escaqueaba cada vez que me era posible y terminaba en el gimnasio esforzándome al máximo.

Era algo que sí podía controlar.

Y, en ocasiones como hoy, me había excedido.

Mis músculos respiraron cuando por fin les concedí el descanso que me solicitaban desde hacía tiempo. Me di una ducha rápida en el vestuario del gimnasio y, tras cambiarme de ropa, con unas mallas negras y una camisa holgada gris, había decidido bajar a la sala comunitaria, por donde últimamente no se me veía mucho.

Desde el suceso con el espejo, no me apetecía nada interactuar con la gente, porque los especialistas con los que me cruzaba me observaban con curiosidad para chismorrear con quien tenían más cerca a continuación, como si fuera un bicho raro. Nunca me había gustado ser el centro de atención, pero todavía menos desde lo ocurrido, ya que me sentía un espécimen que se observa tras un microscopio, a la espera de que diga o haga algo que les dé material nuevo para sus cotilleos.

Era consciente de que lo de ir escalando puestos dentro del cuerpo de las brigadas a gran velocidad —más de lo que estaban acostumbrados— no ayudaba a mitigar el ambiente de fascinación que me rodeaba, pero era en lo que me centraba para alejar las pesadillas que me atormentaban. Lo de los entrenamientos y estudiar diferentes estrategias que pudieran ayudarnos en el campo de batalla se había convertido en lo único que ocupaba mi día a día.

—Ariel...—me saludó Minerva, sin despegar los ojos del plato.

La observé con cuidado mientras me quitaba la espada que llevaba colgada en la cintura y que se había convertido en mi fiel compañera desde que la encontré en un almacén, dentro de las profundidades laberínticas de ese edificio. Estaba llena de polvo, olvidada por todos, aguardando que apareciera.

Me senté en la silla y tomé el tenedor con intención de terminar con rapidez la ensalada que me había servido, y así salir de allí lo antes posible, pero hubo algo que me hizo hablar.

—Minerva, yo... Creo que...

La joven me miró con curiosidad, deteniendo su propio cubierto delante de la boca, a la espera de escuchar lo que le quisiera decir y que me resultaba de lo más complicado exteriorizar.

Dejó caer el tenedor sobre el plato, atrayendo algunas miradas curiosas por el sonido que provocó, y apoyó la espalda en el respaldo de su silla. El negro con el que se había teñido el cabello, tan diferente a las mechas californianas con la que la había conocido, acentuaba los rasgos de su cara, haciéndola más inaccesible. Su ropa también era oscura, salvo una flor roja que llevaba prendida en la solapa de la chaqueta y que Vega me había informado de que era el símbolo que utilizaban para mostrar que estaban en luto.

—Ariel, ¿vas a decidirte en algún momento?

—Lo siento —me excusé, y agarré mis manos por debajo de la mesa. Sentí que las palmas me sudaban por los nervios—. Perdona...

—Sigues siendo tan tonta como cuando llegaste, ¿verdad?

—No... No soy la misma —espeté, y fruncí el ceño. Estaba molesta por la animadversión que me profesaba—. Solo deseaba darte mi pésame y preocuparme por tu estado, pero si no es de recibo por tu parte... —Arrastré la silla hacia atrás, provocando que las patas de madera rechinaran contra el suelo. Mi intención era marcharme de allí, alejarme de Minerva y de ese comedor.

No había sido buena idea acudir.

—Ariel, siéntate —me pidió—, por favor... —añadió, y la miré a los ojos. En ellos había una especie de súplica.

Suspiré con fuerza y me dejé caer sobre mi silla. Tomé el tenedor y pinché un par de hojas de lechuga, junto a un trocito pequeño de tomate, para llevármelo a la boca, sin dirigirle más la palabra. Una cosa era que cediera a su petición, pero otra muy diferente, que buscara reanudar una conversación que no sería bienvenida.

—Gracias... —Escuché que me decía pasado el tiempo, e incluso dudé de que hubiera sido así.

La observé con interés mientras ella seguía con la vista en su plato y arrugué el ceño.

—¿Has dicho algo?

Me miró y en sus ojos negros, con un rastro de ese azul tan oscuro que me había fascinado nada más conocerla, vi restos de tristeza y enfado. Se notaba que no le agradaba nada esta situación.

—Te daba las gracias...

Asentí y le regalé una sonrisa.

—Eso me había parecido —comenté, y el entrechocar de sus dientes, sin llevarse nada de comida a la boca, hizo que ampliara la sonrisa.

Ella gruñó al darse cuenta de que la tomaba el pelo y yo me carcajeé a mandíbula abierta, atrayendo esas miradas que había evitado con anterioridad.

A continuación, las dos proseguimos comiendo en silencio, pero el ambiente estaba más distendido entre nosotras. Parecía que incluso nos agradaba la compañía de la otra, aunque pareciera de lo más extraño.

—¿Cómo estás? —le pregunté, cuando terminamos nuestra comida y casi nos habíamos quedado a solas en el comedor.

Minerva apoyó un codo sobre la mesa y dejó que su cara se posara sobre la mano.

—Bien...

—La verdad —le exigí, y no sé de dónde encontré el valor para hacerlo.

Ella suspiró y puso los ojos en blanco unos segundos.

—Hecha una mierda —reconoció—. ¿Y tú? La verdad —repitió, antes de dejarme responder.

—Pues..., así así... —Moví la mano de lado a lado y las dos nos reímos—. Pero saldremos de esta. Seguro. —Le ofrecí la misma mano y ella me la agarró, sin apartar su mirada de la mía—. ¿Lo echas de menos?

Elevó su cabeza y centró sus ojos por encima de mi cabello, como si buscara la respuesta adecuada en la pared de ladrillo a esa pregunta.

—Al Axel que fue, sin duda. —Suspiró y sentí que su corazón lloraba la pérdida que había sufrido, porque se podía asemejar a lo que yo también experimentaba—. A la persona en la que se convirtió... no.

Le apreté la mano para ofrecerle mi apoyo.

—Lo hizo por ti... —señalé, y me sorprendí por mis propias palabras.

Desde la charla que había mantenido con Winifred, era más consciente de que mis propios ideales comenzaban a cambiar. Nuestros actos estaban motivados por algún motivo y no podíamos ser tan radicales a la hora de analizarlos.

Sobre todo en lo referente al hermano de Minerva.

Sobre Riku... era otra historia.

Ella asintió con la cabeza con excesiva lentitud. Parecía que estaba meditando mucho lo que me había atrevido a decirle.

—Lo sé, pero, si lo hubiera hablado conmigo... —apartó la mano que nos unía y bufó indignada—, habríamos encontrado otra salida. Yo también estoy cansada de esta situación, Ariel. De la lucha sin cuartel. Pero nuestros padres nos inculcaron que por la verdad se muere, no se traiciona.

—¿No llegaste a sospechar nada?

Me miró a la cara y negó con la cabeza.

—Nada... ¿Y tú?

Me eché hacia atrás en la silla como si acabara de recibir una bofetada, pero solo había sido una pregunta.

—Apenas lo conocía —admití.

Minerva elevó la comisura de sus labios.

—En esos días lo llegaste a conocer mejor que yo, Ariel —confesó, y me sorprendió.

Ella había sido pareja de Riku mucho antes de que yo apareciera, por lo que quizás debía estar enfadada o molesta conmigo por lo que tuvimos... Si alguna vez tuvimos algo.

—¿Lo amabas?

Ella negó con la cabeza.

—Solo nos teníamos el uno al otro —comentó—. Éramos el desahogo del otro cuando necesitábamos sacar la impotencia, el deseo o el miedo fuera. Nos cobijábamos en el otro, pero sin sentimientos que nos ataran. Nunca llegamos a alcanzar lo que había entre vosotros... —Se quedó callada un segundo—. No te mentiré:

quizás en algún momento pensé que podríamos tener lo que había entre vosotros y por eso me vi amenazada cuando llegaste, pero sé retirarme a tiempo...

—No sin antes dejar claro lo que piensas de mí —le apunté, recordando los desplantes que recibí por su parte.

—Pensaba —me corrigió, y me guiñó un ojo—. Lo que había entre vosotros era especial...

—No había nada...

—Ariel, no me trates por tonta —me cortó—. Desde el primer día en el que os vi juntos, se palpaba en el ambiente lo que sentíais. Las chispas saltaban y la energía era pesada. Llegaba a ahogar a cualquiera que estaba cerca de vosotros.

—Por eso me odiabas —afirmé, y su risa me sorprendió.

—Sí que has cambiado, Sirenita —afirmó, y tensé la mandíbula al escuchar el apodo.

¿Por qué les había dado a todos por utilizarlo? ¿No se daban cuenta del daño que me hacían cuando lo usaban? No era a menudo, pero, cuando lo hacían, el aire de mis pulmones se escapaba como si me hubieran dado un puñetazo en el estómago.

—Espero que para mejor —indiqué, y bebí del vaso que tenía enfrente, tratando de disfrazar mi malestar.

—Ya no te acobardas tanto. —Se rio de nuevo, porque ambas sabíamos que me había costado empezar esta conversación.

—Quizás ya no me impones tanto —le tiré con retintín, y ambas sonreímos.

—Serás a la única. —Golpeó con su vaso el mío, en un brindis, y miró a un lado, donde la poca gente que quedaba en la gran sala nos observaba sin ningún pudor.

Observé los especialistas que cuchicheaban cada poco, sin dejar de mirarnos, y me levanté de la silla.

—Ehh..., vosotros, ¿no tenéis nada mejor que hacer? ¡Largaos de aquí! —les grité, sorprendiéndome de mis propios actos.

Minerva amplió su sonrisa sin dejar de mirarme.

—Definitivamente, has cambiado —afirmó, mientras veíamos cómo nos quedábamos solas en el comedor.

—Ya era hora. Necesitaba dejar de ser esa niña tonta, ¿no? —comenté, usando el mismo calificativo que había utilizado ella al principio.

La joven morena asintió con la cabeza y se incorporó para acercarse a la zona donde estaban dispuestas las bebidas. Tomó un refresco y me lo mostró.

—Prefiero agua —le indiqué, y vi cómo cogía una botella de líquido transparente. A continuación, regresó a la mesa—. Y dime, entonces, ¿tú también eres foco de cotilleos?

Minerva suspiró con gesto cansado.

—Soy la hermana del traidor —me recordó, e, instintivamente, fruncí el ceño. No me gustó nada que se definiera de ese modo—. No pasa nada, Ariel. Es la verdad...

—Pero puede dolernos, porque las dos sabíamos que Axel fue mucho más que eso. Sus últimos actos no lo califican como persona.

—Tampoco a Riku... —añadió, y mi corazón dejó de latir por un instante.

Tomé la botella de agua que había dejado sobre la mesa, abrí el tapón con lentitud, demasiada, y bebí sin echar el líquido en el vaso. Necesitaba tiempo para responder a su comentario o para ver si tenía suerte y cambiaba de tema.

—Ariel... —la miré cuando dejé de beber. No había tenido suerte—, sabes que lo que estás haciendo no te ayuda, ¿verdad?

La miré confusa.

—Minerva, no sé lo que quieres decir.

Me quitó la botella que todavía tenía entre las manos y me agarró las manos, reclamando mi atención.

—Lo que te estás haciendo para olvidarlo...

—No hago nada —la corté con celeridad.

Ella chascó la lengua contra el paladar y negó con la cabeza.

—Te estás machacando en el gimnasio para nada. No tienes que demostrar nada a nadie. Sobre todo tú.

Aparté mis manos de ella y me levanté.

—Es por eso mismo por lo que lo hago, Minerva.

—¿Por qué? —me preguntó sin comprender.

Me pasé la mano por la cabeza, deshice la coleta que sujetaba mi cabello, lo que me recordó que debía cortármelo; lo tenía demasiado largo, pero nunca encontraba tiempo para hacerlo.

—Eso que dicen que tengo...

—Tu poder —indicó, y asentí con la cabeza.

—No termina de aparecer y el ejercicio consigue que no me vea tan débil. Así soy útil.

—Pero, Ariel, tú ya eres muy válida para la lucha y, si consiguieras alcanzar lo que te pertenece por sangre, todo podría acabar.

Observé la esperanza en sus ojos y suspiré.

—Es un peso muy grande el que recae sobre mis hombros...

—Una realidad —me corrigió.

—Que no llega a realizarse, y no puedo más —confesé, y me senté de nuevo en la silla, con gesto cansado.

Sentí como me observaba sin saber muy bien qué decirme, cuando vi que me ofrecía su mano otra vez.

—Ariel... —me animó a tomarla.

Yo solté el aire que retenía sin saberlo e hice lo que me pedía.

—Minerva, me siento incapaz de alcanzar esos estándares que parece que todo el mundo cree que poseo, pero que yo no siento. —Miré las venas que se marcaban en mis brazos—. Creo que se equivocan...

—Los padres fundadores nunca se equivocan —me rebatió, y me arrancó una sonrisa.

—Eso es lo que siempre dice Vega.

Minerva sonrió también y asintió con la cabeza.

—No solemos estar de acuerdo, pero, en lo importante, no tenemos ninguna duda, y tú eres especial, Ariel. Gracias a ti, podremos tener una vida normal.

Agaché la vista, fijándome en nuestras manos unidas.

—Tengo miedo a defraudaros...

Me apretó la mano y me obligó a enfrentar nuestras miradas.

—Jamás podrías, Ariel. Eres familia de Aurora, y por tu sangre corre la magia que este mundo necesita para que la guerra finalice.

—Pero...

Siseó acallándome.

—Solo necesitamos que tú te lo creas.

CAPÍTULO 8

ARIEL

—¿Qué tal tu abuela? —me preguntó Merlín de pronto.

Estábamos en la biblioteca, en mitad de una de esas clases a las que me obligaba a acudir y que, a diferencia de en otras ocasiones, no me había podido escapar.

—Bien —indiqué, sin apartar los ojos del cuaderno donde solo había dibujado espirales sin sentido. Hacía bastante que había desconectado de lo que me comentaba, y mi mente divagaba sin centrarme en nada concreto.

—¿Sigue pensando que estás en un viaje de estudios?

Dejé el bolígrafo en la mesa y lo miré.

—Sí, fue una buena idea eso de decirle que me habían concedido una beca para estudiar en otro país. Se alegró mucho por mí.

Este asintió conforme y cerró el libro azul. Era el manual de referencia que utilizábamos para ver si lográbamos desentrañar qué esperaban los padres fundadores de esa salvadora que ayudaría al mundo mágico.

—Pronto regresarás a su lado...

—¿Seguro? —pregunté, y no pude evitar que mi voz sonara incrédula.

El profesor me observó con detenimiento y se quitó las gafas, para dejarlas sobre la mesa. A continuación, se sentó en una de las sillas y suspiró.

—¿La verdad? —Moví la cabeza de forma afirmativa—. No lo sé. No consigo encontrar lo que está fallando...

—En mí —terminé por él. Y, aunque no lo confirmó, ambos sabíamos que se refería a eso.

Llevábamos mucho tiempo detrás de querer despertar lo que fuera que pudiera ayudarnos y que se encontraba en mi sangre, pero no alcanzábamos resultados aceptables.

En una ocasión, nos alegramos porque conseguí abrir un pequeño agujero en una de las paredes sin ayuda de la llave que me acompañaba, e incluso pudimos vislumbrar un poco el campo que había bajo la casa de Gruñón y Orejitas, pero fue por poco tiempo y, por él, ni siquiera habría cabido una persona, pero era algo. Más cuando no veíamos ninguna prueba más que evidenciara que tenía poderes como él, o como el resto de los especialistas. No todos poseían el mismo potencial, pero todos escondían algo que ayudaba en esa lucha.

—Merlín, ¿mi padre tenía poderes?

El hombre me observó y sonrió como si recordara algo especial.

—Sí, aunque le costó controlarlos...

—¿De verdad?

Asintió.

—Fui su profesor, recuerda. —Moví la cabeza de forma afirmativa—. El de Eric y Arturo.

Se quedó callado y esperé a que continuara hablando, pero no lo hizo.

—Todo era muy diferente entre ellos, ¿no?

—Todo era muy diferente en general —exclamó, y no pude evitar sonreír por su ímpetu.

—¿Es verdad que fueron pareja? —me aventuré a preguntar, aunque no sabía si quería saber la respuesta.

Me miró con interés.

—¿A qué viene eso?

—Arturo me lo dio a entender —comenté, y encogí uno de mis hombros. Incluso agaché la cabeza, ya que no podía soportar su escrutinio.

Él frunció el ceño y tomó las gafas para limpiar los cristales. Parecía que necesitaba tiempo para pensar una respuesta que pudiera satisfacerme.

—Con sinceridad, no lo sé —afirmó, y se puso las lentes sobre la nariz—. Siempre supe que les unía una relación especial, pero luego llegó tu madre...

—Y lo dejó todo.

Merlín asintió.

—Eso es —afirmó—. Se alejó de este mundo para cuidaros y se distanció de un pasado que no quería recordar.

—No sé cómo, sabiendo la situación que vivíais, fue capaz de abandonaros —indiqué, dando voz a lo que me atormentaba desde que había descubierto la verdad de mi progenitor.

El profesor soltó el aire que retenía.

—El amor, Ariel —indicó—. Por amor podemos hacer grandes sacrificios.

—El amor es la mayor mentira que nos han vendido jamás —espeté, y me levanté de la silla. Le di la espalda y me acerqué hasta uno de los ventanales, desde donde observé que la luna ya ocupaba su lugar en el cielo.

Escuché como él también se incorporaba y, por el sonido de sus pasos, supuse que se acercaba a donde me encontraba.

—El amor nos da fuerzas, nos alienta a proseguir por esta senda de la vida para alcanzar nuestra felicidad —comentó, ya próximo a mí.

Lo miré de lado y comprobé que él también tenía la vista clavada en el exterior.

—Pero, profesor, nos lleva a tomar decisiones que nunca debimos ni plantearnos —lo rebatí, y él sonrió.

—Sin esas decisiones no viviríamos, Ariel. Solo nos dejaríamos guiar a merced de las horas del tiempo.

Me volví hacia él con los brazos cruzados.

—Pero las mentiras forman parte de ese amor...

—Mentiras que nacen para cuidar del otro, para que esté a salvo —me indicó, y hubo algo en la forma de hablar que me dio a entender que escondía alguna cosa.

—¿Como cuando engañó a Vega para que me trajera a La Fundación?

Me miró sorprendido.

—¿Quién te ha dicho eso?

—Eso no es lo importante —le solté. No quería que supiera que Riku fue quien había roto su confianza contándome la verdad, aunque este no se lo mereciera tras sus acciones—. Usted defiende que se pueda mentir para lograr un bien mayor, y fue por eso por lo que terminé aquí. —Señalé la biblioteca con la mano—. Aunque usted mismo me dijo que le había prometido a mi padre que no me involucraría...

Su suspiro me interrumpió, y lo vi alejarse de la ventana para regresar a donde se encontraba el libro azul.

—Eres la única opción que nos queda —reconoció, y miró brevemente el dichoso libro—. Y sé lo que le dije a Eric, pero... —me observó y en su cuerpo, en su rostro se evidenciaba que estaba cansado de la situación en la que nos encontrábamos—, esta guerra lleva muchos años y nuestras fuerzas son más débiles. Arturo posee cada vez más apoyos... —Gruñó y golpeó la mesa, impotente—. Si me he equivocado, ya rendiré cuentas con tu padre cuando nos volvamos a encontrar en el más allá, pero no pienso disculparme por quemar todas las naves, Ariel.

Lo observé desde la distancia, calibrando sus palabras. Se notaba que la situación comenzaba a superarle, y era una imagen que pocas veces mostraba. O nunca.

—Está bien —afirmé—. Eso no es un problema en sí...

—Ah..., ¿no?

Negué con la cabeza, y me pasé la mano por la nuca.

—No, porque gracias a usted he podido descubrir un lado que desconocía de mi padre, y estoy deseando visitar su tierra natal...

—Cuando quieras —me indicó con rapidez, al igual que hacía otras muchas veces cuando salía el mismo tema a colación.

—Ahora no es un buen momento, Merlín. Más adelante..., quizás. —Y yo volvía a rechazar esa invitación. Había algo que me impedía aventurarme a descubrir más de mi familia, a pesar de que me moría de ganas de hacerlo.

Era una contradicción con patas; esperaba que más adelante, cuando quizás me sintiera más fuerte para afrontar lo que pudiera hallar allí, me atreviera a acudir.

Me observó con interés e insistió:

—Ariel, si quieres visitarlo...

—Profesor, ¿usted sabía que Riku nos traicionaría? —lo interrogué de golpe, cambiando de tema y, al mismo tiempo, aprovechando para aclarar una duda que me martilleaba la cabeza. Sobre todo, desde que había empezado esta conversación, y trataba de justificar que se mintiera para alcanzar un objetivo.

Me miró unos segundos y pensé que no me respondería, pero al final lo que me dijo me descolocó todavía más.

—Traicionar es una palabra que no me gusta utilizar...

Una carcajada se me escapó de entre los labios, interrumpiéndolo.

—¿Y cuál es más de su agrado? —pregunté, sentándome sobre la mesa que tenía cerca—. «Mentir» lo edulcora; no le gusta utilizar «traición»... Voy a tener que comenzar a recopilar las diferentes acepciones de su vocabulario para poder comprenderlo mejor.

Este negó con la cabeza y me mostró una sonrisa enigmática.

—Ese cinismo no te pega, Ariel.

Emití un sonido de frustración e incluso abrí la boca para decirle lo que pensaba de su comentario, pero justo en ese momento aparecieron Vega y Minerva en lo alto de las escaleras.

—Profesor, traemos noticias —indicó la joven de pelo verde, descendiendo con rapidez por los escalones.

—Ha venido Diablo y traía noticias —informó la hermana de Axel, llegando a nuestra altura.

Merlín asintió y les señaló las sillas para que se acomodaran, pero ninguna quiso sentarse.

—Está bien. Veo que es urgente —afirmó el mago, y las miró, esperando a que prosiguieran hablando.

Yo no tardé en acercarme a ellos, queriendo enterarme de todo.

—Diablo nos ha informado de que un pequeño contingente se ha aventurado por la frontera y su destino es el bosque de las almas perdidas —anunció Minerva.

—¿Un nuevo intercambio? —tanteé, ya que me parecía recordar que era el lugar donde se realizaban ese tipo de encuentros.

—Eso parece —apuntó Vega—. El Cuervo no sabe con exactitud de qué pieza se trata, pero...

—No podemos ignorar esta información —la interrumpió Merlín, y las dos chicas asintieron a la vez—. De acuerdo. Preparaos para salir de inmediato.

—Voy con ellas —me apunté, y comencé a subir las escaleras detrás de Minerva.

—Ariel, creo que no es lo más acertado —señaló la joven de pelo verde.

Me volví hacia ella en mitad de la escalinata y miré al profesor, confusa. Minerva desapareció de la estancia.

—Merlín...

Este observó a su discípula más antigua y supe que se estaban comunicando con la mente, lo que me molestó sobremanera.

—¡Vega, Merlín! —grité, atrayendo su total atención—. ¿Qué sucede?

La chica miró al mago y luego, a mí.

—Minerva y yo podremos solas...

—Vega, puedo ayudaros...

Merlín bufó con fuerza y me señaló.

—Harás caso de lo que te ordenen, ¿de acuerdo?

Fruncí extrañada el ceño.

—He alcanzado una posición dentro del organigrama de La Fundación que no admite órdenes, salvo de usted, Merlín. Me lo he ganado —espeté, y, aunque sonó a niña malcriada, me dio igual.

Me molestaba que todo el esfuerzo, todo el trabajo que había realizado hasta ahora, no valiera para nada.

—Lo sé. Soy consciente de ello —afirmó, pero su rictus serio no desapareció de su rostro—. Pero, sin esa condición, no irás.

Observé a la pareja, posando mi mirada sobre Vega primero y luego sobre Merlín, como si buscara algo que pudiera aclararme lo que sucedía. Había algo en lo referente a esa expedición que no me contaban.

—Está bien —cedí—. Haré lo que me indiquen.

Merlín miró a Vega y esta asintió con la cabeza.

—De acuerdo —afirmó, y comenzó a subir las escaleras—. Cámbiate de ropa y trae tu espada. La necesitaremos.

Moví la cabeza de forma afirmativa y salí para cumplir sus órdenes.

CAPÍTULO 9

ARIEL

Nos encontrábamos en el centro mismo del bosque de las almas perdidas. Un conjunto de troncos secos, despojados de sus hojas, que formaban una estampa de lo más dantesca. Era el escenario perfecto para una película de terror, y si no fuera porque me encontraba cerca de Vega y Minerva, no me extrañaría ver aparecer a algún asesino detrás de esos árboles para cazar a su próxima víctima.

—Minerva...

Me chistó, silenciándome sin ni siquiera mirarme. Estaba a unos metros por delante de mí. Agazapada y sin soltar su látigo. Iba de negro de arriba abajo, salvo por la flor roja que llevaba enganchada en la solapa de la chaqueta. El cabello lo tenía recogido en una trenza y en los pies, unos botines con unos tacones kilométricos.

No sabía cómo era capaz de elegir ese calzado para este tipo de misiones. Yo, que había optado por unas botas de tacón cuadrado, bajo, estaba renegando porque no me hubiera decantado por mis deportivas, con las que, seguro, me movería mucho mejor.

También iba de oscuro, pero alternaba el negro de mis vaqueros con el azul de la camiseta y la chaqueta, que me llegaba hasta la cintura. La espada colgaba del cinturón, anclado en mi cadera, y en una de mis manos portaba una daga que me había dado Vega.

—¿Qué sucede? —me preguntó esta, acercándose con sigilo a donde me encontraba.

La observé brevemente, para desviar mi atención hacia Minerva, que nos había lanzado una mirada que daba miedo al escuchar que hablábamos.

—No le hagas caso —me susurró, y me regaló una sonrisa—. ¿Qué te pasa?

—Nada...

Suspiré y sentí cómo las ramas del árbol en el que me apoyaba se movieron por el vaivén del aire que había expulsado. Apenas había sido un nimio suspiro, por lo que pudo ser una mera coincidencia, pero me daba la sensación de que esos árboles escondían mucho más de lo que a primera vista parecía.

—Ariel...

La miré y terminé por centrarme en lo importante.

—¿Sabemos a qué hora tendrá lugar el intercambio? —Negó con la cabeza y se fijó en el camino que había a unos metros de nosotras—. Entonces, ¿puede que estemos aquí toda la noche?

—Tú te ofreciste...

—No me estoy quejando —solté, y Vega me miró con curiosidad—. Es solo que me resulta escasa la información que os ha facilitado ese...

—Diablo —me indicó, y asentí con la cabeza.

—¿Es fiable? ¿Nos podemos fiar de él?

Vega me observó unos segundos y luego silbó a Minerva, buscando atraer su atención.

En cuanto la joven morena la miró, elevó dos dedos, y esta asintió con la cabeza.

A continuación, Vega tiró de mí y me alejó de la zona en la que nos encontrábamos.

Caminamos en completo silencio, hasta que llegamos a una explanada que no podía estar más seca. Parecía que no había crecido nada en años por esa zona.

—¿Qué hacemos aquí? —le exigí saber, cuando nos detuvimos.

Vega se cruzó de brazos y enfrentó mi mirada. Su verde cabello estaba escondido bajo un gorro de lana negro y su ropa era del mismo color. Si no fuera porque los pantalones que llevaba tenían una especie de purpurina plateada, podría camuflarse en la oscuridad de la noche sin problema. Bueno, y por los anillos de sus dedos.

—La misión es recuperar la reliquia que se vaya a intercambiar...

—Sí, eso lo sabemos —la corté, utilizando un tono de voz más elevado, al igual que había hecho ella—, pero ¿estamos seguros de esa información? Durante todo este tiempo he llegado a conocer a la mayoría de los especialistas o miembros de La Fundación, y no recuerdo haber escuchado el nombre de Diablo jamás —insistí porque notaba que había algo que me escondían.

—Lleva mucho tiempo ayudándonos. —Asentí y también me crucé de brazos, imitándola—. El Cuervo es... —dudó, y se quitó el gorro para golpear su mano— un agente doble.

Fruncí el ceño nada más escucharla.

—¿Trabaja para nosotros y para...?

—Arturo —terminó por mí, y se colocó el gorro.

Moví la cabeza con lentitud, asimilando esa información.

—¿Y nos podemos fiar de él?

—Hasta ahora, nunca nos ha facilitado datos que no fueran correctos.

Asentí de nuevo.

—De acuerdo...

—¿Pero? —me preguntó, y no pudo ocultar la sonrisa que apareció en su cara. Me conocía muy bien y sabía que había algo que me intrigaba.

—¿Por qué no queríais que viniera con vosotras?

Vega dejó caer los brazos a ambos lados del cuerpo y se mordió el labio inferior. Estaba nerviosa y sabía que no era solo por la misión.

—Diablo forma parte de la familia de Maléfica...

—De Riku —indiqué en apenas un susurro.

Ella asintió.

—Y, según sus informes...

La miré esperando que prosiguiera.

—Vega, ¿qué ocurre?

—Puede que acuda Riku al intercambio —anunció, suspirando al mismo tiempo.

Fruncí el ceño y apoyé la mano sobre la empuñadura de la espada instintivamente.

—¿Riku estará aquí?

—No es seguro, pero... —Un silbido interrumpió lo que fuera a decir—. Minerva nos necesita.

Moví la cabeza de forma afirmativa y fui tras ella, mientras la información que me había facilitado provocaba que mi corazón latiera desbocado.

«Riku...».

—¿Qué sucede? —preguntó Vega a Minerva, cuando llegamos a su lado.

Esta movió la cabeza hacia el camino justo cuando tres hombres aparecieron delante de nuestro campo de visión. Eran altos, muy grandes y algo torpes por la forma de caminar. Iban vestidos con camisetas de cuadros rojos y negros, pantalones marrones, y los tres portaban un hacha en una de sus manos.

—Leñadores... Llevaba mucho sin verlos —comentó Vega, y Minerva asintió.

—¿Hombres de Caperucita Roja?

—Eso mismo —afirmó Minerva—. Los mismos héroes que aparecen en vuestro cuento, pero que aquí se vieron atraídos por la avaricia.

—No veo a Riku...

La hermana de Axel miró a Vega en cuanto me oyó.

—Tenía que saberlo —afirmó mi amiga, y la morena gruñó. Parecía que no estaba muy de acuerdo con que me lo hubiera contado.

—Ya hablaremos de eso más adelante —indicó, y avanzó hasta un par de árboles en cuclillas para evitar que la vieran.

—Quédate aquí —me pidió Vega. Fui a quejarme, pero añadió—: Es una orden.

Moví la cabeza de forma afirmativa mientras esta se alejaba hacia el lado contrario de donde se encontraba Minerva y se apoyaba en un tronco robusto.

Las tres, desde nuestra posición, observamos cómo los leñadores se detenían en mitad del camino. Se notaba, por sus movimientos, que estaban algo nerviosos, y no paraban de mirar a su alrededor buscando algo concreto.

Esperamos...

El tiempo pasó mientras sentía que un leve cosquilleo nacía en mis piernas. Llevaba mucho en la misma posición, y comenzaban a quejarse.

Miré a Vega y a Minerva, a quienes parecían que no les afectaba la situación, y comprobé que se habían mimetizado tanto con el entorno que, si no fuera porque sabía desde el principio dónde se encontraban, podría bien no verlas.

Escuché un ruido a mi espalda que me alertó.

Me giré para comprobar de qué se trataba cuando una mano se cernió sobre mi boca y el olor a tierra y lluvia me envolvió.

Supe enseguida de quién se trataba, pero, por alguna extraña razón, en vez de revolverme contra él, me quedé quieta. Sentí su cuerpo apoyarse en mi espalda y cómo su pecho subía y bajaba al mismo ritmo que mi propia respiración.

Miré hacia Vega, a Minerva, pero ninguna se percató de lo que ocurría. Estaban más pendientes de lo que sucedía unos metros más adelante que de lo que pasaba por detrás de ellas.

—Dios..., cuánto te he echado de menos, Sirenita... Cuando me dijeron que habías muerto, pensé que yo también me moría...

Su voz me golpeó el estómago con una fiereza inusitada, lo que me hizo reaccionar. Me revolví, pero había atrapado mis brazos con su otra mano y me empujó contra el árbol que utilizaba para esconderme, bloqueando mis movimientos.

Escuché que siseaba buscando tranquilizarme, pero seguía luchando contra él, sin importarme lo que deseaba.

—Por favor...

No sé lo que fue. Si la súplica implícita que iba en esas palabras o su voz en mi oído, que provocó que la zona de mi cuello reaccionara a su aliento. Pero, fuese lo que fuese, me quedé quieta, inerte, esperando saber lo que quería.

Sentí cómo apoyaba la frente sobre mi cabeza y noté cómo aspiraba mi aroma. Parecía alguien perdido en mitad del desierto, sediento por una gota de agua.

Sediento por mí...

—Lo siento tanto, Sirenita —susurró en mi oído, al mismo tiempo que notaba que mis ojos se abnegaban de lágrimas—. Te dije que no debías fiarte de nadie... Menos de mí.

Me moví, gruñí, pero él empujó todavía más su cuerpo sobre el mío, inmovilizándome.

—No hay tiempo para esto... —Me pareció que se regañaba a sí mismo—. Necesito que le digas a Merlín una cosa, ¿de acuerdo? —Esperó alguna reacción por mi parte, pero, al ver que tardaba, insistió—: ¿De acuerdo? —Asentí con la cabeza al instante—. Dile que todo marcha según lo acordado. Que no se te olvide, Sirenita. —Me dio un beso en la cabeza y sentí que iba a añadir algo más, pero, al poco, me vi libre de su agarre y de su peso.

Me había soltado sin hacerme daño alguno.

Me volví con rapidez para verlo y, aunque la oscuridad de la noche nos rodeaba, pude apreciar bien sus rasgos. Se encontraba a unos pasos de mí, vestido de negro, y el cabello lo tenía recogido en una coleta. Estaba más delgado y en su cara se notaba el paso del tiempo. Estaba cansado, y una mezcla de tristeza y vergüenza se reflejaban en sus verdes ojos.

Di dos pasos para acercarme a él, sin saber muy bien lo que haría al llegar a su lado, cuando de pronto su figura comenzó a diluirse poco a poco hasta desaparecer.

Ya no estaba...

En su lugar, multitud de luciérnagas comenzaron a volar enfrente de mí, encendiendo sus luces. Cada vez había más y su luz parpadeaba como el faro que busca guiar al viajero.

Giré sobre mis pies, tratando de localizar a Riku sin éxito, olvidándome de que estábamos en mitad de una misión y que debía tener cuidado. El enemigo estaba cerca y podría ponerle sobre aviso de que nos encontrábamos allí, pero me era indiferente. Solo quería encontrarlo.

—Ariel...

Miré a Vega, que me llamaba desde su posición mientras hacía señas con el brazo para que me escondiera.

Le señalé el lugar donde cada vez había más luciérnagas, donde debía haber estado él, justo cuando observé que la hierba crecía en el suelo, las hojas inundaban las ramas muertas y el sonido de la vida atravesaba el bosque de las almas perdidas. Las enredaderas invadieron cualquier espacio vacío y las flores nacieron, llegando a una altura infinita.

Todo cobraba vida ante mis ojos y el bosque muerto en el que había estado segundos antes era una parodia de lo que estaba sucediendo bajo mis pies y por encima de mi cabeza.

—Ariel, ¡al suelo! —Escuché que me gritaba Minerva, pero estaba extasiada con lo que veía, incapaz de moverme ni hacer nada.

—Ariel... —me llamó Vega, justo cuando llegaba a mi altura y me tiraba al suelo con fuerza.

Me golpeé con la raíz de un árbol y la presión de mi amiga no me dejaba respirar, pero, cuando observé que un hacha se clavaba en el tronco lleno de musgo que tenía más cerca, y mis ojos se fijaron en lo cerca que había estado de matarme, me reprendí por lo inconsciente que había sido.

Miré a Vega y luego, a Minerva, que se levantaba corriendo para ir hacia el camino.

—Lo siento...

La joven de pelo verde negó con la cabeza y se incorporó levemente sin dejar de observar mi rostro.

—¿Estás bien?

Asentí, y fue lo único que necesitó para salir en pos de nuestra compañera para ayudarla.

No tardé en seguirlas.

Desenvainé la espada justo cuando alcanzaba el camino y detuve el hacha que quería herir a Minerva. Aparté al leñador de una patada de esta y me coloqué delante de la chica para ayudarla a recuperarse.

—No sois rivales para nosotros tres —escupió el hombre que tenía delante, pasándose el hacha de mano en mano, sin dejar de sonreír. Su dentadura picada y mugrienta no era el mejor ejemplo de un buen cepillado.

—Dirás uno —apuntó Minerva, colocándose cerca de mí, al mismo tiempo que movía el látigo provocando un sonido que podría helar la sangre.

El leñador miró a ambos lados buscando a sus compañeros, pero se encontró a uno caído, con una flecha en el pecho, y el otro acababa de sufrir la estocada final por parte de Vega.

Tensó la mandíbula al darse cuenta de que no tendría ninguna ayuda y apretó el mango del hacha con intención de atacarnos.

No pudo dar ni dos pasos porque una flecha negra se clavó en su cuello, lo que le provocó una muerte fulminante.

Me volví corriendo hacia el lugar de donde había salido esa flecha, pero no vi a nadie.

—¿Os encontráis bien? —nos preguntó Vega, llegando a nuestro lado.

Las dos movimos la cabeza de forma afirmativa mientras Minerva rebuscaba en los bolsillos del pantalón del leñador que había muerto ante nuestros ojos.

—Está ahí...

—¿Quién? —se interesó, mirando hacia el lugar que yo observaba.

No se veía a nadie, pero sabía que él se encontraba allí, mirándome.

—Riku...

—¿Riku ha disparado esas flechas? —preguntó extrañada Minerva, colocándose a nuestro lado.

Asentí y avancé un par de pasos hacia la linde del camino.

—Ariel, ¿adónde vas? —Vega me agarró de la mano, reteniéndome.

—A buscarlo —indiqué y moví la cabeza hacia el lugar en el que sabía que se encontraba. Justo en la zona donde comenzaban a congregarse las luciérnagas.

—¿Estás segura de que está ahí? —se interesó Minerva, caminando un poco más allá.

—Apareció antes...

Las dos se volvieron para mirarme en cuanto les anuncié ese dato. La sorpresa estaba impresa en sus caras.

—Ariel, ¿qué pasó?

—¿Riku estuvo aquí?

Me solté del agarre de Vega y avancé hacia lo profundo del bosque. Las luces parpadeantes de las luciérnagas, fijas en un punto concreto, eran la brújula que necesitaba para saber dónde se encontraba, si seguía en ese mismo punto.

—Me dio un recado para Merlín...

—Ariel...

—¿El qué? —exigió saber Minerva, acompañándome.

—Ariel, por favor, detente —me pidió Vega, reclamándome de nuevo.

Negué con la cabeza y sorteé las raíces que salían hacia fuera, de donde crecían margaritas con unos pétalos blanquísimos. Tan blancos que la luz de la luna se reflejaba en ellos.

—Fue raro... —musité, y apoyé mi mano en el tronco de otro árbol, que estaba invadido por un musgo húmedo.

—Ariel... —me llamó Vega, mientras escuchaba cómo Minerva golpeaba con su látigo el suelo, no muy lejos de donde me encontraba.

Las luciérnagas cada vez brillaban más y yo estaba cada vez más cerca, pero supe, antes de llegar al punto donde el enjambre parpadeaba, que no lo encontraríamos.

Se había esfumado.

—Riku...

—¡Riku! —gritó Minerva cuando llegó a mi altura, y comenzó a caminar sin una dirección fija.

Yo me quedé quieta, envuelta por las luciérnagas, que conseguían hacerme sonreír cada vez que se acercaban a mi piel.

—¿Estás bien?

Asentí y observé preocupación en los ojos azules de Vega.

—Si hubiera querido hacerme daño, lo habría hecho...

—Lo sé —afirmó, y observó donde nos encontrábamos—. Es todo muy raro.

—Quizás no era el momento —comenté, y le agarré la mano—. Tenía otro objetivo y no era yo...

Algo cruzó por su mirada celeste justo cuando comenté esa idea.

—¡Minerva! ¡Minerva!

La joven morena llegó a nuestro lado corriendo. Se notaba que estaba algo intranquila.

—Vega, ¿qué sucede?

—La reliquia... ¿Has encontrado la reliquia?

Miré a mi amiga comprendiendo lo que la preocupaba y luego observé a Minerva, que alzaba el mentón en un gesto orgulloso.

—Por quién me tomáis —indicó, y nos mostró una pequeña caja, que había sacado del bolsillo de sus pantalones.

La agarré con cuidado y abrí la tapa, sin saber lo que podría esperar encontrarme, cuando el brillo morado de una piedra nos deslumbró.

—¡Cierra eso! —me ordenó Vega, arrebatándome la caja de la mano.

—¿De qué se trata? —pregunté con el ceño fruncido.

Las dos chicas se miraron a los ojos y pude percibir confusión en sus rostros.

—Minerva...

—No puede ser...

—¿Qué no puede ser? —interrogué a Minerva.

Vega comenzó a caminar, regresando al camino.

—Debemos volver al cuartel —señaló sin mirar atrás.

—¿Qué sucede? —insistí, yendo tras ellas.

Minerva me miró de lado, pero no me dijo nada, por lo que acorté la distancia que me quedaba hasta adelantar a la chica de pelo verde y me detuve, obligándola a detenerse.

—Vega, ¿de qué reliquia se trata? —exigí saber con los brazos en jarras.

Esta apretó con fuerza la caja donde se encontraba el objeto mágico y, tras expulsar el aire que retenía en su interior, me anunció:

—Es el anillo de Maléfica.

Miré la caja, observé a mis amigas y luego negué con la cabeza.

—Demasiadas coincidencias...

—Demasiadas —asintieron las dos a la vez.

Y, a continuación, no dudamos en ponernos en marcha las tres al mismo tiempo.

CAPÍTULO 10

ARIEL

—Merlín, Merlín... —lo llamó Vega nada más cruzar el portal mágico que había creado Minerva desde el bosque de las almas perdidas hasta La Fundación.

—Quizás no se encuentra en la biblioteca —comenté, yendo tras ella, no sin antes comprobar que la hermana de Axel nos seguía y cerraba la puerta mágica tras ella.

La experiencia me había demostrado que no podíamos fiarnos hasta estar en un lugar seguro.

—Es tarde, Vega —indicó la joven morena, mientras dejaba su látigo y un par de dagas sobre una mesa.

—Como esté durmiendo, iré en su busca. Esto es muy importante. —Nos miró y comenzó a caminar hacia atrás al mismo tiempo que nos mostraba la pequeña caja que llevaba en la mano.

—¿A quién despertarás? —preguntó el mago, apareciendo por otro portal, del que saltaban chispas azules y moradas.

Desde nuestra posición no se apreciaba muy bien el lugar del que venía. Solo se veía la oscuridad de la noche y, al fondo, una silueta de un edificio que no identifiqué.

—A usted —afirmó Vega, y dirigió hacia él una enorme sonrisa.

—¿Y esa cara? —se interesó, divertido, cerrando la mano derecha de golpe, lo que provocó que la puerta también se cerrara—. Espero que signifique que me traéis buenas noticias.

—Las mejores —indicó la joven de pelo verde, saltando sobre sus pies.

No pude evitar reírme al verla y Minerva negó con la cabeza, aunque no le dio tiempo a ocultar una pequeña sonrisa.

Hasta Merlín se carcajeó por su comportamiento. Dejó el libro azul que portaba sobre la mesa redonda y las tres nos acercamos a él.

—Primero, por lo que puedo comprobar, salvo por el pequeño arañazo en la mejilla de Ariel, estáis bien, ¿no?

Posé la mano con rapidez en el lugar que me señalaba.

—No me había dado cuenta...

Minerva me tomó de la barbilla y analizó la herida.

—No es nada grave —afirmó—. Te lo has debido de hacer con alguna rama o quizás las luciérnagas... —Se quedó callada un segundo—. Se te acercaban mucho.

Asentí con la cabeza, confirmando su apreciación, y observé los dedos con los que me había limpiado la cara, donde apenas había sangre.

—¿Luciérnagas? —preguntó Merlín, y, por el tono usado, se notaba que ese dato le había llamado mucho la atención.

—Eso no es importante —atajó Vega con rapidez, y le colocó delante de los ojos la pequeña caja.

El profesor observó el objeto con detenimiento, hasta que se decidió a tomarlo entre sus manos.

—¿De qué se trata?

—Mírelo usted mismo —lo apremió la joven.

Merlín arrugó el ceño todavía más, pero hizo lo que le pedía mientras las tres nos mantuvimos expectantes por ver su reacción.

En cuanto abrió la tapa, el brillo morado del anillo se reflejó en las lentes del mago. Sus ojos se abrieron como platos y, tras lo que parecieron unos minutos eternos, nos observó con gesto incrédulo.

—Esto es...

—El anillo de Maléfica —anunció Vega, sin dejarlo terminar.

—Vega, el profesor ya sabe de qué se trata —le indicó Minerva, y se sentó en una de las sillas que había cerca de la mesa.

La mencionada la sacó la lengua y la imitó, dejándose caer cerca de ella. Le empujó divertida el hombro y la otra suspiró de forma exagerada. Trataba de mostrarse seria, pero no lo lograba.

Las dos estaban más contentas de lo acostumbrado tras una exitosa misión, y sabía que algo se me escapaba.

—¿Alguien me va a explicar por qué es tan importante? —los interrogué, dejando caer mi mirada sobre cada uno de ellos.

—Porque fue la primera reliquia que Arturo consiguió —me explicó Merlín, al mismo tiempo que cerraba la tapa de la caja y la movía de lado a lado—. Esto no le va a hacer ninguna gracia.

—Nada de gracia —apuntó Vega, y chocó la mano con Minerva.

Vi cómo Merlín se dirigía hasta el armario donde guardaba todavía el espejo de Blancanieves y abría sus puertas para dejar el anillo en el mismo sitio.

—¿No lo va a poner en una de esas vitrinas? —me interesé, señalando las que había a lo largo de la sala. Dentro de ellas había otras reliquias de gran interés.

—Más adelante —me informó Merlín, y se guardó la llave en el bolsillo de la chaqueta de tela *tweed* oscura—. Primero hay que analizarlo bien y luego...

—Pero pensé que el anillo ya había estado en La Fundación —comenté, sin dejar de mirar al profesor.

Este negó con la cabeza y fue hacia su escritorio, donde estaba la biblia de las reliquias.

—Siempre estuvo al resguardo de los miembros de la familia de Maléfica —me informó Vega, atrayendo mi atención.

—Fueron ellos quienes lo perdieron —señaló Minerva, mientras jugaba con uno de los botones de su chaqueta.

—Bueno, perder, perder... Exactamente no fue así —corrigió Vega a la morena, sin que yo perdiera el hilo de lo que se decían.

—Siempre sonará mejor que se lo robaran, ¿no crees?

La chica de pelo verde arqueó una de sus cejas y movió la cabeza de lado a lado calibrando lo que Minerva le había dicho.

—Nada de eso es exacto —apuntó Merlín, y se acercó de nuevo a nosotras.

—Entonces, ¿qué sucedió? —lo interrogué.

El mago abrió el libro azul sobre la mesa, justo por donde podíamos ver una ilustración muy parecida a la reliquia que habíamos recuperado.

—Desapareció. Sin más.

—¿Eso es posible? —pregunté con el ceño fruncido.

Merlín asintió y golpeó con su índice el dibujo.

—Hubo sospechas de que alguien engañó a los descendientes de Maléfica, pero nunca hubo pruebas que lo corroboraran.

—Incluso se habló de traiciones dentro de la familia —añadió Vega a la explicación del mago.

—De raza le viene al galgo... —Minerva se calló de pronto al recibir un golpe por parte de la chica de pelo verde.

—Eso no está bien, Minerva —la reprendió Merlín, y la joven agachó la cabeza, afectada.

—Lo siento... Ha sido algo instintivo. Esto de ser una persona sociable me está costando...

No pude evitar reírme por su excusa y le revolví el cabello en un gesto cariñoso.

—Tranquila. Todo se aprende con el tiempo.

—Además —intervino Merlín, atrayendo nuestra atención—, nadie de aquí puede decir que su familia sea un ejemplo que seguir, ¿no creéis?

Minerva asintió tras suspirar y Vega tensó la mandíbula.

—Tiene razón, profesor.

Los tres se quedaron callados mientras los observaba con verdadero interés esperando que se explicaran, pero volvieron a callarse. De nuevo, me encontraba ante ese baúl donde se esconden secretos que no quieren que se descubra, salvo cuando ellos ven oportuno.

Y estaba harta.

—¡Se acabó! —indiqué alzando el tono de voz, dejando caer mi espada sobre la mesa. La biblia rebotó por el impacto y los tres me miraron asombrados—. Quiero saber de qué estáis hablando.

—Ariel, no es...

—Ahora, Minerva —la corté, y esta observó a Vega.

Merlín cerró el libro y se lo llevó lejos de nosotras, como si temiera que mi enfado pudiera hacerle algo.

—No tiene relación con el anillo...

Lo miré con cara de pocos amigos y me dio la espalda. Se notaba que no estaba por la labor de aclararme nada. Ni siquiera de enfrentarse a mí.

Me pasé la mano por el cabello y solté todo el aire que mi cuerpo retenía, tratando de calmarme, pero me era imposible. Fijé mis ojos sobre Vega y me crucé de brazos.

—Vale. Está bien. Sea lo que sea, no está implicado el anillo —señalé el armario donde lo había guardado Merlín—, pero aquí se ha hecho referencia a que en nuestras familias siempre ronda la traición... —Posé la vista sobre Minerva, sin mencionar a Axel, y volví sobre Vega—. Merlín ha tenido una larga vida, por lo que ha debido ver y hacer mucho...

—Mucho —subrayó el mago, asomándose tras una estantería.

Puse los ojos en blanco.

—Por lo que sabemos de la relación que mantuvo mi padre con Arturo, podemos deducir que se sintió atraído por la magia oscura...

—Pero se arrepintió rápido —apuntó Merlín—, aunque sabrías más de él si fueras a tu tierra natal, Ariel. —Lo miré con gesto cansado—. Perdón, perdón...

Bufé y me fijé de nuevo en Vega.

—Pero ¿tú?

Minerva le golpeó la pierna y se levantó de la silla.

—Te toca, amiga. —Recogió sus armas—. Me retiro a mis habitaciones si no me necesitáis... —El profesor negó con la cabeza—. De acuerdo, nos vemos.

En cuanto nos quedamos Vega y yo solas, con Merlín consultando sus libros, me senté delante de ella y le tomé una mano.

—¿Qué es lo que no sé?

Ella suspiró y se incorporó levemente hasta que su cara quedó más cerca de la mía.

—Tengo un hermano... Bastian —confesó, y asentí, esperando que prosiguiera—. Somos mellizos.

—¿Y qué le ha pasado?

—Que sepamos, nada —intervino Merlín desde el fondo de la biblioteca. Aunque quería darnos algo de intimidad, estaba más que atento a nuestra conversación.

Alcé una de mis cejas en una pregunta muda.

—Merlín tiene razón —confirmó—. Las últimas informaciones que nos han llegado de él es que está sano y a salvo.

—Para no estarlo, siendo la mano derecha de Arturo.

Abrí la boca de forma involuntaria y miré a Merlín, que se acercaba a nosotras. Luego observé a Vega, que asintió con la cabeza.

—Tu hermano es...

—Nuestro enemigo —acabó Vega por mí.

Le solté la mano y me dejé caer sobre el respaldo de la silla.

—Ahora entiendo por qué te molestaban tanto las deserciones o los cambios de bando de nuestros aliados. —Asintió—. ¿Y por qué no me lo has contado?

Ella se encogió de hombros y se levantó de la silla. Se acercó hasta una de las vitrinas, donde se exponía el zapato de Cenicienta, y luego me miró.

—No esperabas que, cuando te traje aquí con intención de que te unieras a nuestras filas, te indicara que mi mellizo nos abandonó para luchar por la causa inversa, ¿verdad? Quizás habrías escapado en dirección contraria, y te necesitamos.

Ladeé la cabeza y le ofrecí una sonrisa comprensiva.

—No habría estado de más que, cuando ocurrió lo de Riku, me lo contaras...

—Tienes razón. Tal vez, ese fue un buen momento para que no te sintieras sola, pero... —Suspiró resignada—. Aprendí a sobrellevar mi sufrimiento sola, y pensé que quizás tú necesitabas lo mismo. Además, siempre he estado a tu lado.

Observé cómo se deslizaba por el salón, parándose cada poco delante de las diferentes vitrinas, y decidí ir a su encuentro.

—Tu apoyo siempre ha sido muy bien recibido. —Le di un beso en la mejilla y ella me correspondió con una sonrisa en la que escondía ese pesar con el que acarreaba. Un sentimiento que conocía muy bien—. No he sido nunca de tener grandes amistades, pero no dudo que tú eres la mejor amiga que pude desear, Vega.

Ella palmeó mi mano y amplió su sonrisa.

—Yo también te considero una gran amiga, Ariel...

El sonido de las palmadas la interrumpió. Las dos miramos a Merlín, quien nos observaba con gesto orgulloso.

—Ya sabía yo que formaríais un buen tándem.

Tanto Vega como yo bufamos y pusimos los ojos en blanco.

—Profesor, en ocasiones me pregunto cómo consiguió vivir tantos años si, cuando Ariel le ha alzado la voz, ha salido huyendo.

El hombre se rio y se acercó a su escritorio.

—Huir es una palabra que no me gusta usar..., pero os diré que una retirada a tiempo se convierte en una victoria. Además, no era mi historia, sino la tuya, Vega. Eras tú la que debía contarla.

—Tiene razón —afirmó la joven—, pero también podría haber «huido»...

Me carcajeé, atrayendo la atención de la pareja.

—Ya te ha dicho Merlín que no usa ese término, al igual que lo de traición.

Vega me miró sin comprender, y el mago movió la mano en el aire quitando hierro al asunto.

—Ariel, ¿a qué viene eso?

Me aproximé a la mesa para recoger la espada y le aclaré:

—Estuvimos hablando —señalé al mago y, luego, a mí—, y cuando mencioné a Riku y su traición... —De pronto me quedé callada al mencionar al joven, y miré a Vega a los ojos, dándome cuenta de lo que se nos había olvidado contar.

—Riku...

Merlín se volvió hacia ella y la miró con curiosidad.

—¿Qué ocurre?

—Profesor, hemos visto a Riku... Bueno, yo no... Ni Minerva. Ariel... —le explicó Vega de forma atropellada.

—Vega, tranquila. Respira —le pidió, moviendo las manos arriba y abajo con lentitud, y se volvió hacia mí—. ¿Qué quiere decir?

—Riku estaba esta noche allí —le aclaré, y dejé la espada encima de la mesa de nuevo.

—¿En el bosque? —Tanto Vega como yo movimos la cabeza de forma afirmativa—. ¿Y qué os dijo?

Fui a responderle, con lo que me había indicado Riku que le hiciera llegar, cuando me di cuenta de algo.

—¿Usted esperaba un mensaje por su parte?

El mago se quedó callado unos segundos, en los que Vega y yo compartimos miradas, hasta que le escuchamos hablar:

—No, claro que no. —Se puso nervioso—. ¿Por qué preguntas eso?

Fruncí el ceño y lo observó con curiosidad.

—Merlín, usted sabía que estaría allí por Diablo, ¿verdad? —lo interrogó Vega.

Este asintió con la cabeza con rapidez.

—Claro, ¿por qué si no? —Las dos nos miramos de nuevo, no muy convencidas con lo que nos decía—. Venga, hablad —nos exigió—. ¿Qué quería Riku?

Me apoyé en la mesa redonda y lo miré, sin querer perderme ni uno de sus gestos o movimientos por si escondía algo. Sospechaba que no nos estaba diciendo toda la verdad.

—Riku nos ayudó a conseguir la reliquia —comenzó Vega, y al ver el gesto confuso de Merlín, le explicó—: Acabó con la vida de dos de los tres leñadores que portaban el anillo.

—Aunque me tuvo retenida durante unos minutos, no me hizo daño alguno, y no lo entiendo —admití.

El mago asintió complacido.

—¿Y qué te dijo? —me preguntó, ignorando mi preocupación.

Lo observé extrañada.

—Que todo iba según lo acordado...

Volvió a mover la cabeza de forma afirmativa, pero esta vez con mucha más rapidez, dio una palmada en el aire y se volvió hacia la pared que había cerca de su escritorio.

—Perfecto —dijo, mientras movía la mano en círculos—. Ahora, me tengo que marchar...

—Profesor, no puede dejarnos así —le indicó Vega, y yo me coloqué a su lado.

El mago nos miró por encima del hombro brevemente, sin dejar de mover su mano, mientras las luces moradas y azules abrían un portal delante de él.

—Me acabo de acordar de algo urgente que necesita mi atención —nos informó sin más, para desaparecer a través del agujero que había creado a continuación.

En cuanto este se cerró delante de nuestras narices, Vega y yo nos miramos sin dar crédito a lo que habíamos presenciado.

—De verdad...

—No trates de entenderlo —me aconsejó mi amiga.

—Pero Vega...

Esta negó con la cabeza, me pasó un brazo por los hombros y tiró de mí hacia las escaleras.

—Ariel, necesitas un baño. —Arrugó la nariz, subrayando sus palabras.

Yo la miré sorprendida mientras negaba con la cabeza.

—Creo que estoy en una casa de locos...

MUCHO MUCHO ANTES...
RIKU

CAPÍTULO 11

RIKU

El frío se me calaba en los huesos. No lograba calentarme ni acercándome a la única ventana que había en esa cárcel, por donde buscaban colarse los rayos del sol.

Observé el paisaje que se vislumbraba desde la torre más alta del castillo y vi que los campos estaban secos. No había cultivos ni naturaleza que los cubriera. Solo extensiones yermas hasta donde alcanzaban mis ojos y que ningún ser vivo se atrevería a cruzar.

Me llevé las manos a la boca y expulsé el aire que retenía mi cuerpo, golpeé el suelo con las botas y traté de aumentar un poco mi calor corporal, pero era una tarea imposible. Desde que me habían encerrado tras las rejas, mis poderes habían desaparecido, y solo me quedaba esperar a mi destino.

El que Arturo quisiera para mí.

Ya no había opciones.

Mi vida había terminado en el momento en el que decidí ayudar a Ariel.

—Sirenita...

Todo habría merecido la pena si ella se había salvado.

Todo por ella...

Escuché el sonido de los cerrojos quejarse y las puertas abrirse, dando paso a la única visita que tenía desde que me habían llevado allí.

—Buenos días...

—Arturo —dije sin más, y el hombre me regaló una sonrisa mordaz.

—Ya veo que no estamos muy animados hoy.

Me giré, dándole la espalda, y centré mi mirada en los áridos campos.

—No estoy de humor.

—Pues quizás, cuando te dé la noticia que traigo, tu ánimo cambie.

Lo miré con interés, y escuché la carcajada que mi curiosidad le provocó.

—Ya veo que todavía esperas saber algo de tu... —dudó— sirenita.

Tensé la mandíbula en cuanto escuché ese nombre salir de su boca.

—Venga, suéltalo y vete —le escupí, y apreté los puños al mismo tiempo.

Arturo me miró de arriba abajo, dejando patente lo que pensaba de mí, y amplió su sonrisa cuando terminó su examen.

—Es una lástima, pero... —Se pasó la mano por el cabello y la dejó caer a continuación.

—Arturo...

Este puso los ojos en blanco en cuanto me escuchó instarlo a que prosiguiera.

—Está bien. No seas impaciente, parece que tengas mucho que hacer —dijo, y noté que mi situación lo divertía.

—Si has venido a burlarte, será mejor que te vayas.

—¿Y perderme tu cara cuando te enteres...? Jamás —comentó, y un escalofrío me recorrió el cuerpo.

Tenía un mal presentimiento.

—¿Qué ocurre?

El hombre se acercó a las rejas con gesto compungido. Si no fuera porque lo conocía muy bien, podría creer que la noticia que me iba a dar le afectaba.

Pero era todo teatro.

Arturo no tenía sentimientos.

—Lo siento mucho, Riku...

—Arturo, ¿qué sucede? —le exigí saber, y agarré las rejas con fuerza. Mis nudillos se pusieron blancos mientras mi corazón latía acelerado.

Agachó la cabeza, incluso sorbió por la nariz realizando la mejor actuación que jamás le habría visto nadie, y, cuando creía que ya no podría ser más depravado, enfrentó mi mirada y me soltó:

—Ariel ha muerto.

—¡Mentira! ¡Eres un mentiroso! —le grité.

Él se carcajeó y pasó un dedo por una de mis manos.

—Es una lástima, pero... —se encogió de hombros— ya no se puede hacer nada.

—Arturo...

El hombre se alejó, dándome la espalda, y repitió:

—Una lástima.

Me quedé solo.

Mi cuerpo acabó en el suelo y sentí cómo las lágrimas fluían con libertad por mi rostro.

—Sirenita...

El grito de impotencia que salió mi interior se pudo escuchar por todo el castillo.

Un sonido repetitivo me devolvió de la inconsciencia en la que me había sumergido desde que Arturo había estado en mi celda. Me pasé la mano por la cara, tratando de alejar el dolor que se había impregnado en mí, y me acerqué hasta las rejas que impedían que saliera de esa cárcel.

—¿Hola?

El repiqueteo cesó mientras el silencio se adueñaba del espacio donde me encontraba.

Apoyé la cabeza entre los barrotes y respiré con profundidad mientras pensaba que me estaba volviendo loco. Allí no había nadie más. Me conocía esa prisión de memoria y sabía, desde la última vez que estuve en ese lugar, que Arturo no hacía prisioneros.

Ya era una excepción que yo mismo siguiera con vida, por lo que podía apreciar las horas que me quedaban antes de que decidieran qué hacer conmigo.

—Quizás sea lo mejor porque, sin ella, nada tiene sentido...

De pronto, el repiqueteo se reanudó.

Elevé mi cabeza y me moví hacia mi izquierda, alejándome de la claridad que entraba por la única ventana de esa planta.

—¿Hola? —insistí subiendo el tono de voz—. ¿Hay alguien? —Me pegué a la pared más lejana de las rejas y me agaché hasta que casi mi trasero tocaba el suelo—. Hola... No tengas miedo...

El ruido cesó de nuevo, pero no lo siguió el silencio como la otra vez, sino un arrastrar de pasos que se fue acercando hasta donde me encontraba mientras trataba de que mi vista se ajustara a la oscuridad que reinaba por esa zona.

—Hola...

—Hola —me respondió una voz muy suave y frágil.

Me acabé por sentar en el suelo al mismo tiempo que unas pequeñas manos rodeaban los barrotes y una nariz puntiaguda asomaba entre ellos.

—¿Quién eres? —me preguntó.

—Riku.

—¿Riku? No puede ser... —dijo el desconocido, colando cada vez más la cabeza entre las rejas.

—¿Te conozco? —Apareció ante mí un rostro aniñado, con unos ojos negros muy juntos—. ¿Germán? ¿Eres tú? —El chico se rio, pero al poco comenzó a toser como si los pulmones se le fueran a escapar por la garganta—. ¿Estás bien?

Este asintió, levantando una mano, pidiéndome tiempo.

—Dentro de lo que se podría esperar... Me encuentro bien, querido amigo.

Moví la cabeza de forma afirmativa y le ofrecí una sonrisa cariñosa.

—¿Qué haces aquí?

Se encogió de hombros y se dejó caer sobre el suelo. Apoyó la espalda en la pared de ladrillo, al igual que yo, y dejó la mano alrededor de uno de los barrotes.

—Me apresaron hace unos días...

—No puede ser.

Se carcajeó de nuevo, provocando que apareciera la tos otra vez.

—Pues ya me ves, querido amigo —dijo cuando logró controlarse—. Aquí está el Sastrecillo Valiente. Entre rejas. —Se señaló e incluso sonrió por la broma.

—Jamás pensé que podría encontrarte aquí...

—Yo tampoco esperé verte a ti, Riku —declaró, y apoyó su mano encima de la mía.

Nuestras miradas se encontraron, a pesar de la semioscuridad que había donde nos hallábamos.

—¿Nadie sabe que te apresaron?

Negó con la cabeza.

—Iba de camino a una fiesta en la colina de las hadas cuando sufrí una emboscada.

—¿Y desde entonces sigues aquí? —Asintió—. Es raro... —Me llevé una de las manos hasta la cabeza y comencé a jugar con mis rizos.

—¿Por qué? —me preguntó cuando vio que me quedaba callado.

Lo miré y, aunque estuve tentado de mentirle, no encontré el valor para hacerlo.

—Arturo no hace detenidos.

Supe el momento exacto en el que entendió mi afirmación, porque los ojos se le abrieron como platos. Al tenerlos tan pequeños, fue algo demasiado evidente.

—Quieres decir que...

—Nos matará —afirmé.

El sastre se levantó y vi cómo se acercaba al otro lado de su celda, para regresar a continuación.

—¿Seguro?

—Siempre ha sido así —le indiqué.

Me miró desde su altura, que no era mucha ya que, estando yo sentado en el suelo, su cabeza no sobrepasaba la mía.

—Pero yo llevo varios días aquí recluido...

—Eso es lo que me tiene confundido —comenté, y me incorporé. Me aproximé al lado de las rejas que tenía enfrente y que, gracias a la luz de la ventana, mejor se veía—. ¿Hay alguien más aquí? —le pregunté a Germán, mientras achicaba los ojos tratando de vislumbrar si había otra persona ocupando la celda que había delante.

—No... —Dudó—. Que yo sepa...

—¿Hola? —dije, mientras me agachaba para recoger varias piedrecitas que había en el suelo—. ¿Me escuchas?

—Riku, ¿qué haces? —me interrogó el sastre, acercándose a las rejas.

—Creo que ahí hay alguien... —comenté, y vi cómo Germán colaba su cabecita entre las rejas para observar lo que le señalaba—. Parece tela. ¿Lo ves?

—Quizás sean los restos de prisioneros antiguos.

Negué con la cabeza.

—Imposible. Ya te he dicho que nunca antes han hecho prisioneros —le recordé—. Todos morían antes de alcanzar esta torre.

—¿Y tú cómo sabes eso? —se interesó.

Lo observé unos segundos, tratando de discernir si contarle la verdad o no, cuando me dijo:

—Mira, Riku. Se ha movido. —Señaló el lugar donde había estado la tela que me había llamado la atención.

—¡Te lo dije! —exclamé, y comencé a lanzar las piedrecitas al otro lado—. Hola... ¿Estás ahí?

Un gruñido se extendió por el piso.

—Mira que sois escandalosos...

El sastre y yo nos observamos, y luego centramos nuestra atención en la celda de la que había salido la voz.

—¿Quién eres? —preguntó Germán a la oscuridad.

El sonido de cadenas contra el suelo nos alertó de que, fuera quien fuera, se estaba moviendo.

—¿Te conocemos?

—Te invité a mi boda, por lo que creo que éramos amigos, Riku.

Fruncí el ceño ante esa información.

—No puede ser... —musité, al mismo tiempo que unas manos de madera se cernían sobre los barrotes—. ¿Pinocho?

CAPÍTULO 12

RIKU

—Hola, Riku.

—Pinocho, ¿eres tú? —repetí, incrédulo de ver ante mis ojos al esposo de Gretel.

Por lo que podía apreciar desde mi posición, estaba algo desmejorado. En su cuerpo y cara de madera se notaba el paso del tiempo. Parecía más delgado, si eso era posible teniendo una constitución de madera. Le habían crecido la barba y el cabello, que tenía enredado y demasiado largo para lo vanidoso que era el hombre, e iba vestido con unos pantalones grises que le llegaban hasta las rodillas y una camisa blanca que había visto tiempos mejores, porque estaba hecha jirones.

Si su aspecto nos había llamado la atención, no menos fueron los grilletes que se cerraban alrededor de sus delgadas muñecas y que se unían por una gran cadena a los tobillos.

—¿Has estado aquí desde que llegué? —le preguntó el Sastrecillo Valiente.

Este asintió con la cabeza sin ofrecer ninguna explicación más.

—¿Qué te ha pasado? —insistió Germán, tan sorprendido como yo de verlo allí.

—Pasaba por aquí... —comentó, y me pareció asombroso que en su estado tuviera ganas de bromear.

—Pinocho, ¿qué ha ocurrido para que estés aquí? —lo interrogué, señalándolo.

El hombre de madera me observó brevemente para, a continuación, centrar sus negros ojos por detrás de mí. Miré para comprobar qué podía haberle llamado su atención y me di cuenta de que era la ventana. El único vano que había en esa planta, por donde entraba algo de luz.

—Por precaución...

Me volví hacia él en cuanto dijo esas palabras.

—¿Precaución?

Asintió con la cabeza.

—Para que Gretel haga lo que le pide... —susurró, y se introdujo en la oscuridad de su celda, dejándonos a Germán y a mí con más interrogantes.

—¡Arriba! —Los golpes en los barrotes de metal nos sacaron de nuestro sopor.

Observé la ventana y, por la escasa claridad que había, podía deducir que todavía no había amanecido.

—¿Qué nos traes para desayunar hoy, Umbra? —Escuché que preguntaba el sastre a nuestro carcelero.

Era un hombre de gran tamaño, con el pelo oscuro, aunque por la suciedad tampoco se podría describir bien el color de su cabello. Vestía unos pantalones negros y una camisa de igual tono con las mangas remangadas que permitía observar los músculos de sus brazos.

Emitió un gruñido y tiró el plato de comida al suelo de piedra como única respuesta.

—¿Algo delicioso, Germán? —le pregunté a mi compañero de celda, mientras veía cómo mi plato aterrizaba delante de mí.

—Las gachas más perfectas que jamás hayas probado, Riku —me respondió, irónico.

Un nuevo gruñido de nuestro guardián resonó en nuestra prisión.

—Deberíais estar contentos. El rey podría dejarlos sin comer, pero es demasiado misericorde —nos indicó Umbra, y Germán se rio.

—Sí, por supuesto. Dale las gracias de nuestra parte al piadoso y compasivo *rey*. —El tono con el que nombró el título de Arturo me arrancó una carcajada, y el carcelero, que de tonto no tenía ni un pelo, golpeó con fuerza las rejas de la celda del sastre.

—¿Te estás burlando de él?

—Jamás se me ocurriría —afirmó Germán, y Umbra pareció conforme con su respuesta, porque se marchó sin más.

—¡Oye! —lo llamé antes de que desapareciera.

—¿Quieres algo, traidor? —me preguntó escupiendo cada palabra.

Señalé la celda que tenía enfrente.

—Has olvidado el desayuno para Pinocho.

El carcelero miró un segundo la prisión en la que se encontraba el reo que había mencionado y luego me observó a mí.

—Hoy no le toca —espetó, y desapareció de nuestra vista.

—¡Oye! —gritó Germán, acercándose a la parte delantera de su celda—. ¡Umbra! ¡El plato de Pinocho! ¡Lleváis un mes dándole apenas un plato al día! ¡Umbra!

—No te preocupes, sastre —indicó Pinocho, aproximándose a la zona de su pequeño habitáculo donde podíamos verle—. Estoy acostumbrado.

—Toma —le ofrecí mi comida, empujando el plato hasta un lugar en el que pudiera alcanzarlo.

—Riku, de verdad, no...

—Venga ya, Pinocho. No me seas orgulloso —le regañó el sastre, lo que nos arrancó una sonrisa—. No puedes seguir así. No me extraña que te estés quedando en los huesos... —Se calló unos segundos y nos miró con verdadero interés—. ¿Te puedes quedar en los huesos?

113

La risa cascada de Pinocho se escuchó por la prisión, y no tardamos en acompañarlo.

—Hace un tiempo te habría dicho que no, pero la evidencia es palpable —afirmó el hombre de madera, y se agachó para estirar el brazo fuera de su celda.

Le costó un poco, pero al final alcanzó el plato de gachas, que no dudó en comerse con rapidez.

Se notaba que estaba hambriento.

—A partir de ahora, nos repartiremos las raciones —indiqué, y Germán asintió mientras comía de su desayuno—. Durante este tiempo te hemos permitido que siguieras regodeándote en tu propia desdicha, pero eso se acabó.

—Riku, no lo puedo permitir —comentó Pinocho con la boca llena, sin apenas levantar la vista del plato.

—Que dejes ya esa pose de héroe —le soltó el sastre, al mismo tiempo que me pasaba las gachas que me había dejado de su plato.

—Gracias. —Este asintió y se sentó en el suelo—. Pinocho, no sabemos el tiempo que estaremos aquí, pero, sea el que sea, nos apoyaremos y ayudaremos en lo que podamos.

—Riku...

—Ya está. No tengo más que añadir —lo corté—. Ahora, termina estas deliciosas gachas...

—Que nos ha proporcionado el misericorde *rey* —añadió Germán, y los tres nos reímos.

—Riku, ¿estás despierto?

Me giré sobre mi cuerpo, olvidándome de las estrellas, y miré hacia la celda de Pinocho, aunque no lo podía ver bien.

—Sí, ¿pasa algo?

Escuché el sonido de las cadenas que tenía en sus tobillos y muñecas, y que evidenciaba que se movía.

—No, es solo que me estaba preguntando qué podrías haber hecho para que Arturo te encerrara aquí —comentó, y vi cómo sus dedos de madera envolvían uno de los barrotes.

Me coloqué la mano bajo la cabeza y la alcé levemente.

—Ayudar a una amiga...

—¿Una amiga?

Asentí, pero, al darme cuenta de que no podría verme, le indiqué:

—Bueno, a alguien que era más que una amiga.

El silencio nos envolvió tras nuestra confesión, solo roto por los ronquidos del sastre, que retumbaban cada poco por la torre. Parecía increíble que un cuerpo tan pequeño pudiera emitir tanto ruido.

Como parecía que Pinocho no quería proseguir la conversación o quizás se hubiera quedado dormido, por las horas tan tardías que eran, fui a regresar a mi posición original, de cara a la ventana. El paisaje nocturno era lo que necesitaba para recordar los ojos de color caramelo y la sonrisa tan dulce de mi sirenita.

—Te debe importar mucho si fuiste capaz de traicionarlo.

—Era especial —afirmé, y terminé por darle la espalda.

—¿Era?

Me quedé callado unos segundos en los que sentí que mi corazón lloraba.

—Está muerta —anuncié, y respiré con profundidad, dando por acabada la charla nocturna.

CAPÍTULO 13

RIKU

—El almuerzo —anunció Darcel, dejando el plato con un guiso horrendo sobre el suelo.

Germán se acercó corriendo a la comida y se lo llevó a la nariz. A continuación, puso cara de asco.

—Oye, Darcel, felicita al cocinero de mi parte. Cada día que paso en esta idílica estancia, sus viandas mejoran.

Hizo reír a nuestro carcelero, que, a diferencia de su compañero, mostraba un poco más de compasión hacia nosotros. No era tan grande como Umbra, pero su altura la contrarrestaba con la espalda ancha y los músculos que escondía bajo la camisa de cuadros y los vaqueros azules. Era mucho más limpio, y hasta su cabello dorado atraía los pocos rayos de sol que se colaban por nuestra ventana.

—Se lo diré encantado, Sastrecillo. Seguro que lo agradecerán. —Me ofreció el plato para que lo cogiera con la mano cuando llegó a mi altura y se volvió hacia Pinocho—. Hoy, el tuyo es especial.

Desde mi posición, vi que en la cara de madera aparecía una pequeña sonrisa.

—Gracias, Darcel.

—Sí, gracias, Darcel —le indicó Germán—. Contigo es un gusto, no como con tu compañero...

El carcelero se rio de nuevo y se acercó a las rejas del sastre.

—Si quieres, también se lo digo de tu parte a Umbra. Seguro que agradecerá tus palabras...

—No, no... No hace falta —comentó Germán, y se retiró hacia dentro de la celda—. Solo dile que lo echamos de menos.

El guardia se carcajeó y cerró la puerta que comunicaba con el resto de la torre, para desaparecer de nuestra vista.

Yo me senté cerca de la ventana porque, aunque apenas entraba aire por ella, se agradecía algo de luz. Metí la mano dentro del asqueroso guiso, ya que no nos facilitaban ningún cubierto, y sin pensármelo mucho me lo llevé a la boca.

—En realidad, no está tan malo —dijo Germán con la boca llena.

—Hemos probado cosas peores —comenté yo, y cerré los ojos mientras masticaba.

—¿Tú qué opinas, Pinocho?

Nuestro compañero de celda no respondió a la pregunta del sastre, lo que me llamó la atención.

—Pinocho, ¿todo bien? —me interesé, mientras dejaba el plato en el suelo y me incorporaba para acercarme a la zona de delante.

—Sí, sí... —afirmó de forma atropellada, al mismo tiempo que tomaba su plato y me miraba con una sonrisa extraña.

—¿Seguro?

Este asintió y agarró con la mano un poco del guiso, que se llevó a la boca.

—Tienes razón, Germán. Está mucho mejor que en otras ocasiones. —Miró hacia el sastre, levantando el plato por encima de su cabeza, a modo de brindis en la distancia.

El Sastrecillo le correspondió, como si fuera una broma, y prosiguieron comiendo.

Hubo un momento en el que Pinocho me miró, deteniendo su comida a medio camino, y me preguntó:

—¿Todo bien?

Asentí con el ceño arrugado y me llevé la mano al cuello, por debajo de mi negro cabello. Me había crecido mucho en esos meses y comenzaba a molestarme, pero no tenía forma de cortármelo.

—Sí, pero ¿y tú?

—Bien. No te preocupes. —Se metió la mano en la boca—. Hoy comemos los tres.

Moví la cabeza de forma afirmativa, conforme con sus palabras, y regresé a mi posición anterior, debajo de la ventana. Tomé mi propio plato y comencé a comer mientras la imagen de Pinocho escondiendo algo entre sus raídas ropas se repetía en mi cabeza.

—Hay demasiado alboroto allá abajo, ¿no?

Miré al Sastrecillo Valiente un segundo y volví mi atención a lo que podía ver desde mi posición en la ventana.

—Parece que hoy tendrán invitados... —comenté, aunque no podía apreciar bien lo que sucedía.

—¿Muchas carrozas?

—Y gente a pie —informé a Pinocho, metiendo mi cuerpo por el vano estrecho.

—¿Qué irán a celebrar? —preguntó Germán, aunque ninguno sabíamos la respuesta exacta.

La puerta golpeó la pared de ladrillo cuando nuestro carcelero apareció ante nosotros.

—¿Hoy no le tocaba a Darcel?

El sonido del plato con comida estrellándose contra el suelo fue la única contestación a la pregunta que Pinocho recibió.

El sastre se lanzó hacia los barrotes, tratando de impedir que los alimentos tocaran más tiempo del necesario las piedras, y Umbra, al verlo, se rio de forma grotesca.

—Cada vez os parecéis más a los cerdos.

—No te permito que nos llames así —le solté, y este se detuvo delante de mí.

Llevaba la comida en un cubo sucio y en la otra mano, dos platos vacíos.

—¿Y qué harás, traidor? Estoy cansado de tus aires de superioridad. —Avanzó hacia los barrotes tratando de amilanarme, pero no lo consiguió—. El niño bonito de Arturo...

—Tu rey querido —atrajo Germán la atención sobre él.

El hombre, que me superaba en tamaño, lo miró con cara de pocos amigos.

—¿Tienes ganas de pelea, enano?

El sastre negó y se echó hacia atrás, llevándose consigo el plato y la poca comida que había conseguido salvar.

—Yo no tengo ganas de nada, Umbra.

Este asintió, conforme de escuchar eso, y regresó su mirada sobre mí.

—¿Y tú..., traidor? —escupió de forma sibilina.

Tensé la mandíbula y las manos mientras me repetía que no debía entrar en su juego.

—Riku, no. —Escuché que Pinocho me decía, lo que provocó ser el receptor de las iras de nuestro carcelero.

—El que faltaba. —Umbra se volvió hacia él—. Nadie te ha invitado a participar, muñeco de madera.

Pinocho lo miró, dejando patente que no le tenía miedo, pero, si éramos sinceros con nosotros mismos, nuestra situación no era de lo más ventajosa.

—Venga, Umbra, ¿qué pasa? ¿Qué estás enfadado porque no te han invitado a la fiesta?

Se giró con rapidez hacia el sastre, golpeando el cubo contra los barrotes. Parte de lo que había en su interior se derramó por el suelo.

—¡Joder! Mirad lo que habéis conseguido...

Los tres observamos el líquido y lo que parecían patatas derramadas, y luego cómo Umbra caminaba sobre ello más de una vez.

—Creía que teníais hambre —comentó, y nos miró con gesto malvado—. La próxima vez diré en cocina que no se molesten en alimentaros. —Alzó el cubo y vació del todo su contenido. Nos miró con odio y salió de la torre sin más.

—¡Será cabrón! —espetó Germán, pasado el tiempo.

Pinocho y yo todavía estábamos cerca de los barrotes, y el sastre, en la profundidad de su celda.

—Cuando Umbra tiene el día torcido, no se puede hacer nada —comentó Pinocho, y escuché las carcajadas de Germán. Lo que me sorprendió.

—¿De qué te ríes?

—Que ese debió nacer torcido porque sus días siempre son así —me aclaró—. Su madre debió sufrir lo indecible al dar a luz.

Pinocho comenzó a reír y yo no tardé en seguirlo con solo imaginar la escena.

—Germán, no sé cómo lo haces, pero me maravilla lo bien que llevas todo esto.

Este se acercó a los barrotes que compartíamos sin dejar de comer del plato.

—En esta vida hay dos opciones para sobrellevar la mala suerte, y fiaos de mí, que de eso sé mucho, porque, de matar siete moscas a que la gente creyera que fueron siete gigantes, hay un trecho.

—¿Cuáles? —le preguntó Pinocho, y en su voz se notaba que la situación lo divertía.

—Regodearte en la desgracia, en tu mierda... Perdón por la palabra. —Nos guiñó un ojo travieso y nos carcajeamos.

—¿Y la segunda? —insistí para que terminara con la explicación, cuando logré acallar mis risas.

—Regodearte en la mierda con risas —soltó, y nos miró esperando nuestra reacción.

Pinocho y yo nos miramos, y no pudimos explotar en carcajadas exageradas a continuación.

—Pinocho... —lo llamé en mitad de la noche, con el ruido de la fiesta que se celebraba pisos más debajo de donde nos encontrábamos.

El sonido de las cadenas me reveló que estaba despierto.

—Dime.

Yo estaba sentado, con la espalda apoyada en la pared, debajo de la ventana. Las piernas las tenía dobladas y mis brazos descansaban sobre las rodillas.

—¿Por qué querías que estuviera Darcel? —El silencio me respondió—. Pinocho..., ¿me has oído?

Un gruñido me llegó alto y claro, junto a un nuevo movimiento de cadenas.

—Sí, te he oído —afirmó, y esperé que me aclarara mis dudas, pero no dijo nada.

—¿Y?

—Joder, Riku, ¿qué quieres saber? Estaba intentando descansar —indicó, aunque sabía que solo me estaba dando una excusa. Había algo que no me quería contar.

—¿Por qué esperabas a Darcel?

Silencio de nuevo, lo que me llevó a pensar que no me respondería otra vez.

—No lo esperaba.

—Preguntaste por él —indiqué con rotundidad—. Noté la desilusión en tu voz y tu rostro cuando viste a Umbra y no a Darcel.

Otra vez silencio...

—No sé de qué hablas.

Me revolví el cabello y cerré los ojos, soltando el aire que retenían mis pulmones. Hacía algo de fresco en el exterior de la torre, que se colaba por la ventana y se agradecía para ventilar el espacio que habitábamos desde hacía unos meses.

—Puedes confiar en mí —susurré, sin esperanzas de que me escuchara o que me dijera algo.

—¿En el hombre de confianza de Arturo? No me digas tonterías, Riku. Es complicado confiar en ti.

Abrí los ojos con rapidez e incluso me incorporé levemente, como si hubiera notado la bofetada que me había propinado desde la distancia.

—Podría decir lo mismo del esposo de quien planifica cada paso del *rey*.

No hablamos más.

El silencio regresó y cada uno desaparecimos entre nuestros propios demonios.

CAPÍTULO 14

RIKU

—Riku, ¿no te cansas? —me preguntó el sastre una vez más, y no pude evitar reírme al escucharlo.

Era la tónica cada vez que comenzaba con mis ejercicios diarios.

Desde hacía unas semanas, realizaba flexiones, abdominales y algo de *kickboxing*, estirando los músculos en el aire, para evitar que estos se atrofiaran al estar encerrado en una celda. No podía dejar que mi cuerpo se adormeciera porque, viendo que esta situación se alargaba demasiado —ya había perdido la cuenta del tiempo que llevaba allí—, necesitaba sentirme útil de alguna forma.

Y, mientras, Germán me observaba sentado desde su propio habitáculo sin mover ni un pie.

—Te he dicho más de una vez que podrías acompañarme.

Se señaló a sí mismo y me ofreció una sonrisa resignada que no engañaba a nadie.

—Ya hago ejercicio desde aquí, mirándote. —Se pasó la mano por la frente como si se limpiara el sudor—. No sabes lo cansado que estoy...

No pude evitar reírme, deteniendo mi entrenamiento. Me doblé por la mitad, apoyando las manos sobre mis rodillas, y sonreí al observarle.

—Sabes que no te vendría mal, ¿verdad?

125

—No te preocupes de mí. —Movió una de sus manos—. Además, así puedo disfrutar de la visión de tu tatuaje. —Sonreí y estiré el brazo donde nacían las marcas negras dibujadas en mi piel. Me había quitado la camiseta negra para moverme mejor—. ¿Qué es? Nunca sé muy bien si es algo tribal o esconde mucho más.

Me encogí de hombros y golpeé al aire con el puño.

—Un poco de todo —indiqué a modo de respuesta. No era algo de lo que solía hablar.

—Chico misterioso...

Me reí al escucharlo y proseguí ejercitándome. Salté sobre mis pies, girando mi cuerpo al mismo tiempo, y moví el cuello de lado a lado.

—Venga, Sastrecillo.

Este bufó desganado.

—Sabes que nuestra hora está fijada, ¿verdad? —Asentí y me detuve de nuevo—. Pues para qué malgastar el tiempo en hacer sufrir a nuestro cuerpo. Ya lo harán esos de ahí con ganas cuando llegue el momento. —Señaló la puerta, que estaba cerrada, por la que entraban nuestros carceleros.

—Déjale, Sastrecillo —intervino Pinocho—. Yo también actué de igual forma cuando me encerraron aquí. Él solito se dará cuenta de lo estúpido de sus actos.

Lo miré con los brazos en jarras.

—Quizás repare en lo que dices, si te dignas a contarnos en alguna ocasión cómo terminaste en esta celda o cuánto tiempo llevas aquí. —Alcé las manos al techo para dejarlas caer a continuación—. Si nos ofrecieras esa valiosísima información —dije con ironía—, quizás nos ayudaría al resto a soportar mejor este encierro. —Le di la espalda y comencé a lanzar los puños al aire, reanudando mi entrenamiento.

Vi por el rabillo del ojo que Germán se encogía de hombros mirando a Pinocho, pero no añadieron nada más, por lo que aumenté mi ejercicio, ignorándolos.

—La comida —anunció nuestro guardián, apareciendo por la puerta al poco.

—¿Qué toca hoy, querido Darcel? —preguntó el sastre, aproximándose a los barrotes.

Este le dio el plato en las manos y le informó:

—Guiso de patatas.

—¿Otra vez? —Su voz se notó cansada.

—Pero hoy han añadido guisantes —señaló Darcel, provocando un grito de júbilo por parte del Sastrecillo, que nos arrancó una sonrisa.

Yo me agaché a recoger mi camiseta negra y me limpié la cara con ella. Me acerqué a la parte delantera de mi celda y estiré la mano para tomar el plato que me ofrecía nuestro carcelero.

—Que aproveche —me dijo, y moví la cabeza de forma afirmativa, dándole las gracias. Aunque éramos sus prisioneros, los caracteres tan diferentes entre Darcel y Umbra sobresalían, y se agradecían sus gestos.

Eran la noche y el día, y, sobre todo, en lo referente al trato que disponían hacia Pinocho.

Observé cómo se aproximaba a donde se encontraba el hombre de madera, y comprobé que intercambiaban alguna que otra palabra mientras le pasaba su plato de comida. Un asentimiento por parte del reo y un susurro por el guardián eran pruebas suficientes para que constatara que la relación entre esos dos iba mucho más allá de lo que a primera vista parecía, y que llevaba barruntando desde que sospeché que algo tramaban.

—¿Habrá postre hoy? —preguntó Germán, interrumpiendo al carcelero y a Pinocho.

Darcel se rio y negó con la cabeza al mismo tiempo que regresaba a la puerta.

—Lo preguntaré en cocinas, sastre. Quizás hayan pensado en algo especial.

—Aquí estaré —indicó este—. No me moveré.

Nuestro carcelero se carcajeó todavía más fuerte y cerró tras de sí, dejándonos a los tres solos, otra vez.

Mi mirada se centró en Pinocho, quien me observaba con atención, consciente de que había presenciado su secreto intercambio.

Le di la espalda sin decir nada y me senté debajo de la ventana sin ver la necesidad de ponerme la camiseta de nuevo. Hoy hacía demasiado calor. El tatuaje de mi brazo, que se extendía hasta mi cuello, reclamó mi atención y dejé que mis dedos se deslizaran por sus líneas recordando otros dedos femeninos que dibujaron mi cuerpo.

—Ariel... —musité su nombre entre mis labios, saboreándolo con lentitud, mientras añoraba su compañía. Su calor, su voz, sus besos... Jamás volvería a besar su boca. Me debería atormentar que la fecha de mi muerte estuviera fijada, pero era todo lo contrario. Ansiaba... que llegara. Lo deseaba, porque así cesaría el sufrimiento que sentía en vida, cuando mi corazón lloraba su pérdida, cada vez que dejaba que mi mente vagara por mis recuerdos.

Recuerdos amargos, recuerdos tristes que me habían llevado hasta allí...

Recuerdos dulces que me habían hecho creer que la redención era posible.

La puerta de nuestra prisión se abrió en mitad de la noche, dejando que la luz de la torre se colara tenuemente.

Un susurro y un siseo, y la puerta se volvió a cerrar, dejando a nuestro visitante en mitad de la oscuridad.

No más sonidos.

No más movimientos.

Las dudas se adueñaron de mí, poniendo en jaque mi propio juicio.

Quizás me equivocaba y la persona que se había presentado allí se había marchado. Quizás se había equivocado de puerta o quería echar un vistazo a la prisión que escondía Arturo en lo alto de la torre de su castillo. Quizás...

Un arrastre de pies muy sigiloso y afiné más el oído, alejando mis pensamientos. Me tumbé boca abajo, y yo mismo también arrastré mi cuerpo, alejándome de la luz de la luna, para que la oscuridad ocultara mis movimientos.

—Pinocho... —Un susurro de una voz que no identifiqué.

—Mi amor. —Escuché a Pinocho, cerca de los barrotes delanteros de su celda, atrapando las blancas manos de quien se ocultaba bajo la capa negra—. ¿Cómo estás?

—Yo bien, pero ¿y tú?

El hombre de madera apoyó la cabeza en las rejas y la blanca mano le acarició el rostro.

—Ahora mejor —suspiró mi compañero de prisión—. ¿Qué tal el peque?

—Bien, bien... Pregunta por su padre, pero...

—¿Gretel? ¿Eres tú? —Me incorporé cerca de ellos, con la única separación de los barrotes de mi propia celda, y miré con sorpresa a la mujer. No podía ser.

La «intrusa» se volvió hacia mí, dejando que la capucha de su capa se deslizara por su cabello pelirrojo, y me ofreció una sonrisa que no supe identificar.

—Riku, ¡cuánto tiempo!

—Gretel...

Seguía siendo una mujer bellísima. Con su melena roja, su piel como la nieve, los ojos dorados y el cuerpo con las curvas en los lugares exactos para hacer que su figura atrajera más de una mirada. Se apartó la tela oscura y llevó una mano hasta la empuñadura de una espada que descansaba en su cadera en un claro mensaje.

Elevé las manos en símbolo de paz.

—Tranquilos, por mí. No seré un problema...

Pinocho me observó con los negros ojos achicados desde su propia celda.

—Gretel, Riku no nos delatará.

Su mujer lo miró y luego me observó.

—¿Seguro? Es un traidor —mencionó, y me dolió.

Entre los miembros de Arturo se me consideraba un traidor a los míos por las formas como llegué a ingresar entre sus filas, pero ahora también era un traidor para ellos y para los miembros de La Fundación.

Un traidor con convicciones que se habían ido difuminando con el pasar de los tiempos mientras me percataba de que la vida nunca se puede definir como blanco y negro, sino que hay grises con diferentes tonalidades que terminan conformando la persona en la que nos convertimos.

—Creo que no eres la persona idónea para echarme eso en cara, Gretel —comenté en apenas un susurro, y me deslicé por las sombras hasta la esquina más alejada del matrimonio.

Gretel siguió cada uno de mis movimientos hasta que comprobó que desaparecía y se volvió hacia su marido.

Los vi intercambiar frases que no terminé de descifrar, caricias y besos que hablaban del amor que se profesaban y, cuando se escuchó un ligero golpe en la puerta de madera por la que había entrado, se colocó la capucha sobre la cabeza.

—Me tengo que ir...

Pinocho asintió y noté pesar en sus gestos. Cerré los ojos, para ofrecerles más intimidad de la que les había prestado hasta entonces, y recordé unos labios que también me hicieron temblar en un momento de mi vida.

La puerta se cerró tras Gretel a los pocos minutos, y los tres nos volvimos a quedar solos en nuestra cárcel. Los ronquidos del sastre probaban que este seguía dormido a pierna suelta, como la mayoría de las noches en las que yo siempre me desvelaba, y Pinocho se mantuvo en silencio.

Los dos sabíamos que seguíamos despiertos.

—¿Acude a visitarte a menudo? —le pregunté a media voz, como si supiera que mi compañero de madera necesitara hablar en esos momentos.

—Antes de vuestra llegada, sí...

—Lo siento —me disculpé por algo que no había podido evitar, y escuché una risa queda por su parte.

—Riku, no es tu problema.

—Ya... —Tiré al suelo una piedrecita que había recogido y con la que jugaba entre los dedos—. Siento tu dolor —afirmé, y era cierto. Sabía lo que podía sufrir un ser humano distanciado de la persona amada porque yo mismo lloraba en silencio la ausencia de Ariel, aunque mi dolor era muy diferente porque nunca más la vería.

«Quizás en el más allá», pensé mientras escuchaba la respiración de Pinocho, que me llegaba atraída por el viento.

—Gracias... —El arrastrar de las cadenas rompió la quietud de la noche. Supuse que estaría acomodándose para descansar y no quise continuar con la conversación hasta que lo hiciera.

—¿Qué tal Hansel Junior?

—Creciendo —me indicó, y, por su voz, supe que estaba orgulloso de su hijo—. Parece que no para de hacer más de una travesura y está consiguiendo sacar de los nervios al propio Arturo.

Me reí con solo imaginarlo.

—Me encantaría verlo.

—Y a mí... —afirmó con voz queda, y los dos supimos que esta charla había terminado.

CAPÍTULO 15

RIKU

—Hoy estamos de celebración —anunció Darcel nada más aparecer ante nuestros ojos, y elevó el cubo que llevaba en una de sus manos.

Germán llegó corriendo hasta los barrotes delanteros, atraído como si fuera un perro ante un premio, y sonrió de felicidad.

—¿Algo dulce? Por favor, que sea algo dulce. Porfa...

No pude evitar reírme al verlo. A pesar del tiempo que llevábamos allí encerrados, nada conseguía quitarle el apetito. Dormía plácidamente cada noche y la comida, aunque fuera la peor bazofia que se hubiera cocinado, la disfrutaba como el mejor manjar.

—¿Qué celebramos? —pregunté a mi carcelero, y también me acerqué a las rejas.

—Buah..., guiso de patatas —dijo el sastre, tomando su plato.

—Con guisantes —apuntó Darcel, y sonrió.

Germán puso los ojos en blanco y se alejó de él con la comida.

—Otra vez guisantes, ¡yupi!

Me carcajeé y negué con la cabeza.

—Venga, Sastrecillo, es tu plato preferido.

Este dejó la comida en el suelo y, para mi sorpresa, dio un salto lateral, para a continuación dar varias palmadas con las manos.

—Y lo estoy festejando, ¿no lo ves? —comentó con sarcasmo, y se dejó caer en el suelo.

—Es una fiesta vuestro amigo, no os podéis quejar —indicó Darcel, llegando a mi altura, y me ofreció mi plato tras guiñarme un ojo.

—No, nos podemos quejar —afirmé, y me fui a sentar bajo la ventana sin perder de vista el intercambio, que ya se había vuelto una costumbre ante mis ojos, entre Pinocho y nuestro carcelero.

—Bueno, chicos, sed buenos —dijo Darcel a modo de despedida, y salió de la prisión.

—Sed buenos, sed buenos... —repitió el sastre—. Es de lo más gracioso. —Vi que masticaba la comida mientras seguía rumiando algo.

—Germán, ¿te encuentras bien?

Me miró y, aunque noté que fue a decirme algo, al final asintió con la cabeza.

—Mejor que nunca.

Sonreí y comencé a comer, dejando que el tiempo pasara. Las nubes se habían adueñado del cielo ese día y apenas había claridad en nuestras estancias.

—Creo que me voy a echar una siestecita —comentó Germán, apartando su plato, ya vacío, a un lado.

—¿Todavía estás cansado? —le pregunté con chanza—. Anoche, menudos ronquidos que hacías...

—Yo no ronco —me contradijo, y Pinocho se rio—. Yo no ronco —insistió.

—No, no roncas —indicó el hombre de madera, y vi cómo se apoyaba en los barrotes.

El sastre nos miró con el ceño fruncido y se tumbó dándonos la espalda.

Estallé en carcajadas por su comportamiento y miré a Pinocho, que también sonreía divertido.

No tardamos en escuchar el sonido que había sido centro del debate y los dos nos observamos riendo.

Negué con la cabeza, incapaz de dar crédito a lo que sucedía, y proseguí comiendo con tranquilidad. Tenía todo el tiempo del mundo para hacerlo y nunca se sabía cuándo Umbra aparecería por esa puerta, sustituyendo al cordial Darcel, y decidiría no darnos de comer.

—Riku...

Alcé mi cara, apartándola del guiso, que no estaba tan asqueroso como en otras ocasiones, lo que me hizo preguntarme si es que mis papilas gustativas comenzaban a habituarse tanto a estos sabores que ya no apreciaban su sabor, y me fijé en que Pinocho reclamaba mi atención moviendo la mano.

Quería que me acercara a la parte delantera de mi cárcel, pero se llevaba un dedo a la boca para que hiciera el menor ruido posible.

Miré al Sastrecillo, que parecía que dormía plácidamente, y dejé el plato en el suelo para incorporarme con cuidado.

—¿Qué ocurre? —le pregunté en cuanto me aproximé a él lo máximo que nos dejaban nuestras propias habitaciones enrejadas.

Este chistó, haciéndome bajar el tono de voz, y observó a ambos lados de su celda, como si buscara algo en concreto.

No había nada ni nadie más salvo nosotros dos y Germán, que estaba roncando.

—Gretel vendrá esta noche —me anunció, y fue algo que me extrañó sobremanera, ya que nunca antes me había facilitado esa información.

—De acuerdo... —indiqué con tiento.

—Quiere hablar contigo —me explicó.

—¿Por qué?

Negó con la cabeza.

—No lo sé con exactitud, pero parece que necesitan tu ayuda.

—¿Quiénes?

Se quedó callado unos segundos, miró el lugar donde Germán descansaba y volvió a negar.

—Será mejor que hables con ella. Yo no puedo decirte más.

Asentí con lentitud y vi cómo se introducía en su celda.

Yo no tardé en imitarle para continuar comiendo, aunque mi apetito había desaparecido.

La luna asomaba por el hueco de la ventana y, aunque no era todavía redonda, le quedaba poco para alcanzar su forma completa.

Escuché que la puerta que permitía el acceso de nuestros carceleros se abría y que alguien con andar sigiloso se introducía en nuestra prisión.

Esperé a que prosiguiera con su avance, que tardó en realizarse. Se notaba que estaba más nerviosa que la primera vez que descubrí su intrusión y que incluso podría arrepentirse de entrar allí.

Pero no lo hizo.

Tras lo que pareció una eternidad, el sonido de pasos se acercó hasta la celda de Pinocho, donde este ya esperaba a su esposa.

Los observé desde la protección que me ofrecía la oscuridad de la noche y les regalé la intimidad que necesitaban. Un matrimonio no debería estar separado durante tanto tiempo, y menos cuando se tiene un hijo en común.

Ese niño necesita la presencia de sus padres para crecer, educarse y prepararse para lo que la vida le deparará.

Hansel Junior debería estar con sus dos padres.

—Riku... —me llamó Pinocho, y vi cómo Gretel se deshacía de la capucha de su capa para mirar hacia mi celda.

Me acerqué hasta las rejas delanteras con cuidado, pero dejé una distancia adecuada entre los barrotes y la esposa de mi compañero de celda. No sabía lo que esa entrevista podía depararme y mi experiencia me había enseñado que más valía estar prevenido por lo que pudiera suceder.

Gretel sonrió al darse cuenta de mi posición, pero no dijo nada.

—Riku, quería disculparme por mi comportamiento de la pasada noche —me indicó, y no pudo más que descolocarme.

—¿Perdona?

Vi cómo tiraba del broche que sujetaba su capa en el cuello en un movimiento incómodo que no me pasó inadvertido.

—Quería pedirte perdón...

—Sí, si eso te he oído —la corté, y di un paso hacia delante—. Lo que no entiendo es a qué viene ahora eso.

Gretel miró a su esposo y este la alentó a que prosiguiera con un gesto.

—Creo que nuestra relación no ha empezado bien...

No pude evitar reírme por lo absurdo del encuentro y Pinocho no dudó en chistarme para que me callara. Miró al sastre, que descansaba en la celda de al lado, y vi cómo Gretel también reparaba en el otro reo.

Yo me callé, pero me alejé de ellos para detenerme delante de la ventana. Mi vista se quedó fija en el paisaje inerte del exterior, bañado por los rayos de la luna.

—Riku, por favor —me llamó Pinocho pasado un tiempo, en el que debieron esperar a comprobar que Germán seguía durmiendo.

Me volví hacia ellos, sin moverme de mi posición, y esperé a que hablaran.

El hombre de madera la empujó colando su mano por entre las rejas y este suspiró con fuerza. Fuera lo que fuera lo que esos dos tramaban, a la mujer no le hacía ninguna gracia.

—Riku, por favor. Necesito hablar contigo —me suplicó, y pasó los ojos del sastre a mí y viceversa, rogándome en silencio que me acercara para evitar despertarlo.

Llevé mi mano hasta mis rizos indómitos, que me llegaban hasta los hombros, y, tras soltar todo el aire que retenía, avancé hacia ellos.

—Dime... —Esperé desde detrás de los barrotes con los brazos cruzados.

—Tenemos un problema —anunció Gretel por fin.

Abrí los ojos como platos y señalé a su esposo y luego, a mí.

—Más de uno, ¿no crees?

Ella negó con la cabeza para luego asentir a continuación.

—Sí, cierto —admitió—, pero ahora hay uno más urgente.

—¿Más urgente que nuestra liberación? ¿Que la de tu marido?

—Sí —afirmó. Y, por el gesto de sus hombros caídos, percibí que era algo serio lo que sucedía cuando había tenido que venir en mi ayuda.

—Gretel, ¿qué ocurre? —Apoyé la mano en uno de los barrotes.

La pelirroja se acercó a mí.

—Ha desaparecido el anillo de Maléfica.

Tardé en reaccionar.

—¿El anillo de mi familia? —Ella asintió—. Pero... ¿cómo ha podido ser eso? Arturo lo tiene guardado en una de sus cajas fuertes y nadie puede acercarse a él. —Me pasé la mano por la nuca, pensando en mis propias palabras—. Salvo sus personas de confianza... —Enfrenté su mirada dorada—. Gretel...

—Riku, era algo que debíamos hacer —indicó Pinocho, atrayendo mi atención.

Los miré a los dos, alarmados.

—Por Dios, ¿qué habéis hecho?

Gretel tembló y caminó por instinto hacia atrás, hasta que los brazos de madera la rodearon. Aunque tenían las rejas entre ellos, ambos se buscaban.

—Nada que no hubieras hecho tú por... —buscó mis iris verdes— Ariel.

La miré extrañado.

—Gretel, ¿qué sabes tú de Ariel?

La mujer se mordió el labio inferior en un tic nervioso.

—Cariño, díselo...

—Pinocho..., ¿qué me tiene que decir tu mujer?

Este me observó con cierto pesar en su rostro y devolví la atención sobre Gretel, inquieto por lo que se suponía que la pareja sabía.

—Riku, Ariel sigue viva.

El golpe fue casi mortal. Un dolor que me paralizó por completo mientras mi corazón se detenía por unos segundos.

—Ariel... Viva...

Me fui caminando hacia atrás. Trastabillando sin cuidado, tropezando con mis propios pies, hasta que la pared de ladrillo me detuvo. Sentí que las lágrimas se deslizaban por mis mejillas, arrastrando la suciedad que había en mi rostro, mientras intentaba controlar el dolor que nacía de mi interior y que luchaba contra la alegría que quería invadir mi cuerpo.

Las sombras contra las luces. Una lucha que se llevaba librando durante siglos en el mundo.

—Viva...

CAPÍTULO 16

RIKU

La mañana del día siguiente me encontró despierto. No había dormido nada desde que Gretel me había informado de que Ariel, mi sirenita, no estaba muerta, como Arturo me había hecho creer.

No había muerto...

Sentimientos encontrados me invadieron durante la noche. Lidiaba con la buena nueva, con la alegría de saber que la chica que me había robado el corazón seguía sonriendo y con el malestar que suponía que Ariel me creyera el traidor que todo el mundo decía que era.

Pensar en que me pudiera odiar, que la confianza que había depositado en mí se hubiera quebrado... hacía que mis miedos aumentaran y mi tristeza inundara mis entrañas.

—El desayuno —anunció Darcel a modo de saludo, pero no me moví de donde me encontraba.

Tumbado en el suelo, con la vista fija en las nubes del cielo, dando la espalda al resto de los que allí se encontraban.

—Genial —exclamó Germán—. No me digas qué tenemos hoy. Quiero adivinarlo... ¡Gachas!

Nuestro carcelero se rio, por lo que deduje que la cara que había puesto el sastre al realizar ese teatro buscaba ser divertida.

Era lo mismo de siempre. Lo de todos los días desde que había acabado allí.

—Muy bien, Sastrecillo —dijo el carcelero, y escuché cómo llegaba hasta mi celda—. Riku, el desayuno.

No hice amago de moverme. Ni emití sonido alguno.

No tenía nada de hambre.

—Déjalo en el suelo —le indicó Pinocho—. Luego se lo comerá.

—Y si no, siempre puede dármelo —apuntó Germán, haciendo reír a Darcel.

El ruido del metal contra la piedra me avisó de que este hacía lo que el hombre de madera le había pedido.

Luego cuchicheos y poco más.

Lo de todos los días...

La puerta que nos incomunicaba con el exterior se cerró, y el sonido de los dientes al masticar envolvió el ambiente. Jamás pensé que alguien pudiera hacer tanto ruido al comer o que el silencio fuera tan opresor que cualquier resquicio de vida fuera de lo más evidente.

—Riku... —me llamó el sastre—, ¿te encuentras bien?

No respondí.

—Seguro que estará cansado —le comentó Pinocho.

—Normal, con tanto entrenamiento, hasta yo estoy cansado de mirarlo.

El hombre de madera se rio por el comentario de Germán.

—Será mejor que lo dejemos descansar.

El pequeño sastre no añadió nada, por lo que supuse que estaba conforme, porque ambos se quedaron callados, sumidos en sus propios pensamientos.

Yo vi un pájaro en el azul infinito y una mirada del color del caramelo se me apareció de pronto.

—Sirenita...

—Riku...

Acababa de anochecer. Darcel había vuelto a traernos la cena y había dejado mi plato junto al resto, en el suelo. Sin comentarios ni preguntas, por lo que supuse que Pinocho, a lo largo de esos miniencuentros que compartían, le había informado de la razón de mi estado.

Germán estaba callado, demasiado callado para lo que era normal en él, y aunque no roncaba, pensé que estaba sumido en una somnolencia que le llevaba a estar más tiempo en el mundo de Morfeo que consciente.

El aburrimiento conduce a estar agotado la mayor parte del tiempo y, entre esas paredes de hierro, no podíamos hacer mucho más que esperar nuestra hora final.

No sabía cuándo llegaría, pero, desde que sabía que Ariel aún respiraba, me planteaba la posibilidad de seguir viviendo. No veía a la muerte como una opción válida, sino como algo que quería a toda costa sortear.

—Riku... —Pinocho volvió a llamarme y me giré sobre mi cuerpo para poder mirarlo. Seguía tumbado, en la misma posición que mantenía desde la pasada noche—. Riku, por favor... Tenemos que hablar —suplicó, y hubo algo en su voz que me hizo reaccionar.

Me apoyé en los brazos, bocabajo, y observé la celda en la que estaba el Sastrecillo Valiente. No podía confirmar si dormía o no, porque no me llegaba ningún ronquido ni lograba escuchar una respiración pausada, como en otras ocasiones.

—Está dormido —me informó Pinocho, como si supiera en lo que pensaba.

Me incorporé con lentitud y me acerqué hasta los barrotes más próximos a él, sin prisa alguna.

—¿Qué quieres? —le pregunté cuando llegué a las rejas, con cierto resquemor en la voz.

—Riku, lo siento... —Enfrenté su mirada y, a pesar de la distancia que nos separaba, vi en sus ojos pesar—. No me enteré hasta hace poco...

—Pero lo sabías —lo acusé.

Asintió.

—Sí, pero tardé en asociar a Ariel con la persona por la que traicionaste a Arturo —se explicó, y tensé la mandíbula.

—Pero lo sabías —repetí, y lo miré con intensidad—. Sabías que mi corazón sufría porque la creía muerta. Incluso me solidaricé con tu dolor, por la separación de tu familia; me ofrecí de apoyo, consuelo... —Agarré los barrotes con ambas manos, provocando que mis nudillos se pusieran blancos—. Mientras te reías de mí.

Negó con la cabeza con rapidez.

—Quise decírtelo de inmediato —atajó—, pero me lo impidieron...

Fruncí el ceño al escucharlo. Un nuevo plural, junto a incógnitas sin resolver.

—¿Quiénes, Pinocho? ¿Quiénes no querían que me lo dijeras? —le exigí saber, y solté las rejas para llevar mis manos hasta la zona en la que latía mi corazón—. Habría respirado, mi vida aquí habría sido diferente... Quizás habría intentado algo para... —dudé— huir.

Me señaló con su dedo índice de madera.

—Por eso no quisieron que lo supieras.

Arrugué todavía más el ceño. Estaba de lo más confuso.

—¿Porque pudiera huir?

Movió la cabeza de forma afirmativa.

—No podíamos permitírnoslo —confesó—. No era el momento apropiado.

—¿Y ahora sí?

Vi las dudas en sus negros ojos, pero al final asintió.

—Te necesitamos —declaró.

Expulsé el aire que retenía, resignado, y me apoyé en la pared de ladrillo que tenía más cerca.

—¿Gretel?

—Y otros...

Arqueé una de mis cejas negras.

—¿Quiénes?

Escuché como suspiraba mientras se llevaba la mano hacia la barba desaliñada.

—No confío en ti...

Gruñí impotente.

—Pinocho, mírame. —Me señalé—. Estoy aquí. Prisionero. Como tú, como el sastre... No puedo moverme ni hablar con nadie.

—Ya, pero...

—No soy el traidor que todos pensáis —le escupí, midiendo cada una de las palabras que utilicé—. Merlín...

El hombre de madera se pegó a las rejas al escuchar el nombre del mago. Rodeó los barrotes con las manos y coló su nariz por entre ellos. No sé por qué, pero, por primera vez en lo que llevábamos compartiendo techo, solo había visto crecer esa parte de su cuerpo cuando me había dicho que no confiaba en mí.

Era mentira.

Había mentido al respecto, pero había algo que todavía le impedía hablar.

—¿Merlín? —me preguntó, animándome a continuar.

Miré el otro lado de la estancia, donde la celda que ocupaba Germán se mantenía inmersa en la oscuridad, y aprecié el pequeño bulto de su habitante, que no se había movido ni un milímetro desde que habíamos comenzado esa conversación.

Quizás dormía... Quizás nos escuchaba...

Devolví la atención a Pinocho, que esperaba ansioso que le terminara de explicar y supe que, si no depositaba yo primero mi confianza en él, no avanzaríamos.

Suspiré y me volví hacia él.

—Fue un plan de Merlín.

CAPÍTULO 17

RIKU

—¿Qué has dicho? —me preguntó Pinocho, tratando de acercarse más a mí, aunque eso era imposible. Las rejas impedían que estuviéramos más próximos.

—Merlín lo planificó todo —repetí, subiendo un poco más el tono de voz, y observé cómo asentía con la cabeza. Ahora sí que me había escuchado—. Te confieso que, al principio, cuando me uní al bando de Arturo, creía en su causa —admití—. Por eso... Por eso...

—Por eso robaste el anillo de tu familia para él —dijo por mí, y moví mi cabeza de forma afirmativa mientras me apoyaba de nuevo en la pared.

No le pregunté cómo sabía ese dato.

Me daba igual. Ya me era indiferente todo.

Según lo que yo tenía entendido, entre los esbirros de Arturo se suponía que era un secreto quién le había facilitado su primera reliquia. El anillo de Maléfica que le arrebaté a mi propia familia sin que nunca trascendiera fuera de ella que uno de sus miembros les había robado. Ya suficientes traiciones se vinculaban a los de nuestra sangre para que fueran propagándolo.

El cansancio me golpeó. El que llevaba acarreando sobre mis hombros desde que era apenas un niño y que la culpa intensificaba con el paso de los años.

Desde el día que había decidido traicionar a mis padres quitándoles esa reliquia, la culpa me había perseguido, hasta ahora.

Al principio, cegado por los elogios y las atenciones de Arturo, había creído sobrevivir rodeado de personas avariciosas y egoístas que solo miraban su propio ombligo. Había ido ascendiendo entre sus hombres, sin importarme a quién pisoteaba, porque eso me reportaba la aprobación de un hombre al que consideraba un héroe.

Héroe...

Gruñí con esa ingenua imagen que me acompañó durante mucho tiempo.

Luego, cuando me di cuenta de que me habían utilizado, al igual que a la mayoría de sus hombres, y me paré a mirar en lo que me había convertido, solo me dejé llevar al son de las órdenes de un rey sin corona, que deseaba alcanzar el poder para acabar con todo lo que había conocido hasta entonces.

Con mi mundo, mi familia y mis seres queridos...

No tenía más opciones.

Había hecho muchas cosas que no quería recordar, de las que me arrepentía y que ya no tenían solución alguna.

Había asesinado, saqueado, había destruido y acabado con todo lo que me encontraba en mi camino para que *mi señor* estuviera contento, y esos actos me estaban matando por dentro.

Sobrevivía como alma en pena, sin derecho a redención. Solo esperaba mi propia muerte...

Hasta que apareció Merlín.

Gracias a él, llegué a soñar que otro final era posible.

Otro final para el mundo mágico y para mí.

—Estuve jugando a dos bandas —le confesé a Pinocho—. Arturo pensaba que seguía trabajando para él mientras ayudaba a los especialistas a recuperar las reliquias.

—¿Y no se dio cuenta?

Negué con la cabeza.

—No, aunque hubo varias ocasiones en las que pensé que me había pillado in fraganti. —Sonreí, recordando la de momentos en los que pensé que mi vida había terminado cuando me sorprendía apareciendo de la nada.

—Pero Arturo nos dijo que te habías infiltrado en La Fundación y que eras su espía...

—*Nuestro rey* siempre ha sido muy bocazas —comenté, y me deslicé por la pared hasta posar mi trasero sobre el suelo. Doblé las rodillas y apoyé los brazos sobre estas—. Se suponía que mi misión era un secreto.

Pinocho se encogió de hombros y también se sentó, haciendo que sus cadenas sonaran demasiado al no tener ningún cuidado.

Los dos miramos hacia la otra celda y comprobamos que el sastre siguiera quieto.

—Había muchas preguntas —me explicó—. Llegaron a cuestionarle que no supiera dónde te hallabas y que pudieras traicionarle enfrente de sus narices.

Alcé la comisura de mis labios, porque al final era lo que había ocurrido.

—En una de las veces que regresaba del cuartel de los especialistas, me pilló cruzando un portal mágico y tuve que decirle lo que ocurría...

—¿Que ayudabas a Merlín para recuperar las reliquias?

—Que me había ganado la confianza del mago para conseguir todas las reliquias que tenía La Fundación —le indiqué, y guiñé un ojo cómplice.

—Y así asestarle el golpe final *a posteriori* —dedujo, y asentí.

Nos quedamos callados, mientras Pinocho asimilaba toda la información que le había facilitado y yo recordaba algunos de esos momentos, donde había peligrado mi vida. No había tenido expectativa alguna por sobrevivir, porque estaba practicando un juego muy peligroso, donde el resultado podía ser mi muerte por culpa del nimio error.

Solo hubo un instante en el que creí que podría haber esperanza para mí: cuando apareció Ariel.

Apoyé la cabeza en los ladrillos y suspiré.

—Al mismo tiempo que ayudaba a Merlín, pudimos adelantarnos a algunos planes de Arturo —expliqué—. No todos, porque si no sospecharía, pero estábamos cerca...

Pinocho asintió, comprendiendo.

—Gretel no entendía cómo fallaban algunas de sus ofensivas o de sus expediciones para alcanzar las reliquias que buscábamos.

—No todo le salió mal —comenté, e incluso impregné en mi voz un deje de diversión porque, en alguna que otra ocasión, la desesperación de la esposa de Pinocho al ver que sus planes no habían salido como deseaba eran el premio que necesitaba cuando regresaba a ese castillo.

—¿Y desde cuándo?

Puse los ojos en blanco y moví mi mano derecha de lado a lado.

—Hace tiempo...

Suspiró con fuerza.

—Ha tenido que ser muy duro para ti —afirmó, y noté algo de admiración en su voz.

—No tanto como para vosotros, ¿verdad?

Pinocho me retuvo unos segundos la mirada.

—Nosotros... Gretel y yo... —Titubeó y se pasó las dos manos por la cara. Los grilletes que tenía alrededor de sus muñecas brillaron levemente con la luz de la luna.

Miré a Germán, comprobando su estado, y devolví la atención al hombre de madera.

—Pinocho, no hace falta que me expliques nada —atajé—. Lo entiendo. Comprendo por qué os unisteis a él, e incluso deberíais agradecerme que le «pidiera prestado» el anillo a mi familia...—Su risa me llegó alta y clara—. Por cierto, ¿cómo averiguaste que fui yo quien se lo trajo?

Se encogió de hombros.

—Era un farol...

—Que acertó —indiqué, y me llevé dos dedos hasta la sien—. Bien hecho, amigo, aunque no me siento nada orgulloso de mis acciones.

—Riku, si no fuera por ese anillo, mi hijo no hubiera sobrevivido —admitió—. Gracias.

Negué con la cabeza.

—No tienes que darme las gracias, Pinocho. Por culpa de esa reliquia, todos estamos aquí. —Lo señalé con la mano y luego, a mí—. Mira a Gretel. Su situación.

—Arturo nos atrajo con el incentivo de que curaría a Hansel Junior...

—Y lo hizo —le defendí, aunque los dos sabíamos lo que había ocurrido después.

Pinocho asintió.

—Lo hizo... Pero, a partir de entonces, hemos sido sus siervos.

—Prisioneros sin cadenas.

Movió sus manos y piernas, y el sonido metálico se reprodujo por la torre.

—No diría tanto...

—Eso sí que no me lo esperaba —afirmé, y señalé sus esposas—. La última vez que coincidí contigo, andabas libre por los pasillos de este castillo.

—La última vez fue hace mucho tiempo, Riku —indicó con pesar, y agarró su barba, dejando que sus dedos desenredaran los pocos pelos que la formaban.

Esperé paciente a que me lo explicara, pero parecía que todavía no estaba convencido de ello. Y eso que yo le había contado mi propia historia, una que podría condenarme más, si eso era posible.

—Pinocho, ¿qué sucedió?

Me miró un segundo y observó la puerta que nos mantenía incomunicados del exterior.

—Es importante que lo que te cuente no salga de estas paredes —me dijo, y no pude evitar reír por la petición—. Riku, esto es serio.

Levanté las manos hacia arriba y retuve mi diversión.

—Pinocho, soy una tumba —afirmé—. Nunca mejor dicho.

Este puso los ojos en blanco por la broma macabra, pero eso no impidió que hablara. Por fin.

—Dentro del castillo ha germinado una pequeña asociación que está en contra de Arturo —susurró, y tuve que afinar bien el oído para que no se me escapara nada de información—. Alguien le informó a Arturo que yo formaba parte de esa facción que estaba emergiendo...

—Y te apresó —terminé por él, y asintió—. ¿Y no sospecha de Gretel?

Suspiró y vi cómo se mesaba el cabello.

—Creemos que sí, pero por ahora le beneficia más tenerla cerca que hacerla prisionera o...

—Matarla —indiqué, porque era lo más lógico. El proceder de Arturo era no hacer prisioneros, aunque nosotros dos... tres fuéramos la disonancia de ese hecho—. Te tiene aquí para conseguir que Gretel no lo traicione. Te está utilizando, ¿verdad?

Movió la cabeza de forma afirmativa y observé cómo sus negros ojos brillaban, reteniendo las lágrimas que pugnaban por salir. Se sentía impotente, y podía verme identificado.

—¿No sabéis quién te delató? —lo interrogué pasado un tiempo, cuando creí que estaría más repuesto tras su confesión.

—El grupo trata de dar con él, pero parece que nos hemos topado en un callejón sin salida.

—¿Y mientras debes quedarte aquí?

Elevó sus manos con cuidado para que sus cadenas no resonaran mucho.

—No tengo otra opción —dijo, e incluso noté cierto humor en su voz.

—Bueno, por lo menos no estás solo...

Los dos nos miramos e incluso nos reímos por la tontería que acababa de soltar.

—¿Y se puede saber qué necesitáis de mí? —le pregunté pasado el rato, cuando el silencio se asentó entre los barrotes. La luna se encontraba ya en lo alto y yo comenzaba a sentir algo de hambre tras haberme tirado todo el día sin probar bocado.

Me incorporé para acercarme a los tres platos que se encontraban en el suelo, expuestos ante mí, y opté por tomar las gachas del desayuno. Era una plasta nada apetecible, pero tenía mejor pinta que el resto de la comida, y ya era un decir.

Regresé al lugar donde había estado sentado hablando con Pinocho y lo miré antes de probar el desayuno. Moví la cabeza, alentándolo a que me explicara, y me centré en las gachas, esperando que me hiciera caso.

—Te lo explicará mejor Gretel...

Enfrenté su mirada de nuevo, con el ceño fruncido.

—¿Hoy regresa? —Asintió—. Pensé que no lo haría hasta dentro de un par de días... —Alzó una de sus cejas, que estaba pintada sobre la madera—. No me mires así. No tengo otra cosa que hacer entre estas paredes y sé contar cada cuánto tienes visita.

Se rio.

—Y yo que pensabas que dormías...

Le guiñé un ojo y me metí la mano en la boca con un poco de gachas. El sabor frío fue horrible para mis papilas gustativas.

—Dime una cosa... —moví la mano animándole a hablar—, Darcel forma parte de vuestra pequeña rebelión, ¿no?

—Nos ayuda —afirmó con orgullo.

—Tendríais que disimular un poco más cuando te transmite los mensajes, amigo —lo aconsejé—. No querríamos que os descubrieran.

Se quedó mirándome, negando con la cabeza al mismo tiempo, sin saber si reír o enfadarse por haberlos pillado con sus transacciones.

CAPÍTULO 18

RIKU

La puerta se abrió al igual que la pasada noche y por ella apareció la mujer que se escondía bajo la capa oscura. Una sombra que poseía corazón y que luchaba por que su familia siguiera completa.

Alcanzó la celda de su esposo y, tras compartir palabras de aliento, me miró expectante.

—Gretel..., siempre es un placer verte de nuevo.

—Riku, gracias por escucharme —afirmó, y comprendí que, en el corto intercambio que había mantenido con Pinocho, este le había informado de nuestra conversación.

—No tengo otra opción —comenté, aunque todos sabíamos que eso era mentira. Nadie me obligaba a escucharla. Nadie me impedía ignorarlos y seguir con mi vida.

Pero qué vida me esperaba allí, en esa cárcel donde el tiempo cada vez se hacía más eterno.

Gretel asintió, no tomando en cuenta mi comentario, y se acercó a los barrotes que impedían que escapara de allí.

—Necesitamos que nos ayudes —me repitió, como la última vez, y esperó.

En realidad, no sabía lo que esperaba. Ya estaba allí escuchándola, preparado para descubrir qué requerían de mí.

Me crucé de brazos y le pregunté:

—¿Ariel está bien de verdad?

La sonrisa que apareció en su níveo rostro me sorprendió. Casi parecía que era lo que había estado esperando.

—Con Merlín, en La Fundación.

El suspiro de satisfacción que emití me debilitó, y tuve que apoyarme en las rejas porque sentía que mis piernas no me sostenían. Aunque ya me lo había dicho la pasada noche, necesitaba que me lo confirmara y que me ofreciera más datos.

—Se está convirtiendo en una contrincante temible —añadió, y una sensación de orgullo se asentó en mi estómago. Mi Sirenita seguía viva y más guerrera que nunca.

Moví la cabeza de forma afirmativa y busqué sus ojos dorados.

—Gracias...

Apoyó una de sus manos sobre las mías y un sentimiento comprensible nos unió.

—Está viva, Riku. Tranquilo —insistió, y agarré su mano con aprecio.

Volví a asentir con la cabeza y me incorporé, poco a poco, todo lo largo que era. Me solté de los barrotes y pasé los dedos por mi cabello, como si necesitara apartar de mí un barniz de derrota que me hubiera estado acompañando hasta entonces.

Miré a Pinocho, que me ofrecía una sonrisa amistosa, y luego posé toda mi atención en su esposa.

—¿Qué quieres que haga?

Ella asintió, conforme de escucharme, y se aproximó todavía más a la celda.

—Como te indicamos, el anillo de Maléfica ha desaparecido de la caja de Arturo. —Moví la cabeza de forma afirmativa—. Se ha enterado...

—¿Sabe que habéis sido vosotros? —pregunté, preocupado, pero ella negó de inmediato.

—Que sepamos, desconoce quién es el culpable...

—Por ahora —indicó Pinocho, lo que me dejó claro que él era quien pensaba en lo que podría suceder si llegaban hasta ellos. Gretel siempre había sido la más imprudente de los dos.

La mujer se acercó a su marido y le acarició la cara.

—No sucederá nada malo.

El hombre de madera suspiró con resignación.

—Pero si...

Ella siseó acallándolo y llevó los dedos hasta sus labios cincelados.

—Cogeré a Hansel Junior y nos iremos sin mirar atrás.

Pinocho asintió, conforme con su mujer, y compartieron con una mirada la multitud de sentimientos que se profesaban. Casi que me sentí algo cohibido por la energía que se palpaba en el ambiente, y estuve a punto de dejarlos algo de intimidad, si podía ofrecérsela en esa celda, pero Gretel no tardó en centrarse en mí de nuevo.

—Perdona... —musitó, y pude vislumbrar cierta rojez en sus mejillas, lo que, si no hubiera sido por la situación en la que nos encontrábamos, habría utilizado para burlarme de ella.

Jamás habría creído que la rígida y meticulosa Gretel se podía sonrojar si no lo hubiera visto.

—Tranquila, y por mí no os preocupéis. Si necesitáis... —Señalé mi espalda, la esquina donde las sombras eran más espesas.

Ella negó.

—No tenemos tiempo —afirmó—. Es urgente que entiendas lo que ocurre y por qué necesitamos tu ayuda.

Me crucé de brazos, con las piernas abiertas levemente, y la miré de frente.

—Adelante. Te escucho.

—El anillo lo tienen unos leñadores de Caperucita Roja...

—¿Cómo? —Ella bufó ante mi pregunta, y fui consciente de que le apremiaba darme la información, pero no quería detenerse en los detalles—. Gretel, necesito todos los datos para proceder de forma correcta —le indiqué, y puso los ojos en blanco un segundo—. Si no quieres, puedo seguir durmiendo...

—Gretel... —la llamó Pinocho, y emitió un sonido para nada femenino.

Yo sonreí por el intercambio entre marido y mujer, lo que consiguió enfadarla.

—Esto es un error —soltó, y vi cómo se dirigía a la puerta sin mirar atrás.

Compartí gestos de desconcierto con Pinocho, y este me alentó a que la llamara. Suspiré con fuerza, pero al final hice lo que me pedía:

—Gretel, por favor... —No pude subir mucho la voz para no delatarnos, aunque me extrañaba que, con todo el jaleo que había, el Sastrecillo Valiente no se hubiera despertado ya.

La mujer, ya fuera porque me oyó o porque sabía que me necesitaba, se detuvo y regresó a nuestras celdas. Colocó sus manos a ambos lados de sus caderas y me miró con gesto desafiante.

—Riku, esto no es una broma...

—Jamás pensé que lo fuera, Gretel —le dije, y la reté con la mirada a que nos abandonara.

No lo hizo.

Miró a su marido, quien la regaló una sonrisa cariñosa, y luego, a mí.

—El anillo de Maléfica estaba guardado bajo varios candados y cerrojos en las cajas de Arturo —repitió con más detalles, y asentí con intención de no interrumpirla—. Lo conseguimos...

—Vuestra pequeña rebelión —indiqué, fracasando en mi propio propósito.

Ella asintió, aunque noté que quiso matizar algo de mi afirmación, pero al final no lo hizo. Debió pensar que lo mejor era terminar esta entrevista para lograr su objetivo.

—Se lo hicimos llegar a uno de los compinches de Caperucita con la intención de que más adelante se lo compraríamos.

—Y regresaría a vuestras manos. —No fue una pregunta, sino una afirmación, ya que era un buen plan.

—Exacto...

—Lo que no pensamos —intervino Pinocho, interrumpiendo a su mujer— es que Caperucita querría deshacerse de él tan rápido y se pondría en contacto con Arturo...

—¿Para devolvérselo?

—Para vendérselo —me aclaró Gretel, y no pude evitar sonreír. Caperucita Roja siempre veía un negocio, aunque este fuera peligroso.

La historia del anillo de Maléfica era conocida en el mundo de la fantasía y, aunque no se sabía a ciencia cierta quién le había hecho llegar la reliquia a Arturo, todo el mundo sabía que había sido la primera que poseyó y le tenía un gran cariño. La información que todos poseían era que estaba a buen recaudo en su castillo, por lo que, si había llegado hasta las manos de Caperucita, no era para nada aconsejable vendérsela.

La ira de Arturo podía ser devastadora.

—Así regresará a «casa» —moví los dedos como unas comillas—, y no queremos eso, ¿no?

El matrimonio negó con la cabeza a la vez.

—No, no lo queremos —afirmó Gretel, y se acercó a los barrotes de mi celda.

—Vale, ¿y qué podemos hacer para evitarlo?

CAPÍTULO 19

RIKU

Gretel fijó sus dorados ojos en los míos verdes y supe que lo que me fuera a contar no me iba a gustar.

—Arturo te va a hacer llamar...

Fruncí el ceño mientras analizaba sus palabras.

—¿A mí? —Ella asintió—. ¿Para qué?

—Para que lo ayudes —me respondió, y mi confusión aumentó. Me rasqué la cabeza.

—Gretel, no sé en qué podría ayudarlo. Es más, no sé si querría. —Extendí los brazos—. Mírame, crees que me apetece ayudarle a recuperar el anillo de... ¡mi familia! —Pasé las manos por mi cabello y negué con la cabeza—. No, definitivamente, no.

—Riku, escucha a Gretel, por favor —me pidió Pinocho, y lo miré incrédulo.

—Es que no tiene sentido...

La pelirroja agarró los barrotes de mi celda y buscó mi mirada.

—Tiene todo el sentido, Riku —me dijo con voz calmada, y dejé que mis brazos cayeran a lo largo de mi cuerpo, sin perder de vista su rostro. La confianza que se reflejaba en él conseguía que quisiera creerla—. Arturo sabe que eres su mejor hombre...

—Uno que lo traicionó —recordé, e incluso sonreí al decir ese dato en alto.

Pinocho también sonrió y Gretel negó con la cabeza.

—Parece que alguien le ha convencido de que te puede dar una oportunidad...

La miré con infinita curiosidad tras soltar ese detalle.

—Me pregunto si no será alguien con el cabello rojo.

Ella sonrió y me guiñó un ojo.

—Ni lo admito ni lo desmiento.

Pinocho se rio y los tres miramos el bulto de Germán con rapidez.

Seguía quieto. Demasiado.

—Bueno... —reanudé la conversación—, entonces, Arturo me llamará para...

—Recuperar el anillo —me informó Gretel—. Es algo fácil. Son viejos conocidos tuyos. Miembros de la banda de Caperucita...

—Arturo sabe que me enfrenté a ella no hace poco, ¿verdad?

La mujer se quedó callada un segundo, valorando esa información, y asintió al poco, como si la despreciara.

—No es importante —indicó, y sonreí sin poder evitarlo—. Eres Riku, y siempre consigues lo que te propones. —Le señalé los barrotes con las manos y ella se encogió de hombros—. Menudencias. Además, nadie espera que pagues para recuperar algo que es propiedad de Arturo...

—Mío —apunté, y ella asintió.

—Exacto, pero de momento es de Arturo, ¿de acuerdo?

Mi sonrisa se amplió todavía más.

Cuando algo se le metía entre ceja y ceja a la mujer de Pinocho, no había obstáculos que le impidieran llevar a buen término sus planes.

—Vale, está bien... Arturo me usará para recuperar el anillo de Maléfica ¿y cómo sabrá que no huiré cuando me encuentre fuera de esta torre?

—Porque ya no estás bajo el hechizo de Ariel.

—¿Perdona? —exclamé, y mi boca se quedó abierta por el impacto de lo que acababa de escuchar.

Gretel asintió con vehemencia.

—Lo que oyes —afirmó—. Como te informó de su «falleci-miento» —movió el dedo índice y el corazón en el aire, simulando unas comillas—, y llevas tanto tiempo encerrado en esta prisión, su influjo ha desaparecido...

—Ese hombre está peor de lo que imaginaba —comenté, sin dar crédito a sus descabelladas ideas.

—Ni que lo digas —indicó Pinocho—. Según pasa el tiempo, es un gran peligro para todos los habitantes de este mundo.

Asentí sin duda alguna.

—Y tengo que ayudarle porque... —Miré a Gretel.

—Porque sigues queriendo ser su sucesor. —Sufrí un ataque de tos que tardó en desaparecer. Me pasé la mano por el cabello y observé al matrimonio, que me miraba expectante.

—¿En serio?

Asintieron a la vez, de nuevo, y estuve a punto de preguntar-les si eso sucedía cuando encontrabas a tu alma gemela; que si los movimientos terminaban siendo una copia de los del otro... Pero todo era demasiado increíble para mantener ese tipo de conversa-ción en ese momento. Además, no había tiempo, por lo que había señalado Gretel al principio de esta.

—Vale... —repetí como un disco rayado—. Entiendo...

—¿Entiendes? —preguntó Pinocho, y en su voz noté que había ciertas dudas.

Asentí y le guiñé un ojo cómplice.

—Sí, voy, recupero el anillo y regreso.

—No, eso no es exactamente así —indicó Gretel, y la miré más confuso todavía, si cabía—. Verás, lo que queremos es que dejes a los especialistas que acudan al intercambio, que lo recuperen.

Moví la cabeza de arriba abajo con lentitud.

—¿Y regreso con las manos vacías?

La mujer asintió.

—Solo necesitamos que te asegures de que caerá en las manos correctas: en las de La Fundación —me explicó.

—Pero ¿entonces?

—¿Qué pasa? —me animó Pinocho a hablar.

Los miré confuso. Muy confuso.

—Cuando regrese, Arturo no estará contento con el resultado.

—No hay problema. —Gretel se encogió de hombros y me miró con una sonrisa de satisfacción.

—¿No hay problema? —Negó con la cabeza—. Gretel, se enfadará conmigo y puede que me castigue de alguna forma. Incluso que me mate.

—No hará nada diferente a lo que ya ha hecho hasta ahora —afirmó, segura de sí misma.

Arqueé una de mis cejas con gesto incrédulo.

—¿Crees que me encerrará otra vez aquí?

Ella asintió.

—Ya te has acostumbrado a esto, a esta situación, por lo que no será diferente para ti.

Me reí con tono bajo y negué con la cabeza.

—¿Y vosotros confiáis en que volveré? —los tanteé.

Los dos se miraron y, aunque no hablaron, supe que se comunicaron de alguna forma. Sus gestos y sus miradas los delataban.

—Sabemos que harás lo correcto —indicó Pinocho, y su fe en mí me impactó.

—Además, tus antecedentes ayudando a Merlín hablan por ti, Riku —comentó Gretel, y fue la prueba que necesité para confirmar que todo lo que le había explicado a Pinocho, ya era de su conocimiento—. En el fondo, eres un buen chico.

Solté el aire que retenía sin saberlo.

—¿Me aseguras que Arturo no me matará?

—Te encerrará de nuevo aquí y harás compañía a este viejo de madera. —Agarró la mano de su marido.

—¿Estás segura?

—Confía en mí, Riku —me pidió, y suspiré resignado.

—De acuerdo.

Gretel miró a su marido y este asintió feliz al escucharme.

—Solo una cosa más...

—¿Una más? —pregunté, divertido. Lo de esa mujer era increíble.

Me mostró su mano, con el dedo pulgar y el índice muy cerca, dando a entender que, lo que me iba a solicitar esta vez, sería algo pequeño.

No la creía. Después de esta conversación, me podía esperar cualquier cosa.

—Como te he indicado, necesitamos que los especialistas acudan al intercambio...

Asentí, comprendiendo que ese punto era clave para que todo el plan saliera a la perfección.

—Sí, y así el anillo acabará custodiado en su cuartel.

—Exacto, pero tenemos que avisarles de que se llevará a cabo para que acudan al lugar exacto —me indicó, con excesiva lentitud.

Miré a Pinocho, que me observaba expectante, y luego me fijé en los ojos dorados de su mujer, que tenían un brillo especial.

—Vale, pues ya podéis hacerlo lo antes posible —los apremié.

—Riku, como ya presupones, debemos andar con mucho cuidado. A cada movimiento que realizamos...

—Normal, y más desde que tu marido está aquí —afirmé. Era de lo más lógico. El peligro los acechaba.

—Sí, y por eso había pensado que podríamos usar a Diablo.

Mis ojos verdes pasaron de Pinocho a Gretel a gran velocidad. No podía estar escuchando eso.

—¿A Cuervo? —Ella asintió segura—. Pero, Gretel, hace mucho que no lo llamo, porque puede ser peligroso... Sobre todo para mí.

—Es la única vía posible, Riku —aseveró—. Nos tienen vigilados y, con cualquier movimiento que se salga de lo que se entiende por normal, hay orden de avisar a Arturo. Estamos atados de pies y manos.

Pinocho me mostró sus muñecas con grilletes, mostrándome, literalmente, lo que su esposa quería decir.

Gruñí sin poder evitarlo.

—De acuerdo. Lo haré.

—Gracias, Riku —me indicó Gretel, y suspiré de nuevo.

—Riku, mañana —me informó Pinocho, y lo miré sorprendido.

—¿Tan pronto?

La pelirroja asintió.

—Mañana será el intercambio —me anunció.

CAPÍTULO 20

RIKU

—Venga, arriba, holgazanes —nos saludó Umbra, entrando en la prisión—. Parece que hoy se os han pegado las sábanas —dijo con ironía, ya que no teníamos nada parecido que nos sirviera para taparnos. Ni siquiera colchones donde tumbarnos.

El suelo era nuestra cama y, si hacía frío, nos aguantábamos.

Me desperecé todo lo largo que era y miré el mismo techo que llevaba viendo desde hacía meses. Me había quedado dormido cerca de los barrotes delanteros de mi celda; cuando Gretel se despidió con la promesa de que todo saldría bien y, tras intercambiar unas escuetas palabras de ánimo y unos pocos detalles de lo que se esperaba de mí en ese día con Pinocho, decidimos que lo mejor que podíamos hacer era descansar.

Creí que tardaría en dormirme, como me sucedía a menudo, pero no pude estar más equivocado. En cuanto me tumbé y coloqué mi brazo bajo la cabeza, mis ojos se cerraron sin problemas.

—¿Hoy no queréis desayunar? —preguntó nuestro carcelero con enfado—. No se os ve con ganas. —Golpeó las rejas de hierro y el sonido que produjo hizo que el poco resquicio de sopor que pudiera tener se esfumara.

Me incorporé de un salto y miré a Umbra, esperando mi «suculento» desayuno. Me apoyé en la pared que tenía más cerca y

167

observé cómo pasaba el cuenco de metal a Pinocho, y luego se acercó a mí.

—¿Dónde está Germán? —Escuché que preguntaba el hombre de madera a Umbra, lo que me extrañó.

Observé la celda contigua a la mía y comprobé que estaba vacía.

—¿Y el sastre? —interrogué a Umbra, al ver que no respondía a Pinocho, cuando me pasó la comida.

Este me mostró una sonrisa desagradable en su rostro.

—Ya no está con nosotros... —dijo, y se rio, lo que consiguió que mi vello se pusiera de punta.

—¡¿Qué le habéis hecho?! —exigí saber, dejando el desayuno en el suelo para agarrar los barrotes con fuerza.

El hombre me miró con odio desde la puerta que nos incomunicaba con el exterior y me soltó:

—Lo mismo que te haremos a ti, traidor. —El ruido de las cerraduras puso punto final a la conversación.

Observé a Pinocho con gesto compungido y negó con la cabeza para, a continuación, retirarse hacia el fondo de su celda sin hablar.

Un grito de impotencia nació de mi interior, acompañado con un puñetazo que propiné a la pared de ladrillo y que me ocasionó más dolor que desahogo. Di varias patadas al aire, mientras me cagaba en todo lo divino y lo terrenal, y acabé enfrente de la ventana con la vista fija en el inerte paisaje.

—Riku, tenemos que ponernos en marcha —me indicó Pinocho desde su prisión, cerca de las rejas delanteras.

Yo estaba sentado debajo de la ventana y sentía que mi cuerpo me pedía un respiro. Mi cabeza y mi corazón. Necesitaba llorar la pérdida del Sastrecillo Valiente, quien había sido una presencia importante en nuestro encierro, con sus bromas y sus intentos de quitar importancia a las cosas para poder sobrevivir a lo que todos sufríamos.

—Pinocho, no tengo ánimo... —musité, sin esperanza de que me escuchara. Solo quería olvidarme de todo y de nada.

—Riku... ¡Venga! —Elevó el tono de voz. Ya no hacía falta ser precavidos al estar solo los dos encerrados en esa torre—. ¡Joder, Riku! Contamos contigo. No puedes hacernos esto...

Lo miré de nuevo desde mi posición y estiré las piernas, dejando las manos sobre el suelo.

—No soy una persona de fiar, Pinocho. Solo un traidor que puede perjudicaros.

—Riku, ya basta de autocompasión. ¡Levántate y ven hasta aquí! —me ordenó, y vi cómo señalaba con la mano la zona donde se encontraba—. ¡Ahora! —No admitía réplica alguna.

Me incorporé con desgana, y mis pasos, lentos, me acercaron a los barrotes.

—Ya estoy, pero no esperes...

—Riku, mírame —me interrumpió, y elevé mi cara hasta que sus negros ojos quedaron a la altura de los míos—. ¿Qué ves? —Me encogí de hombros, porque no sabía lo que quería decir—. Riku, ¿qué ves? —insistió.

Suspiré, observé el lugar donde nos encontrábamos hasta que lo observé de nuevo.

—Una prisión...

—No, eso no. —Me soltó y se señaló—. Me refiero a mí.

—Pinocho, si no te explicas mejor, ¡qué voy a saber yo!

Sonrió y negó con la cabeza, un gesto que me contagió.

—Riku, a lo que me refiero es a que entiendo que estés afectado por lo del sastre. —Señaló el habitáculo que había ocupado Germán hasta ese día—. A mí también me afecta, aunque no lo creas...

—Lo sé —afirmé, y apoyé una mano alrededor de un barrote.

Este asintió y prosiguió:

—Pero sigo aquí, a pesar de él, de otros muchos que también faltan... A pesar de que me encerraron para chantajear a mi mujer, a pesar del tiempo sin ver a mi hijo... —Se detuvo un segundo y posó su frente de madera sobre la pared enrejada—. Para mí es muy dura toda esta situación, todo lo vivido, pero sigo aquí. —Enfrentó mi mirada—. Sigo luchando por lo que creo que es justo. —Se llevó una mano hasta su corazón—. Porque alguien debe luchar por los más débiles para alcanzar un mundo mejor en el que podamos vivir sin temor a decir lo que pensamos. Nosotros —nos señaló con el dedo índice— debemos luchar para que la tierra que nos vio nacer alcance la paz.

—¿Crees que será posible?

Asintió con la cabeza.

—Más que nunca. Llevamos muchos años batallando por culpa de los caprichos de Arturo. Él es el culpable de que hayamos perdido amigos y seres queridos. Él es el causante de que tú y yo hayamos terminado aquí.

—Solo buscaba un mundo mejor... —indiqué, recordando las palabras que Arturo me dirigió y que sirvieron para convencerme para traicionar a mi familia. Para que me convirtiera en quien era: alguien incapaz de mirarse en un espejo.

—Una utopía que se regía bajo su egoísmo, Riku.

Moví la cabeza de forma afirmativa. Tenía razón.

—Sus decisiones nos abocaron a la guerra...

—Una interminable —apuntó Pinocho.

Me pasé la mano por la nuca y suspiré.

—Y nos ha convertido en personas muy diferentes.

—Exacto —afirmó—. Jamás me habría imaginado combatiendo contra amigos con los que me crie. Luchando contra personas que solo buscaban que fuéramos felices...

—Engañando a nuestra familia —señalé, recordando mis propios actos.

—Tenemos que terminar con todo esto, Riku. Tenemos que lograr la paz.

—Por toda esa gente que ha ido muriendo —comenté, y miré la celda vacía—, para que no se olvide su lucha.

Pinocho movió su cabeza con fuerza.

—Nos necesitan.

Asentí y me quité la camiseta.

—De acuerdo. —Tiré la tela al suelo y comencé a mover los brazos, tratando de destensarlos—. ¿De cuánto tiempo disponemos?

Miró la puerta por donde podría aparecer alguno de nuestros guardianes en cualquier momento y luego me observó.

—Apenas unos minutos —me anunció—. Tienen que estar a punto de venir en tu busca...

Moví la cabeza de forma afirmativa y estiré los brazos hacia arriba.

—¿Qué información necesitáis que transmita Diablo?

—El lugar y la hora del encuentro —me informó—. No es necesario que tengan más datos.

Asentí de nuevo y lo miré a los ojos.

—No sé si querrás ver esto...

Pinocho negó con la cabeza, pero se paró a mitad de camino.

—¿Estarás bien?

Me detuve un segundo.

—Sí... Tranquilo —le dije, tratando de transmitirle la mayor confianza posible, a pesar de que ni yo mismo sabía lo que podría sucederme. La última vez que convoqué a Cuervo, casi acaba con mi vida—. Ahora, si no quieres presenciarlo...

—No, he cambiado de idea —indicó, y buscó mi mirada—. Me quedo por si me necesitas.

Sonreí agradecido, aunque los dos sabíamos que, si me llegaba a ocurrir algo, sería de poca ayuda. Había dos hileras de barrotes que nos separaban y, encima, un corredor entre medias que impedía que nos tocáramos.

—De acuerdo —afirmé, y apoyé las manos en los ladrillos. Agaché la cabeza entre los brazos y comencé a recitar un viejo hechizo que creía olvidado.

Nunca podría.

Era la misma oración que se transmitía de padres a hijo entre los miembros que compartían la sangre de Maléfica y que servía de llamada para el mayor aliado que tuvo el hada.

La repetí varias veces, alzando la voz según se sucedían los párrafos, mientras una lenta melodía atravesaba los muros y se enredaba con mi voz.

Mi cuerpo convulsionaba. Un pinchazo me atravesó el costado y se repitió por mi brazo hasta alcanzar mi bíceps. Un escalofrío de calor atravesó mis venas y se reprodujo en sucesivas ocasiones, llegando hasta mi cuello.

Las laceraciones de dolor se incrementaban.

Me mordí el labio inferior, intentando controlar el malestar que comenzaba a alcanzar cotas de sufrimiento elevadas, cuando me percaté de que la tinta de mi tatuaje empezaba a desprenderse.

Ya quedaba poco...

Recité el hechizo de nuevo, siguiendo la melodía, y el dibujo de mi piel comenzó a cobrar vida solo.

Un poco más...

Se me escapó un sonido de dolor que preocupó a Pinocho:

—Riku, ¿estás bien?

Elevé mi mano izquierda pidiéndole tiempo, y este asintió con la cabeza, poco convencido. Por su cara podía deducir que lo que presenciaba se alejaba bastante de lo que había imaginado.

Sentí un fuerte pinchazo que estuvo a punto de tirarme al suelo, pero me trasladé hasta los barrotes para sujetarme mejor y los envolví con mis dedos hasta que estos se quedaron blancos.

El sudor se deslizaba por mi rostro y la respiración se escuchaba por la sala de forma trabajosa.

—Solo un poco más —me animé en un susurro, y repetí las palabras mágicas. Sentía que quedaba poco.

Un nuevo tirón en la zona de mi omoplato me arrancó un grito de dolor, seguido de otro en la parte de mi cuello.

Después nada...

Apoyé la cabeza entre las rejas, tratando de recuperar el aliento que me faltaba, mientras obligaba a mi corazón a que retomara su latido tranquilo.

—Riku, ¿estás bien? —me repitió Pinocho, pero con voz diferente a la primera vez.

Alcé el mentón, me fijé en su rostro, que estaba fijo en algo que se encontraba por detrás de mí, y seguí su mirada.

—¡Cuánto tiempo, Diablo!

El graznido del cuervo rebotó entre las paredes de la torre.

CAPÍTULO 21

RIKU

—¿Seguro que estás bien? —insistió Pinocho, y asentí con una sonrisa mientras movía el brazo y comprobaba que todo el tatuaje había desaparecido. Me encontraba algo dolorido e incluso mis músculos se quejaban por el esfuerzo, pero sabía que me recuperaría.

—Sí, de verdad. —Le guiñé un ojo y me puse la camiseta.

El hombre de madera movió la cabeza, más tranquilo al escucharme, y se pasó la mano por su desaliñada barba.

—Jamás vi algo igual.

Lo miré sin saber si lo comentaba como si fuera algo bueno.

—Bueno, mi familia no es que lo vaya mostrando así como así... —dije, e incluso me reí con la sola idea. Aunque no era un secreto que cuando nacíamos la marca del cuervo ya estaba impresa en nuestro cuerpo y que podíamos utilizarla para nuestro beneficio, no era algo de lo que nos vanagloriábamos.

Todo lo contrario.

Apenas lo mencionábamos, como si fuera una lacra que portáramos y que nos identificaba como familia de Maléfica.

—Pero el tatuaje está visible —adujo, y me encogí de hombros—. Nadie pensaría que en ese dibujo enrevesado que te ocupaba parte del brazo y del cuello se escondía eso... —Movió la mano en el aire señalando el lugar donde había estado Diablo hasta hacía unos instantes.

Mi risa fue todavía más fuerte.

—Menos mal que Cuervo no te escucha, porque podría molestarse.

Pinocho me miró sorprendido.

—Pero ¿me entendería?

—Y podría comunicarse contigo si quisiera, no es solo algo exclusivo de nosotros. —Alcé las comisuras de mis labios—. Si no fuera así, no habría servido de nada que lo enviara a La Fundación con el mensaje.

Movió la cabeza de forma afirmativa con lentitud, pensando con detenimiento sobre la información que le acababa de facilitar.

—Tienes razón. He sido demasiado estúpido... —Sonrió avergonzado—. Me he quedado impactado con todo eso... —Movió la mano de nuevo, incapaz de poner nombre a lo presenciado—. Perdona.

—Tranquilo, no serás ni el primero ni el último al que le sucede —afirmé—. Soy yo, y me parece increíble cuando veo a Diablo delante de mí, y luego me fijo en mi tatuaje. —Alcé el brazo donde debían estar las marcas negras—. Y su voz en mi cabeza...

—¿Te ha hablado?

Mi carcajada retumbó por la prisión al ver su cara de sorpresa.

—Pinocho, tengo que comunicarme de alguna forma con él —le recordé.

—Cierto, cierto... —repitió, y se golpeó la frente con la mano—. Me estoy comportando como mi hijo cuando está delante de algo que le ha impactado.

Sonreí con aprecio.

—Lo echas de menos, ¿verdad?

Asintió y vi cómo sus ojos brillaban más de lo normal. Estaba reteniendo las lágrimas que le producían los recuerdos.

—Si quieres, cuando estemos libres de este sitio, le enseño a Diablo.

—¿De verdad? —Afirmé con la cabeza. Su ilusión era contagiosa—. Pero sufres mucho cuando lo materializas. No sé si deberías...

Chasqué la lengua contra el paladar, acallándolo.

—Si esto acaba como deseamos, un poco de dolor para ver feliz a tu hijo habrá merecido la pena.

—Gracias, Riku.

—No me la des hasta que alcancemos nuestro objetivo. —Asintió y miré hacia la puerta de madera—. Tienen que estar a punto, ¿no crees?

Pinocho siguió mis movimientos.

—Tú compórtate como siempre —comentó—. Con esa arrogancia que te acompaña siempre, y esa confianza de saber que estás por encima de todo y todos.

Lo observé divertido.

—¿Esa es la imagen que proyecto?

—Sí, pero en sentido inverso —me aclaró—. Llegas a ser insufrible, Riku.

Me reí y me pasé la mano por el cabello, apartando algunos mechones oscuros de mi cara.

—Menos mal que, en esta ocasión, mis cualidades son útiles.

—Más que útiles...

La puerta se abrió, interrumpiendo lo que Pinocho fuera a añadir a su comentario, y Darcel la cruzó para nuestra sorpresa.

—¿Qué haces aquí? —lo interrogó el hombre de madera.

Nuestro guardián sonrió y se encogió de hombros.

—Umbra ha tenido... una urgencia. —Su sonrisa se amplió, por lo que supuse que lo que le hubiera sucedido al otro hombre había sido causado por Darcel.

—¿Qué le has hecho? —preguntó Pinocho, sin esconder su diversión.

Negó con la cabeza.

—Lo necesario. —Le guiñó un ojo cómplice—. Ahora, no podemos demorarnos demasiado. —Se acercó a mi celda y sacó la llave del bolsillo del pantalón, con la que podía abrirla—. Tenemos poco tiempo.

—¿Quiere verme Arturo?

—Gretel ha pensado que primero te duches y te cambies de ropa, para presentarte ante él de forma decente... —Se detuvo un segundo antes de abrir la puerta.

Arqueé una de mis cejas al escucharlo.

—¿No puedo estar ante el *rey* apestando?

—Bueno, en realidad, Arturo no lo ha solicitado, pero Gretel ha pensado que lo agradecerías después de tanto tiempo aquí encerrado. —Pensé en sus palabras y agradecí el gesto—. Además, sería buena idea que te cambiaras de ropa para que no se percatara de los cambios que has sufrido, ¿no crees? —Abrió la puerta y se echó a un lado, permitiéndome el paso.

—¿Qué quieres decir?

Darcel me señaló el cuello y lo que no escondía la camiseta.

—Ya no tienes tu tatuaje y puede sospechar.

—¡Joder! Tenéis razón —afirmé, y salí de la celda. En cuanto di el primer paso fuera de esos barrotes, respiré con profundidad—. Libre...

—Por un escaso tiempo —me recordó Pinocho, que estaba atento a todo lo que el carcelero y yo hablábamos.

Me acerqué a su celda y atrapé la mano que me mostraba.

—No tardaré —le prometí.

—Eso espero.

Después de la ducha con agua caliente, que me supo a poco, me condujeron hasta el gran salón del castillo. Era la estancia que menos se utilizaba de la propiedad. Salvo para realizar celebraciones o atender a dignatarios extranjeros, o personas que solicitaban la ayuda de Arturo.

Era su forma de transmitir el poder que poseía y, de paso, intimidar a sus enemigos o futuros colaboradores. Un arte de la diplomacia que había ejercido durante años y que yo había presenciado desde que me había unido a su bando.

Por eso, ni el enorme tamaño de la sala ni sus grandes techos lograban el objetivo que buscaba en mí al concertar nuestra entrevista aquí.

Observé las altas columnas doradas, distribuidas a lo largo de la sala, y me fijé en los tapices que caían en vertical hasta el suelo. De tonos rojos y ocres, eran la única decoración que revestía las paredes de piedra gris. Apenas había ventanas que permitieran el paso de los rayos del sol. Se prefería la luz de las antorchas, colocadas a los lados, para iluminar el salón del trono —como se le llamaba—, y que proyectaban sombras que podrían amedrentar a cualquiera de sus visitantes. Ni mesas ni sillas ni ningún mueble ocupaba un espacio en la habitación, salvo el trono donde se sentaría el *rey*.

Mi caminar fue amortiguado por una alfombra estrecha, que me llevaba desde la puerta hasta un púlpito donde estaba situada la silla de hierro, escoltado por Darcel muy de cerca, que, por su cara, pude deducir que era la primera vez que visitaba esa parte del castillo.

Me detuve delante del primer escalón de piedra, por el que se ascendía hasta el lugar que debía ocupar Arturo, y esperé paciente mientras tiraba de las mangas largas de la sudadera que me había puesto. El cuello de tela elástica también me ahogaba.

No estaba acostumbrado a ese tipo de vestimenta; aunque se me pegaba al cuerpo, lo que permitía que mis movimientos fueran más ágiles, me agobiaba la sensación de falta de aire que me perseguía al verme abrazado por la tela.

En realidad, no sabía si era por no estar acostumbrado a ella o por la situación en la que me encontraba...

Iba cómodo, limpio desde hacía meses y el propósito de esconder la zona de mi cuerpo en la que debía estar mi tatuaje lo habíamos alcanzado.

Los pantalones también eran oscuros, al igual que las botas militares que me habían prestado. El cabello, al tenerlo más largo de lo habitual, me lo había recogido en una coleta alta, y si era sincero conmigo mismo, sentía que mi corazón se me iba a salir por la garganta.

—Tranquilo —me susurró Darcel, y lo miré de lado.

Respiré con profundidad una vez más y asentí para que supiera que lo había escuchado.

Traté de hacerle caso. De aspirar y espirar con lentitud, insuflando aire a mis pulmones, mientras me mentalizaba de que no iba a suceder nada malo.

Al poco, apareció ante nosotros el culpable de todos nuestros problemas, seguido de Gretel.

—Bienvenido, Riku —me saludó con una gran sonrisa, como si acabara de recibir a un amigo—. Estás... —me miró de arriba abajo mientras se acercaba a su trono— bien. Muy bien, a decir la verdad.

Moví la cabeza de forma afirmativa, agradeciéndole sus palabras.

—Yo también lo veo bien —mentí, pero traté de que no lo notara, porque me había sorprendido su estado físico.

Estaba bastante desmejorado desde la última vez que nos habíamos encontrado. Mucho más delgado y sin apenas pelo en la cabeza. La ropa que llevaba le quedaba enorme, con una capa rojo sangre y cuello de armiño, con la que podía tapar dos como él, y unos pantalones demasiado holgados y que se alejaban del gusto del hombre.

Unas ojeras enormes abarcaban sus ojos, que eran dos pozos sin fondo, y en su barbilla había una barba bastante desaliñada.

Era la sombra del Arturo al que yo serví, al que admiré y al que traicioné.

Nadie me había informado de su deteriorado estado, lo que me extrañó.

Miré a Gretel brevemente, con gesto interrogante, y ella me pidió tiempo para explicarse más adelante. Su semblante era la contraposición a la de su jefe. Más saludable, más fuerte y más segura de lo que fuera que tramaba. Vestida de rojo de pies a cabeza, su melena suelta podría pasar desapercibida, pero su brillo resaltaba cada vez que movía la cabeza, y esos labios de tono carmín destacaban sobre su blanca piel.

—Siempre tan adulador, Riku —comentó Arturo, sentándose en el trono. Por su extrema delgadez, me dio la sensación de que se perdía entre tanto hierro—. Lo he echado de menos.

—Sabía dónde encontrarme, señor.

Este sonrió, divertido por mi atrevimiento.

—Cierto, pero me urgían otros asuntos —me indicó, y se echó hacia delante—. Lo comprendes, ¿no, Riku?

Asentí, aunque deseaba decirle lo que pensaba de esta situación. Ese hombre deliraba.

—Pues ya me tiene aquí, mi señor —dije de forma servicial—. ¿Requiere de mis servicios?

Me observó con detenimiento, sin responderme, y luego miró a Gretel.

—Tenías razón. Es el Riku de siempre.

La mujer pelirroja asintió complacida.

—Le avisé, señor. Solo le afectaba algún tipo de influjo de la hija de Eric.

—Como me sucedió a mí... —comentó, y comprendí que toda esa historia, de que mis actos se hubieran debido a algún hechizo de Ariel, la había ideado la esposa de Pinocho.

—Así es, mi señor —afirmó Gretel, y se acercó a él. Apoyó la mano en la de Arturo, que descansaba sobre el apoyabrazos de metal, y enfrentó su mirada—. Podemos encomendarle esta misión. Confíe en mí, señor.

La voz que usó fue la misma que había utilizado conmigo en mi prisión. Una lenta, midiendo cada una de las palabras que emitía y que podía casi hipnotizarnos hasta lograr que hiciéramos lo que ella quisiera.

La observé con curiosidad y vi cómo Gretel cada poco golpeaba con su pulgar una zona específica de la mano masculina. Seguía un ritmo pausado.

Arturo estaba sumido en una somnolencia extraña y Gretel solo estaba pendiente de él.

«¿Qué sucede aquí?», me pregunté confuso, y observé lo que me rodeaba. No había nadie más, salvo nosotros. Gretel con Arturo y Darcel tras de mí. Pensé que, tal vez, si pudiera llegar hasta su altura, podría tomar su espada y acabar definitivamente con la vida de la persona que tanto mal nos había causado. Quizás tendría suerte y Excalibur me consideraría digno y me permitiría tomarla por la empuñadura para terminar con lo que nos asediaba.

Lo miré de nuevo, tan confuso como intrigado por su estado, y volví a la misma idea.

No se le veía en su mejor estado físico, y quizás era el momento perfecto que debíamos aprovechar. Quizás no saldría ileso, pero cualquier resultado en el que Arturo acabara muerto era mejor que otro donde tuviéramos que seguir soportando los delirios de un loco.

—Disculpe, Arturo —llamé su atención, e intenté subir las escaleras para llegar a su altura, pero Darcel me lo impidió.

Miré a mi carcelero, que negó con la cabeza, y tiró de mí hacia atrás. A pesar de que estaba de nuestro lado, me dio a entender que todavía no era el momento de actuar.

Dedujo lo que deseaba hacer.

Tensé la mandíbula y apreté los puños con fuerza hasta dejar los nudillos blancos por verme obligado a no hacer nada.

—Riku, ¿decías...? —me preguntó Arturo con verdadero interés.

—Yo solo quería... —Lo señalé con la mano, indicándole lo que pretendía—. Si me permite...

—No, señor —intervino Darcel con rapidez—. No debería.

El hombre que lideraba la mayor rebelión que se había creado en el mundo de la fantasía desde hacía siglos miró a mi carcelero y luego, a mí.

—No hay tiempo para eso —apuntó, y se incorporó levemente en el trono, tirando de su capa para recolocarla, lo que provocó que rompiera el contacto con Gretel—. Riku, te he hecho llamar porque necesito tu ayuda.

—Siempre es un orgullo ayudarle, señor —le dije, y tuve que tragarme la bilis que sentí por tamaña mentira.

—Lo sé. Nunca he dudado de ti.

Lo miré arqueando una de mis cejas oscuras sin poder evitarlo, y Arturo se rio. El sonido de su risa me heló la sangre.

—No cambiarás, Riku.

Sonreí, tratando de disfrazar los sentimientos que le profesaba.

—Espero que eso sea algo bueno, señor.

—Muy bueno. ¿A que sí, Gretel? —Miró a la pelirroja, que me observaba como si deseara matarme allí mismo.

Creo que no estaba actuando como ella esperaba, pero Pinocho me había aconsejado que me comportara como siempre lo había hecho. Y no podía ser menos yo.

—De lo mejor —afirmó la mujer, y se cruzó de brazos.

Tragué la saliva que tenía atorada en la garganta y le regalé una sonrisa a Gretel que buscaba mostrar mi seguridad. Una que se me escapaba de los dedos.

—Bueno, ¿y estoy aquí porque...? —me aventuré a preguntar, olvidándome de las caras que me ponía la mujer—. Como recordará, señor, tengo una vida bastante ajetreada últimamente, y mi agenda está algo llena. No sé si tendré hueco libre...

Arturo se rio de nuevo e incluso escuché a Darcel, detrás de mí, divirtiéndose.

—Si cumples con lo que necesito, esa agenda tuya sí que se hará realidad —comentó Arturo, divertido por mis bromas.

—¿Qué debo hacer? —pregunté, entusiasmado, y pensé que bien podría dedicarme al espectáculo.

—Me han robado el anillo de tu familia...

Entorné los ojos y lo miré. Me observaba a la espera de ver mi reacción, lo que me constató que, aunque parecía que no estaba en sus mejores condiciones, todavía se mantenía bastante lúcido.

—¿Su anillo, señor?

La manera en la que formulé mi pregunta lo agradó. Lo noté en su sonrisa, en sus gestos y el suspiró que emitió, y que llegó hasta mis oídos.

—Sí, hijo. *Mi* anillo ha desaparecido.

—¿Y sabemos dónde está? —lo interrogué, sorteando aposta la pregunta más lógica: si sabía quién lo había hecho. No quería profundizar en esa cuestión y que terminara sospechando de mis compañeros.

Arturo asintió y señaló a Gretel.

—Te lo va a explicar todo. —Asentí, y miré a la mujer—. Pero antes, Riku...

—Dígame, señor.

—Confío en que harás lo correcto —me indicó, y esperó mi reacción, que tardó en llegar.

Por un segundo, reconozco que tuve dudas. Muchas. Pero un recuerdo que creía enterrado apareció en mi mente. Unas palabras que le dije a Ariel y que me servían para este mismo momento:

Pero los héroes no son los buenos de esta historia, Sirenita.

—Siempre hago lo correcto —afirmé con rotundidad, y Arturo sonrió, convencido de mi afirmación.

—De acuerdo —intervino Gretel, avanzando unos pocos pasos hasta el límite de los escalones—. Riku, deberás reunirte con los hombres de Caperucita...

—Una vieja amiga —aseguré con una sonrisa prepotente, y Arturo asintió contento.

—Por eso es perfecto —afirmó la mujer de Pinocho—. Son ellos quienes poseen tu... el anillo de Arturo —se corrigió. Un pequeño lapsus que todos notamos que no le agradó—. Ellos esperan que pagues cierta cantidad por él...

—¿Pagar? —pregunté escandalizado. Creo que se me estaba yendo un poco de las manos mi actuación.

Arturo se rio, despreciando lo que pretendía Caperucita Roja, y Gretel puso los ojos en blanco.

—Por supuesto que no vamos a pagar —indicó alzando la voz, e hizo gestos para que la dejara terminar sin que Arturo se diera cuenta.

—No, claro. En qué cabeza cabe.

—Exacto —concordó—. Te presentarás allí, lo recuperarás y regresarás. Fin de la misión. —Cruzó las manos por delante de ella, dando por concluido el tema.

—¿Y los hombres? ¿Qué hago con ellos?

—Los matas —respondió Arturo como si fuera evidente.

Lo miré un segundo al advertir lo fácil que le suponía acabar con una vida y pensé que, hasta hacía no bien poco, yo era igual a él.

Un escalofrío me recorrió de arriba abajo, arrepintiéndome de la persona que fui.

—¿Cuándo me voy?

—Ahora mismo —anunció Gretel—. Te daremos un arco y unas flechas.

—Suficiente —afirmé.

EN EL PRESENTE...
EN EL DE ARIEL,
EN EL DE RIKU,
EN EL DEL MUNDO
EN EL QUE HABITAMOS

CAPÍTULO 22

ARIEL

—¿Necesitábamos a tanta gente para buscar la caracola? —pregunté a Vega, que estaba sentada alrededor de la fogata, al igual que yo.

Cerca de nosotras se encontraba Nahia junto a los miembros de su propia brigada, Enzo, Thiago, Rayan y Elsa, que Merlín nos había asignado para realizar esa misión. Charlaban entre ellos mientras compartían la comida que habían preparado no hacía mucho y se reían de algún chiste que uno de ellos había comentado.

Se notaba la camaradería que existía en el grupo. La misma que ofrecían los años que llevaban luchando juntos.

Era la primera noche que pasábamos fuera de La Fundación con la misión de recuperar la caracola que había pertenecido a mi familia y, según lo que había escuchado, apenas nos quedaba un día a caballo para llegar a la tierra donde vivió mi familia.

Un día para visitar mis orígenes...

Tenía sentimientos encontrados. Por una parte, estaba deseando descubrir dónde había crecido mi padre. Me hacía ilusión caminar por los pasillos de su palacio y observar la zona de juegos. Pero, por otra, saber que él no estaba a mi lado para explicármelo todo me hacía estar triste.

Últimamente, el sentimiento de soledad que había aparecido en mi vida desde la muerte de mis padres se había hecho más acuciante y comenzaba a ahogarme.

Sentía que estaba sola, que nadie me entendía y que el cariño que necesitaba, y que ellos me habían transmitido, no era apto para mí.

Por qué si no la primera persona que había conseguido que confiara en ella y que lo amara me hubiera traicionado.

Riku... Lo echaba de menos. Una locura cuando me echó a los lobos en aquella cueva.

Una locura cuando me salvó...

Una locura cuando, en nuestro último encuentro, sentí que podía volver a confiar en mí.

Gruñí sin poder evitarlo y me levanté un segundo del tronco que hacía de silla improvisada. Me pasé las manos por mi cabello castaño, recogido en una trenza, y dejé que mis dedos tiraran de la verde chaqueta hacia abajo, y que comenzaba a robarme el aire por estar entallada en mi cintura. Algo imposible, ya que ni me apretaba ni impedía mis movimientos.

Me senté de nuevo cuando Rayan me dio el plato de comida que había preparado y asentí con la cabeza a modo de agradecimiento.

—Nunca viene de más ir acompañadas —comentó Vega, y se apartó los mechones rosas que le caían sobre los ojos azules—. Además, con tu malhumor, necesito alguien que me haga reír. —Miró hacia Nahia, quien le guiñó un ojo cómplice.

Observé a la chica de pelo casi blanco y luego a mi amiga, y pensé que no es que se necesitaran para hacerse reír, sino para calentarse la cama, pero eso no se lo dije. No tenía ganas de entrar en ese tipo de debates.

—Podría haber venido Minerva... —comenté, recordando a la hermana de Axel.

—Avisó a Merlín de que estaba indispuesta. No sé qué de algo que le había sentado mal...

Bufé a modo de respuesta. No terminaba de creerme esa excusa, ya que sabía —Vega y yo sabíamos— que todavía le costaba a Minerva salir de los muros de La Fundación porque, cuando realizaba alguna misión, recordaba a su hermano.

Lo comprendía, pero me hubiera gustado que nos acompañara.

—Entre las tres habríamos ido y vuelto, y apenas habrían notado nuestra ausencia —rumié, y me llevé a la boca la cuchara con algo que parecían alubias. Mi cara de asco cuando comencé a masticar arrancó una carcajada a Vega.

—Rayan no es muy buen cocinero, ¿no?

Negué con la cabeza y el chico mencionado, percatándose de que hablábamos de él, nos miró con una sonrisa.

—¿Está buena?

—Exquisita —respondió Vega, y yo levanté el plato, fingiendo una sonrisa.

El joven asintió conforme y, en cuanto dejó de mirarnos, deposité la comida en el suelo, con la idea clara de que en cuanto pudiera me desharía de ella.

—Con la llave del Conejo —mostré la cadena de la que colgaba la reliquia y que escondía bajo mis ropas—, podríamos estar ya allí y no nos retrasaríamos tanto —comenté, conteniendo mi malhumor mientras pasaba mis manos por los pantalones negros.

Vega me observó al mismo tiempo que comía de su propio plato. Parecía que no hacía ascos al «manjar».

—Solo se trata de un descanso de unas pocas horas, Ariel, para que las monturas estén frescas. No nos conviene utilizar la llave tantas veces. Ya dijo Merlín que comenzaba a sospechar que Arturo tuviera alguna herramienta con la que nos localizaba cada vez que lo hacíamos —me recordó las últimas palabras del mago antes de que nos pusiéramos en marcha para cumplir esta misión—. Echamos una cabezadita y mañana llegaremos a nuestro destino. No te preocupes.

Gruñí al escuchar una vez más esa coletilla.

—No te preocupes, no te preocupes... —Enfrenté su mirada—. Vega, cómo me dices que no me preocupe. Eso es imposible. Mira a nuestro alrededor. —Elevé una de mis manos, abarcando el espacio donde nos encontrábamos—. El mundo de la fantasía se está convirtiendo en un infierno. Jamás pensé que podría caminar entre hadas y elfos, que podrían atacarme por estar a favor de un demente o acompañarme en la batalla porque creen en unos ideales que comienzan a desmoronarse.

Thiago, que era el explorador que iba de avanzadilla, había encontrado el pequeño claro en el que nos entrábamos en mitad del bosque de la colina de las hadas y nos había aconsejado parar a descansar hasta la mañana siguiente. La oscuridad comenzaba a adueñarse de la zona y nos dijo que estaríamos más seguros si nos deteníamos.

Todos estuvieron de acuerdo... menos yo. Pero nadie me hizo caso.

—Ariel, acabas de llegar...

—Lo sé —la corté—. Sé que lleváis muchos años, incluso siglos, en esta lucha, pero por eso mismo, Vega. Tenemos que alcanzar el final. Tenemos que atacar antes de esperar que nos ataquen.

—¿Por eso mataste a la Reina de Corazones?

La miré, quedándome en silencio un segundo.

—Era la única solución para alcanzar nuestro objetivo.

Negó con la cabeza.

—Podrías haberla ha hecho prisionera.

—No, eso estaba fuera de debate —la rebatí—. Ya lo hablamos cuando planeábamos el ataque al castillo, recuerda.

Ella suspiró.

—Sé que lo hablamos, que debatimos qué era mejor para la causa...

—Su muerte era lo mejor —espeté, y esperé a que afirmara con la cabeza, pero no lo hizo.

—Eso es lo que tú pensabas...

—No solo yo —la corté.

—Lo sé, y también sé que los motivos que adujisteis para hacerlo eran correctos.

—Arturo no hace prisioneros porque así nadie se le escapa. Nadie huye de él, y nadie informará de sus instalaciones o planes, si tuviera la oportunidad de escuchar algo —puse de ejemplo a nuestro enemigo.

Vega asintió. No podía negar que, aunque nos doliera, tenía sentido.

—Sí, pero nosotros no somos nuestro enemigo. —Atrapó mi mano—. Ariel, no podemos convertirnos en lo que más odiamos. Nosotros somos mejores que eso.

Me fijé en sus ojos azules y, aunque supe que tenía razón, no me atreví a decirlo en voz alta.

—Bueno, ya no hay vuelta atrás, ¿no? —Me incorporé, rompiendo nuestro contacto.

—No, ya no se puede hacer nada —comentó Vega con deje triste, sin apartar su atención sobre mi cara. Comenzaba a sentirme mal—. Ariel...

—Creo que necesito estirar las piernas —comenté, interrumpiendo lo que fuera a decirme, y esta asintió.

—De acuerdo, pero no te alejes demasiado. No sabemos lo que esconde el bosque.

Moví la cabeza de forma afirmativa y me interné entre los árboles, dejando que el viento que corría por la zona me arrullara. Fui posando la mano sobre los ásperos troncos mientras mi vista se adaptaba al entorno y llegué hasta el borde de un acantilado desde donde podía ver parte de la llanura. Al fondo, cerca de la frontera mágica, las luces de una aldea, y a la derecha las nubes, que se colaban por esa cortina morada y azul, provocaban relámpagos que golpeaban el delta que se introducía en la tierra. Aspiré con fuerza, llenado mis pulmones del aire que me rodeaba, y un olor sutil a un recuerdo me llevó a cuando me cobijaba en mi dormitorio con un buen libro entre las manos.

Olía a libro, a las páginas impresas que todo amante de la lectura sabía reconocer al instante y que añoraba cuando la historia era solo una sucesión de dígitos en una pantalla plana.

Aroma a viejo, antiguo y a aventura, la que ofrecía cualquier buena historia y que, dentro de las diferentes catalogaciones de géneros literarios, suplían las necesidades de esa persona que quería navegar por mundos desconocidos, relaciones imposibles o misterios por descubrir.

Olor a libro...

Delante de mí tenía todo lo que siempre había demandado en el mundo real cuando escogía una novela o un cuento. Me había convertido en esa heroína que admiraba por las decisiones tomadas... o en un proyecto a villana al ser consciente de que todo me venía grande. Mi experiencia en este mundo se estaba transformando en una pesadilla.

Alcé los brazos al cielo y observé las nubes negras que sobrevolaban mi cabeza y que amenazaban tormenta.

—¿Qué me estaba pasando? —Los ojos verdes de Riku aparecieron ante mí, como si se tratara del viejo Gato de Cheshire de Alicia y deseé que, a pesar del dolor que me habían provocado sus actos, regresara a mi lado. Necesitaba que me explicara lo ocurrido, necesitaba que estuviera cerca de mí para volver a ser la Ariel que fui. La que era a su lado.

Comencé a escuchar una melodía inusual. Flautas y arpas producían una música hipnótica que me invitaba a caminar, a alejarme del desfiladero en el que me encontraba, y me introducía por la parte del bosque que todavía no había explorado.

Mis pasos se movieron sin voluntad, e incluso sentí que una sonrisa asomaba por mi boca mientras me dejaba guiar por la canción desconocida.

De pronto, vislumbré una luz parpadeante delante de mí que se fue haciendo más grande. No mucho más, porque podría tener el tamaño de una nuez, pero se fue perfilando hasta que me encontré con una pequeña hada. Una muñequita delgada, vestida con un tul casi transparente, que batía sus alas mientras espolvoreaba polvos brillantes por detrás de ella.

Su cabello rubio, recogido en un moño alto, brillaba al igual que todo su cuerpo, y la sonrisa que me mostraba me alentaba para que la siguiera.

Aparecieron más luces. Amarillas, naranjas e incluso moradas. Todas precediendo a sus portadoras. Multitud de hadas que se iban multiplicando mientras me rodeaban.

Al principio me reí por el contacto de sus alas en mi cuerpo, que me provocaban cosquillas, pero poco a poco, al comprobar que el número de esta aumentaba y que cada vez se pegaban más a mí, me comenzó a agobiar.

No sé lo que pretendían.

Moví las manos, tratando de alejarlas, cuando sentí un corte en la palma derecha. La miré y comprobé que la sangre comenzaba a manar de ella.

Me habían herido.

Observé a la primera hada que había aparecido delante de mí, y que se mantenía alejada del grupo, y me fijé en que la expresión de su cara había cambiado. La cordialidad había pasado a una sonrisa macabra que podía poner los pelos como punta.

Debía salir de allí corriendo.

Comencé a agitar los brazos en el aire, intentando alejarlas, pero esquivaban mis golpes con precisión. Cada vez estaban más encima de mí y sentía que el aire no llegaba a mis pulmones.

Avancé marcha atrás, sin detener mis movimientos, cuando una de esas inocentes hadas se acercó a mi mejilla y me hirió. Me llevé las manos hasta mi cara y comprobé que también me había hecho sangre.

—Las muy cabronas...

—Ariel, ¿dónde estás?

Escuché a lo lejos que me llamaban, y, aunque no sabía a ciencia cierta si me oirían, grité:

—¡Vega, aquí!

El aleteo de las hadas se incrementó, lo que me hizo presuponer que se habían puesto nerviosas. Manoteé a varias de ellas, pero de inmediato un nuevo grupo ocuparon su lugar. Eché mano de mi espada, justo cuando recordé que la había dejado cerca del fuego, y moví los brazos por encima de mi cabeza sin seguir ningún plan determinado.

Solo quería que se alejaran de mí, que me dejaran tranquila...

Al rato, sentí que alguien tiraba del cuello de mi chaqueta y que me sacaba del enjambre en el que me encontraba. Miré hacia atrás y me encontré con Vega, y a su lado estaban Elsa y Enzo.

—¿Estás bien?

—Ahora sí —afirmé, e incluso le ofrecí una sonrisa agradecida.

Vega asintió y sacó su espada de la funda para ayudar a nuestros compañeros.

Enzo agitaba el metal alrededor de las hadas y Elsa, no muy lejos de él, extendía los brazos mientras recitaba algún tipo de hechizo. El aire comenzó a arremolinarse alrededor nuestra y se fue moviendo hasta que formó un pequeño torbellino.

Las manos de Elsa se alzaron hacia el cielo un segundo y a continuación descendieron apuntando al enjambre de luces. El torbellino que había creado la chica rubia atrapó a las hadas mientras escuchábamos lo que parecían gritos y, tras un movimiento hacia atrás de la joven, las hizo desaparecer.

El silencio apareció de golpe, junto a una bajada de temperaturas del ambiente.

Enzo apoyó las manos en sus rodillas tratando de recuperar el aliento y Elsa se acercó a él con una sonrisa satisfecha.

—Estás algo oxidado, viejo amigo —le comentó, divertida, y este la golpeó en el estómago, haciéndola reír.

—¿Estáis bien? —nos preguntó el chico, y no dudé en asentir con la cabeza.

—Gracias...

—Dáselas a Vega. —Señaló a mi amiga—. Sospechó que algo te sucedía al ver que tardabas.

Miré a la chica de pelo rosa.

—Gracias, Vega.

Me pasó el brazo por los hombros y tiró de mí hacia nuestro campamento.

—Siempre te cuidaré —afirmó, y buscó mi mirada—. Somos amigas, recuerda.

Le di un beso en la mejilla, y escuché las risas de Elsa y Enzo, que iban tras nosotras.

—Más que amigas —indiqué, y la abracé con fuerza. Era tan importante en mi vida que no me había dado cuenta hasta ahora de que, sin ella, mucho de lo vivido no lo habría superado—. Gracias por apoyarme siempre.

Se detuvo y me miró a los ojos.

—Siempre, Ariel. No lo dudes nunca. —Asentí—. La amistad no significa que siempre debamos estar de acuerdo, todo lo contrario. Los buenos amigos deben tener la libertad de decirse las cosas a las claras, nos gusten o no, porque sabremos que la otra persona solo busca nuestro bienestar.

Asentí de nuevo y la besé en los labios, para su sorpresa.

—Te quiero.

Ella se quedó paralizada un segundo hasta que comenzó a reírse. Pasó su mano por mi cabello, revolviéndolo con aprecio, y volvió a pasar el brazo por mis hombros.

—Anda, camina. El resto también se alegrarán de verte, pero te aviso —la miré de lado, esperando escuchar lo que quisiera decirme—, eso no supone que quieran que los beses.

Mis carcajadas se escucharon por el bosque.

CAPÍTULO 23

RIKU

—Cuéntame otra vez lo que te dijo Arturo cuando regresaste sin el anillo —me pidió Pinocho, y me dejé caer al suelo desde la barra que utilizaba para hacer flexiones.

Sonreí y tomé la sudadera negra que había tuneado, al arrancar las mangas y deshacerme del cuello. Había más desgarrones de los necesarios, pero, sin unas tijeras u otros utensilios aptos para adaptarla a mis gustos, me había sido imposible.

Me limpié con ella la cara, tratando de quitarme el sudor que el ejercicio físico me provocaba, y la colgué entre las rejas, delante de mi compañero de encierro.

—Te lo tendrías que saber de memoria...

Su risa cascada me envolvió.

—Y me lo sé, pero eso no quita que me guste escuchar cómo lo cuentas. Con solo ver tu cara, puedo imaginarme su estado y... —Se carcajeó de nuevo—. ¡Qué rabia habérmelo perdido!

—Reconozco que fue divertido, pero, por un instante, pensé que mi vida peligraba. —Me llevé el dedo índice al cuello e imité lo que me podría haber hecho una espada, seccionándolo.

Pinocho movió la mano en el aire, restándole importancia al hecho de que pude haber muerto esa misma noche.

Tras asegurarme de que Ariel y sus compañeras consiguieran el anillo de Maléfica, mi regreso al castillo de Arturo fue inminente.

Gretel no tardó en devolverme a mi prisión, sin dejarme disfrutar del reencuentro, y me hizo aparecer en el salón del trono.

El viaje fue de lo más incómodo. Con demasiadas turbulencias y algo molesto para mi estómago vacío, al no estar acostumbrado a utilizar un transmutador para transportarme. Solía usar portales mágicos que creaban los especialistas, que poseían ese poder para hacerlos aparecer o, como en la última ocasión que había viajado por el mundo de la fantasía, que portaban la llave de Orejitas.

Gretel había descartado esas opciones, por supuesto: no poseía ese don, y la llave estaba en poder de Ariel.

Prefirió el uso de un transmutador: una luciérnaga en su jaula.

Cuando aparecí en el castillo, delante de mí se encontraba la esposa de Pinocho con semblante serio y, no lejos de ella, un joven al que llevaba mucho sin ver. Delgado, bajito y unos ojos azules que me recordaban a alguien que apreciaba. Su piel oscura resaltaba bajo su traje blanco y en los dedos brillaba una única alianza.

—¡Bastian, cuánto tiempo!

—Riku, siempre es un placer —afirmó con cierta ironía.

—No puedo decir lo mismo —indiqué, y me volví hacia Gretel buscando una respuesta.

Esta apoyó la mano sobre la mía y me sonrió.

—Tranquilo. Está de nuestra parte... —me susurró, justo cuando aparecía en lo alto del púlpito Arturo. Era como si nos hubiera estado vigilando.

—Ya estás aquí, Riku. ¡Me alegro! —exclamó, y avanzó hasta su trono.

—Mi señor... —lo saludé realizando una pequeña reverencia.

—¿Qué tal ha ido tu misión? ¿Has logrado tu objetivo?

Lo observé desde mi posición, sin saber muy bien cómo decirle la mentira que habíamos elaborado.

—Señor...

—Arturo, ha sido más complicado de lo que esperábamos —se me adelantó Gretel, colocándose por delante de mí.

El hombre frunció el ceño.

—Riku, ¿qué ha sucedido?

—Arturo, había una brigada...

—¿Especialistas? —Asentí con la cabeza—. Bastian, ¿cómo puede ser eso posible?

Miré al hermano de Vega, extrañado por las formas en las que se dirigía a él. Bastian era su hombre de confianza. Más todavía de lo que había sido yo mismo.

—No sé lo que ha ocurrido, Arturo —comentó, colocándose a mi altura—. No hubo señales que avisaran de que utilizaban una reliquia.

Arrugué la frente al escucharlo.

—¿Señales? —Gretel chistó, silenciándome, pero no le hice caso—. ¿De qué estáis hablando?

Arturo fijó sus ojos en mí después de ofrecerle un gesto a Bastian de que no estaba contento con su explicación y, aunque no esperaba que me aclarara nada, lo hizo:

—Bastian ha descubierto una forma de localizar a los miembros de La Fundación...

Miré al hermano de Vega con curiosidad.

—Hay una reliquia...

—Una pluma de los Hermanos Grimm —especificó Arturo, para sorpresa de todos—. Es Riku y, aunque nos traicionó en el pasado, podemos confiar en él —explicó, dando la misma importancia a mi traición que el tirar de una tirita para que duela menos.

Golpeé a Gretel con disimulo, preguntándole en silencio lo que se me escapaba de lo que veía y vivía, y negó con la cabeza. Sabía que no podía explayarse. No estábamos en la mejor situación, pero no estaba de más intentarlo.

Escuché cómo Bastian suspiraba con fuerza y vi cómo ascendía los escalones que separaban a Arturo de donde nos encontrábamos.

—Señor, no es oportuno... —le dijo, llegando a su altura.

El hombre lo miró con gesto cansado y movió la mano, animándolo a continuar, ignorando su consejo.

—Como te ha dicho Arturo —Bastian continuó a regañadientes—, tenemos en nuestro poder la pluma de los Grimm, que nos informa de cuándo se utiliza una reliquia en el mundo mágico.

Moví la cabeza de forma afirmativa.

—Y así podéis controlar los movimientos de los especialistas, si no me equivoco.

—No, no te equivocas —me indicó la esposa de Pinocho—. Aparte de encontrar otras piezas que no hayan localizado todavía La Fundación, podemos adelantarnos a los planes de esta.

—Apareciendo en el lugar y momento al que acudan en sus misiones —afirmé, comprendiendo lo que me explicaban.

—Exacto —soltó Arturo—, pero parece que hoy esa reliquia no ha funcionado. —Miró a Bastian que se mantenía cerca de su trono con gesto firme.

—No sé a qué se ha debido, señor. Le recuerdo que todavía hay muchas cosas que se nos escapan de las reliquias. La forma de utilizarlas y los dones que esconden. Sin el libro azul...

Un rugido se expandió por la sala al mismo tiempo que presenciábamos cómo el cuerpo de Bastian acababa en el suelo. A pesar de lo débil que parecía Arturo a primera vista, este se había incorporado con excesiva rapidez y había golpeado a su mano derecha con tanta fuerza para conseguir tirarlo.

—Estoy harto de tus excusas, Bastian —lo amonestó—. Ahora mismo vas a ese laboratorio tuyo y no aparezcas ante mí hasta que me des una explicación razonable de lo que ha sucedido. ¡Quiero detalles!

El hombre vestido de blanco se levantó, llevando una de las manos hasta su mentón —lugar que había recibido el golpe—, y asintió con la cabeza.

—Así lo haré, señor. —Se alejó de él, no sin antes dejar caer sus ojos azules sobre Gretel y yo.

—Y ahora vosotros...

—Arturo, sabíamos que era una misión complicada —comentó la pelirroja con rapidez. Temía, al igual que yo, que el castigo por no haber traído el anillo fuera desorbitado.

—Gretel, querida —la voz que usó, bajando varios decibelios, podía asustar más que los propios gritos—, no desconocía los riesgos. —Se sentó en el trono de nuevo, apartando su capa hacia un lado para que no lo molestara—. Pero, cuando ordeno algo, espero que se cumpla.

—Pero, señor...

—Gretel, tu hijo necesita una madre —la amenazó, y apreté los puños con fuerza al sentirme impotente.

—Sí, señor. Perdón... —Asintió y agachó la cabeza de forma dócil.

Vi cómo Arturo tosía levemente y se removía en su asiento de hierro, buscando una posición más cómoda. Aunque había querido aparentar la misma fuerza de siempre, se notaba que su salud estaba deteriorada.

—Riku...

—Señor, lo siento —me adelanté con celeridad. Sabía que lo que más le agradaba era sentirse superior al resto, y los gestos sumisos le embelesaban en exceso—. Los especialistas me sobrepasaban en número. Me vi rodeado antes de alcanzar a los leñadores y...

—Y opté por traerle de regreso. —Gretel me ayudó, a pesar de que el foco de su ira podía recaer sobre ella de nuevo.

Arturo pasó la vista por nosotros hasta que se dejó caer sobre el respaldo.

—Quizás nos precipitamos...

—Nos confiamos en que la pluma nos informaría si hubiera algún movimiento, señor —le recordó, haciendo que el enfado se dirigiera hacia el pobre Bastian, que ya no se encontraba entre nosotros.

Se pasó la mano por su escasa cabellera rubia y dejó apoyada su cara sobre la mano.

—Pero no puedo dejarle libre así como así... —comentó, más para sí que para que lo escucháramos.

—Señor, usted mismo ha dicho antes que se puede confiar en mí...

La sonrisa que apareció en su cara fue hasta divertida.

—Riku, no tenses demasiado la cuerda.

—No, señor. Perdone.

Asintió con la cabeza, conforme con mis palabras, para levantarse a continuación.

—Que regrese a su celda...

—Pero, señor... ¿Otra vez? —Me arrodillé en uno de los escalones y alcé mis manos juntas—. Por favor, se lo suplico. Me acabaré por volver loco allá arriba.

Arturo me miró un segundo, en el que creí que podría cambiar de opinión, hasta que nos dio la espalda, ignorando mis súplicas.

—Gretel, puedes acompañarlo si quieres —comentó, deteniéndose un momento para mirarla—. Así podrás ver a tu esposo y recordar lo que les sucede a los que se plantean traicionarme.

—Sí, señor. Gracias —indicó la pelirroja, agradecida, e incluso le hizo una reverencia.

En cuanto nos quedamos solos, Gretel y yo nos miramos con sendas sonrisas en la cara. Habíamos conseguido nuestro objetivo.

—Tu mujer es una gran actriz —le indiqué a Pinocho, y se rio.

—Tiene que serlo después del tiempo que llevamos engañando a Arturo.

Asentí con la cabeza y me acerqué a la ventana. Hacía aire en el exterior y era agradable sentirlo en el cuerpo.

—¿Piensas en ella?

Miré al hombre de madera un segundo, para regresar mi atención sobre el campo yermo.

—Más que nunca —afirmé—. Cuando Arturo me contó que había muerto, pensé que la única opción que me quedaba era seguir su camino. Ella fue la única que creyó en mí, Pinocho —le confesé—. A pesar de que la avisé de que no lo hiciera, que la puse en preaviso de que podía traicionarla... —Me quedé callado un segundo y cerré los ojos—. Siempre creyó en mí, hasta que ocurrió lo irrefutable.

—Pero fue para lograr un bien mayor —justificó—. No podías destapar que habías estado ayudando a La Fundación, a Merlín, si queríamos ganar esta lucha.

Era lo que me había repetido más de una vez, que mis actos estaban justificados. Incluso Pinocho había tratado de aligerar mi culpa, insistiendo sobre ese hecho siempre que tenía oportunidad, pero, después de ver cómo Ariel me había mirado la última noche en la que nos habíamos encontrado, no sabía lo que pensar.

—Me odia, Pinocho...

—Lo comprenderá —afirmó—. Cuando se lo expliques, lo entenderá...

Mi risa lo interrumpió y me volví hacia él para mirarlo a la cara.

—Si consigo que me deje hablar antes de que me atraviese con su espada, ¿verdad?

Se llevó la mano hacia su barbilla de madera y se quedó pensativo.

—En eso sí que lo vas a tener complicado, amigo. —Pasó los dedos por su barba—. Lo que nos ha contado Darcel sobre Ariel y la Reina de Corazones...

—Esa es mi Sirenita —afirmé, y me reí a mandíbula batiente—. Una mujer muy fuerte.

—¡Y tanto! Da un poco de miedo la leyenda que se está construyendo alrededor de su persona... —Se carcajeó y lo seguí con mi risa mientras me acomodaba bajo la ventana. Se había convertido en mi lugar favorito de toda la celda, aunque tampoco tenía mucho donde elegir.

—Para mujer fuerte, tu esposa, Pinocho —le indiqué, y noté cómo estiraba su cuerpo todo lo largo que era, síntoma de que estaba muy orgulloso de ella.

—Gretel es especial.

Asentí con la cabeza, no podía estar más de acuerdo.

—Además de muy paciente —incidí—. El tiempo que lleva envenenando a Arturo y con ese hechizo que hace...

—Lo aprendió de la colonia del norte.

—¿Donde habitan las brujas más poderosas de nuestro mundo? Se sentó cerca de los barrotes delanteros de su celda y asintió.

—Llegó de casualidad, tras la caza de una de las reliquias que al final los especialistas le arrebataron delante de sus propias narices —me explicó—. Estaba cansada, las fuerzas la abandonaban y esas mujeres le ofrecieron una salida... lenta.

—Pero, al fin y al cabo, una salida —apunté.

Sus negros ojos buscaron los míos verdes.

—Llevamos años así, Riku. —Lo sabía. Ya me lo había explicado la misma noche que regresé tras la recuperación fallida del anillo—. Era la única forma de acabar con alguien que es casi inmortal.

—Al igual que Merlín o Rumpelstiltskin, es difícil terminar con su vida.

Vi cómo se tumbaba sobre el suelo, con los brazos en cruz.

—La *digitalis purpúrea*, recolectada a primera hora de la mañana, produce una sustancia que puede ser letal —me explicó de nuevo—. Parece increíble, ¿verdad? —Se elevó levemente para mirarme.

Me reí al notar su entusiasmo.

—Ya sabes que no ubico muy bien esa planta...

—Las campanillas, Riku. La dedalera o estralote —me dijo, pero fue como si escuchara llover. Sabía que dentro de un rato esos nombres los olvidaría. Me había sucedido en las anteriores ocasiones en la que me había explicado lo que hacían con Arturo.

—Pues esas mismas. —Pinocho se rio y yo sonreí—. Seamos sinceros, amigo, aquí lo importante no es el nombre de esa planta.

Negó con la cabeza.

—Lo importante es que Arturo, gracias a ese veneno, está más dócil, más débil y más... influenciable.

—Y que le quedan pocos años de vida —subrayé, ampliando mi sonrisa, y Pinocho volvió a tumbarse en el suelo.

CAPÍTULO 24

ARIEL

—Mira, Ariel. —Vega señaló hacia delante con su mano y yo viré mi caballo hacia donde indicaba.

Entre los árboles se vislumbraba una construcción que supuse —tras mirar de nuevo a mi amiga, que asintió con la cabeza, feliz— que se trataba del palacio que pertenecía a mi familia.

Espoleé a mi montura y la alenté a que acelerara el paso, dejando a mis compañeros detrás.

—¡Ariel, detente! —me gritó Nahia, pero no le hice caso.

La ilusión por ver más de cerca ese edificio me cegaba.

—Nahia, déjala. No pasará nada. —Escuché a Vega que le decía, lo que me arrancó una sonrisa. Mi amiga sabía lo que esto significaba para mí, aunque me había negado a reconocerlo hasta ahora.

Atravesé la frondosa arboleda, con cuidado de que ninguna rama me golpeara, y salí a una pequeña playa de arena amarilla. A mi derecha había una pared rocosa que impedía ascender por ella, por lo que seguí cabalgando por la cala, sin perder de vista las torres blancas, coronadas por pequeños tejados rojos. Todos eran diferentes entre sí, al igual que las torres, más robustas o altas que las que tenían cerca. Una escalinata se adentraba en el océano y un barco, anclado al otro lado en lo que parecía una pasarela, esperaba ser utilizado para navegar por el ancho mar.

Ascendí por una cuesta de arena de playa hasta la entrada principal del palacio y descendí del caballo en cuanto la entrada apareció ante mis ojos. Até las riendas en un poste cercano y me acerqué con tiento a la enorme puerta.

Alcé la mano para golpear su madera, pero nadie acudió a mi llamada pasado el tiempo.

Esperé, sin dejar de analizar la fachada exterior, hasta que llegaron mis compañeros y dejaron sus monturas en el mismo lugar donde lo había hecho yo.

—Ariel...

—Nadie responde —le indiqué a Vega, quien se había colocado a mi lado.

—¿No lo sabe? —Escuché a Elsa que le preguntaba a Rayan, y vi por el rabillo del ojo que este negaba con la cabeza.

Fruncí el ceño mirando a mi amiga y esperé una explicación que desconocía.

—Ariel, no hay nadie...

—Desde hace muchos años —especificó Nahia, acercándose a nosotras.

Las observé confundida.

—Pero eso no puede ser. Mirad su estado. —Señalé la gran construcción y las miré de nuevo—. Mi familia debe vivir aquí...

Vega negó con la cabeza, con pesar en sus ojos.

—Tu padre fue el último que habitó entre sus paredes —me informó—. No tienes más familia en el mundo de la fantasía.

La arruga de mi frente se profundizó y sentí que mis ojos se anegaban de lágrimas.

—Pero... No puede ser posible...

Los brazos de Vega me cobijaron al mismo tiempo que mi cabeza se apoyaba en su pecho. Comencé a llorar sin consuelo mientras ella trataba de tranquilizarme.

—Creí que Merlín...

Sentí que Vega negaba con la cabeza, respondió a la alusión de Nahia y noté como su mano se apoyaba en mi espalda.

—Ariel, estamos aquí. —Me volví hacia Elsa, que me miraba con cariño—. Nosotros somos tu familia.

—Todos —subrayó Vega, y Rayan, Enzo y Thiago asintieron con la cabeza.

—Aunque a veces des miedo con esa espada —comentó este último, recibiendo una colleja de Elsa.

Me reí al ver el intercambio de miradas entre los dos, y Vega me apartó para mirarme a la cara.

—Sirenita, el profesor quiso contártelo... —me explicó, pasando la mano por mis mejillas, retirando el agua salada que me las bañaba.

—Pero no lo dejé —admití con la voz rota.

Nahia y el resto de la brigada asintieron. Parecía que era un secreto a voces mi comportamiento de estos meses en La Fundación.

—Además de ayudarte a encontrar ese don que debes poseer —tomó mis manos y las movió hasta que las palmas estuvieron bocarriba. Las dos nos fijamos en mis venas, que destacaban bajo mi piel—, su intención siempre fue contarte cosas relacionadas con tu padre y Aurora.

—Pero siempre lo rehuía o cambiaba de tema, como si supiera que no me iba a gustar lo que me fuera a contar —confesé, y encogí uno de mis hombros.

Ella me tomó de la barbilla y me alzó la cara.

—Es normal que tuvieras miedo, Ariel.

—Todos tenemos miedo en algún momento de nuestra vida —declaró Nahia, y el resto del equipo asintió, conforme con sus palabras.

Miré a Vega, que también movía la cabeza de forma afirmativa.

—Pero son los recuerdos alegres o los actos, las decisiones que tomamos buscando un bien mayor para alcanzar eso que nos hará feliz, lo que nos forma como persona. Merlín está deseando contarte todo lo que logró tu familia, y lo que le debemos...

—Sin Aurora, yo no estaría aquí —afirmó Elsa, avanzando un par de pasos hacia nosotras.

—Ni yo —admitió Enzo.

Los miré extrañados.

—Ella fue la que tuvo la idea de La Fundación —me informó Nahia.

—Pensé que fueron los padres fundadores...

—Ellos estructuraron una primera normativa, con todo lo relativo a las castas del mundo mágico y a las reliquias...

—Pero fue Aurora la que decidió que, para poder proteger todos esos estatutos, debía haber una organización detrás —explicó Vega, interrumpiendo a Rayan.

—La Fundación —indiqué, y asintieron a la vez.

—Gracias a esta organización, tuve más opciones, aparte de terminar como agricultor, como el resto de mi familia —nos explicó Enzo.

—O aburrida por la diplomacia que conlleva dirigir un reino —indicó Elsa, atrayendo mi atención.

—¿Un reino?

La risa de Vega nos envolvió. Se acercó a la chica, que llevaba su cabello rubio recogido en una trenza, y pasó el brazo por encima de sus hombros.

—Aquí donde la ves, nuestra Elsa es monarca de un reino donde hace mucho frío.

Alcé las cejas y miré a las dos chicas con los ojos como platos.

—¿En serio?

Elsa asintió con timidez.

—No me gusta hablar de ello...

—Y por eso sacamos el tema nosotros —puntualizó Thiago, recibiendo un golpe en el estómago por parte de su compañera.

Me reí, contagiada por lo demás, y la pregunté:

—¿Y por qué estás aquí?

La joven se acercó a mí y me tomó de las manos.

—Al igual que tú, creo en un mundo donde no haya guerras; donde la gente no sufra. Pero, sobre todo, detesto la idea de que, por culpa de la codicia de un desalmado, el resto tengamos que conformarnos con los que nos ha tocado vivir. Que no podamos quejarnos ni opinar por miedo a las represalias. —Apretó mis dedos y buscó mis ojos acaramelados—. Cuando algo nos importa, debemos dar un paso al frente, exigir que se nos escuche para alcanzar una vida mejor. Debemos luchar por nuestros derechos para no perder las libertades alcanzadas.

Me fijé en sus ojos azules, donde la esperanza navegaba, y asentí con la cabeza.

—Tienes razón —admití, y me volví hacia la puerta del castillo de mi familia—. Chicos, tenemos una misión.

Escuché cómo se movían por detrás de mí y me giré sobre mis pies para mirarlos.

Se habían colocado a mi espalda, protegiéndome. Los miré con admiración a cada uno y sonreí, sintiendo que mis ojos volvían a inundarse de lágrimas.

—Venga, amiga. —Vega se posicionó a mi lado—. Encontremos esa dichosa caracola.

Moví la cabeza de forma afirmativa y empujé la puerta para abrirla.

Un crujido a madera vieja se escuchó por el espacio, junto a hierro oxidado que debía proceder de las bisagras.

—Cuesta un poco —les indiqué, justo cuando Rayan y Thiago se colocaban próximos a mí para ayudarme. El resto siguió en la misma posición por si nos sorprendía el enemigo.

Aunque no nos habíamos topado con nada extraño, salvo las hadas de la pasada noche, debíamos ser precavidos. En cualquier momento se podían presentar ante nosotros los hombres de Arturo y atacarnos.

—El paso del tiempo... —comentó Vega, pero no pude ni asentir con la cabeza, dándole la razón, porque estaba concentrada. Parecía que cedía, aunque lo nuestro nos estaba costando.

Tras varios minutos que me parecieron eternos, lo conseguimos y acabamos en el patio de armas. Una extensión casi redonda, protegida por la muralla de piedra.

Caminamos con cuidado, sin observar lo que íbamos dejando atrás, sin que ninguno tuviera la necesidad de comentar nada. Era un palacio desierto, casi fantasmal, que estaba anclado en el tiempo.

Observé cómo Nahia movía la cabeza, señalando a Thiago y a Elsa, indicándoles que se adentraran por las almenas que teníamos a nuestra derecha. Otro movimiento y Enzo y Rayan desaparecieron por las de la izquierda.

Vega iba a mi lado y por detrás de nosotras Nahia, con su arco preparado.

—¿Por qué crees que sigue todo como si no hubiera pasado el tiempo? —le pregunté con voz queda a Vega, cuando me detuve delante de la torre del homenaje.

La chica de pelo rosa observó la gran construcción y luego, a mí.

—Quizás un hechizo de permanencia —indicó, aunque noté que no estaba segura.

Asentí, más para que supiera que la había escuchado, de que me hubiera convencido, y apoyé la mano en la puerta por la que nos introduciríamos a la parte principal del palacio.

Pensé que me costaría tanto o más que la de la entrada, pero cuál fue mi sorpresa —y la de todos— que, cuando posé mi palma sobre ella, esta se abrió sin ningún esfuerzo.

Miré a Vega y luego, a Nahia, que se encogió de hombros.

Regresé mi atención hacia la puerta y me adentré, cerrándose de golpe por detrás de mí.

CAPÍTULO 25

RIKU

La puerta que nos incomunicaba con el exterior se abrió de golpe, chocando con la pared.

Pinocho y yo, que manteníamos una conversación de lo más entretenida tratando de descubrir con qué nos sorprenderían los cocineros en la siguiente comida: gachas, guiso o alubias —mucha variedad no es que hubiera—, saltamos por el ruido. Nos levantamos con rapidez, como si supiéramos que algo grave iba a suceder, y esperamos a ver quién aparecería delante nuestra.

—¿Bastian?

—Bastian, ¿qué ocurre? —lo interrogó Pinocho, agarrándose a los barrotes. Su voz temblaba, y el miedo le había palidecido el barniz de su rostro.

El recién llegado, que iba vestido de negro, levantó la mano tratando de tranquilizarlo. Parecía que buscaba recuperar el aire que le faltaba, lo que nos indicó que había subido las escaleras corriendo.

—Bastian, ¿Gretel y el niño están bien? —le pregunté, materializando el temor que sabía que le martirizaba a mi cómpañero de prisión.

El hermano de Vega negó, aunque todavía no podía hablar.

—Bastian, por favor... —gritó Pinocho, lo que atrajo a Darcel.

Nuestro guardián apareció por detrás de Bastian y lo miró, para después centrarse en nosotros.

—Tenemos un problema —anunció, y golpeé uno de los barrotes involuntariamente.

—Eso ya lo habíamos deducido, Darcel.

Nuestro carcelero se encogió de hombros.

—Pensé que ya os lo había contado...

—De eso nada —respondió Pinocho—. Estamos esperando a que recupere el aliento.

Me apoyé en los barrotes y empecé a columpiarme sobre los pies.

—Bastian, ya te dije hace años que te estabas acomodando en tu laboratorio. Necesitas ponerte en forma.

Este gruñó al mismo tiempo que se incorporaba y me miraba con cara de pocos amigos.

—No es momento de tus gracietas, Riku.

—Hacía tiempo mientras tanto... —Sonreí con picardía, y me lo devolvió con un nuevo gruñido.

Darcel se colocó debajo del marco de la puerta, con los brazos cruzados, mientras Bastian se aproximaba a nosotros.

—¿Qué sucede? —insistió Pinocho, cuando comprobó que estaba recuperado.

—Gretel y Hansel Junior están bien. No te preocupes —le informó a mi amigo, y este, aunque nos lo había dicho segundos antes, respiró con mayor tranquilidad.

—¿Entonces? ¿Qué ocurre? —lo interrogué, y busqué sus ojos azules, de la misma tonalidad que los de su hermana melliza.

—La pluma se ha activado...

—¿La reliquia de los Grimm? —indagué, recordando que en la última entrevista que mantuve con Arturo se mencionó ese objeto mágico con el que rastreaban otras reliquias.

Bastian posó su mano sobre su corto cabello negro y asintió.

—Parece que se ha activado un gran potencial de magia, no muy lejos de aquí, y se ha vuelto loca al sentir su energía —nos informó—. Y va en aumento...

La observé con el ceño fruncido.

—¿Otra reliquia?

Movió la cabeza de lado a lado, sin llegar a confirmar ni a desmentir.

—¿De qué se trata? —le instó Pinocho a hablar.

—La pluma se comporta de forma diferente a otras ocasiones...

—¿Y? Por Dios, Bastian, suéltalo de una vez —le ordené.

—Esta reliquia perteneció a los mismos padres fundadores...

—Sí, lo suponemos. No hay que ser muy listo para asociar su nombre, «la pluma de los hermanos Grimm», con ellos. —Bufé y noté que mi paciencia comenzaba a sobrepasar su límite.

Bastian, lejos de percatarse de mi estado, continuó con su discurso:

—Exacto, y, por eso, es capaz de localizar dónde se encontrará una reliquia nacida en el mundo mágico...

—Pero solo cuando esta se utiliza. Es como un GPS de objetos mágicos —puntualizó Pinocho, y puse los ojos en blanco.

—¿En serio? —Los dos me observaron sin comprender—. Tenemos una urgencia, porque si no tú —señalé a Bastian— no estarías aquí, y os ponéis a darme una clase magistral... —Gruñí y tiré de mi cabello—. Por favor, ya. Suéltalo.

El hermano de Vega pareció darse cuenta de que no podía perder más el tiempo, porque asintió y prosiguió:

—Creo que, sea lo que sea que se ha activado, también pertenece al poder primigenio.

Lo miré, evaluando sus palabras.

—¿Una reliquia de los padres fundadores?

—Aurora —se atrevió a decir, aunque noté todavía dudas en sus ojos.

—Aurora... —repetí, cuando de pronto caí en algo—. ¡Ariel! —Pinocho me miró, entendiendo mi raciocinio, pero el otro hombre me observó confuso—. Es cosa de mi Sirenita, Bastian. Puede que haya descubierto su don y...

—Todo termine —indicó Pinocho, otorgando a su voz una inmensa alegría.

El hermano de Vega asintió con lentitud. Se llevó la mano hasta la cabeza, revolviendo sus cortos mechones, y tardó en mirarme.

—Bastian, ¿en qué piensas? Puede ser, ¿no?

Me observó, pero en su cara no había ni una pizca de felicidad.

—Riku...

—Dime. ¿No lo crees? Mi Sirenita ha descubierto la magia que se escondía en su sangre, y solo debemos esperar a que acabe con Arturo. —El chico de piel oscura negó con la cabeza, y vi algo en sus ojos que no me gustó—. Bastian, ¿qué pasa?

—Antes de controlar su poder, Ariel tendrá que aprender a hacerlo...

Asentí, porque no había ninguna duda sobre ello.

—Merlín la ayudará. De hecho, seguro que ha estado trabajando antes con ella...

—Hasta que eso suceda —me interrumpió, y agarró uno de los barrotes de mi celda—, deberá pasar tiempo. No puedes esperar que congregue entre sus manos un gran poder y de la noche a la mañana sepa utilizarlo. Incluso al principio podrá ser un peligro para sí misma.

—Pero Merlín...

Negó de nuevo con la cabeza, lo que me llevó a ser más consciente del arduo trabajo que tenía por delante Ariel.

—Riku, antes de que pueda vencer a Arturo, este la encontrará. —Dudó un segundo—. No podré mantener esto demasiado tiempo oculto. Habrá que avisarle de lo que está ocurriendo, y entonces...

El silencio se adueñó de nuestra prisión, e incluso pude ver cómo Darcel, desde el sitio en el que se encontraba, agachaba la cabeza, ya triste por el final no escrito de la joven.

—Eso no sucederá...

—Riku...

—¡He dicho que eso no ocurrirá! —Alcé la voz para subrayar mis palabras.

Bastian enfrentó mi mirada. Observó mi cara tensa y mis nudillos, blancos de la fuerza con la que sostenía las rejas.

—Está bien. —Asintió—. No ocurrirá.

Pinocho también me miró con una decisión fija en sus ojos.

—Hay que ayudarla.

Afirmé con la cabeza y enfrenté a Bastian:

—¿De dónde llega esa magia?

—Con exactitud, no sabría decirte...

Miré a Pinocho y a Darcel.

—Haced memoria —les pedí—. ¿Qué hay cerca de aquí que os recuerde a la familia de Aurora?

—¿Más allá de la frontera que divide nuestras dos mitades? —preguntó nuestro guardián, y asentí.

Los cuatro nos quedamos en silencio, pensando qué podía haber lejos de los límites fronterizos que habían nacido tras la primera traición de Arturo. Tras el primer intento de adueñarse del mundo.

—Está la colina de las hadas...

—Un mal sitio para perderse —comentó Pinocho, rebatiendo la idea de Darcel.

—Sí, aunque tiene unas vistas espectaculares.

El hombre de madera sonrió, dándole la razón.

—¿El palacio de Eric? —tanteó Bastian, atrayendo mi atención.

—¿Sigue en pie? —pregunté, ya que hacía mucho tiempo que no me perdía por esa zona.

—Arturo no quiso deshacerse de él —me informó Pinocho, y lo miré con curiosidad—. Parece ser que de allí tiene muy buenos recuerdos...

—Es un sentimental —comentó Bastian, negando con la cabeza.

—Pero puede que ese sentimental haya ayudado a que el poder de Ariel despierte —indiqué, más para mí que para que ellos me escucharan.

—Si Ariel ha ido al palacio, puede que, al estar en contacto con las cosas de la familia primigenia...

—Con la herencia de Aurora —especificó Pinocho cortando a Bastian, que asintió con la cabeza.

—... Arturo haya provocado el mayor tsunami que pueda presenciar este mundo —señalé.

Todos estuvieron de acuerdo conmigo.

—Pero necesitará ayuda —nos recordó Darcel desde su posición.

Pinocho, Bastian y yo nos miramos a los ojos.

—Debo ir —les indiqué, dando forma a lo que pensaban.

—No podrás regresar si estamos equivocados —comentó Pinocho con preocupación.

—Pero, si no voy y está en peligro..., no me lo podré perdonar nunca —afirmé, y el resto de los allí presentes me comprendieron.

Era la vida de Ariel o la mía, y, desde que la había conocido, mis sentimientos por ella se habían antepuesto. Su fe en mí me había convertido en una mejor persona, y debía devolverle toda su confianza, aunque eso supusiera mi muerte.

—Iré a por el transmutador de Gretel...

—Bastian, ¿no hay otra forma?

El hermano de Vega sonrió, porque supuso lo que ese medio de transporte me provocaba, y negó con la cabeza.

—Es la más rápida y segura.

Asentí resignado y vi cómo se marchaba.

CAPÍTULO 26

ARIEL

—Ariel, Ariel... ¿Estás bien? —me preguntó Vega, desde el otro lado de la puerta.

—Sí, tranquilas —respondí alzando la voz para que pudieran escucharme.

—La puerta no cede —me indicó Nahia—. Trata de abrirla tú por donde te encuentras.

—De acuerdo —afirmé, y apoyé la mano en el picaporte, pero este no se movía—. Imposible.

—Daremos la vuelta para ver si podemos entrar por otro sitio —me informó Vega—. No te muevas de donde te encuentras.

—Vale —les dije, y escuché cómo se alejaban gracias al ruido de sus pisadas contra la gravilla del patio de armas.

Me apoyé en la puerta y esperé. Fijé la vista en el pasillo oscuro que tenía por delante mientras una idea me cruzaba la mente y, sabiendo que podría meterme en un buen lío, me arriesgué.

Di solo dos pasos, y las antorchas que colgaban de la pared más próximas a mí se encendieron.

Me detuve.

Miré hacia atrás, donde seguía la puerta cerrada, y regresé la atención hacia el corredor. Apoyé mi mano sobre la empuñadura de mi arma y avancé un poco más al mismo tiempo que las antorchas se encendían y, con ello, mi camino se iluminaba.

Era de lo más extraño...

Llegué hasta un salón amplio, decorado por alfombras y tapices con colores que iban del azul más intenso al verde esperanza. Armaduras brillantes estaban dispuestas por la habitación, y una estatua de mármol blanco de una mujer con largos cabellos se situaba en el centro de esta. El gesto de su cara era extraño e incluso perverso.

Una mesa rectangular que iba de lado a lado de la habitación se materializó cerca de mí y, del susto, trastabillé varios pasos hacia atrás, hasta sujetarme en el frío mármol. Miré a la mujer inerte, que parecía que se reía de una broma interna, y observé que sobre la tabla horizontal estaba dispuesta la cena. La vajilla brillaba y las copas, relucientes, esperaban a ser llenadas.

Mientras tiraba de mi chaqueta hacia abajo para recolocarla y me pasaba la mano por la cara, obligándome a estar más despierta, me acerqué para apreciar mejor todos los objetos.

Las velas que había en los candelabros lacados en oro se encendieron en cuanto llegué a su altura.

Ante mis ojos, apareció comida recién hecha, fruta fresca y manjares suculentos, que olían de maravilla. La boca se me hizo agua y hasta mi estómago rugió de necesidad, ya que no había comido nada sólido desde el desayuno del día anterior.

La cena de Rayan había terminado abandonada detrás de una piedra.

Estuve a punto de acomodarme en una de las sillas de alto respaldo. Incluso aparté la que tenía más cerca para sentarme y así saborear los platos que tenía ante mí. El deseo por probar un pedazo del asado que había sobre la bandeja de plata o uno de los pasteles de chocolate que estaban colocados en una pirámide imposible, junto a otros muchos dulces, era superior a mi raciocinio.

—Un poquito no me hará daño... —susurré, y hasta creí escuchar una música hipnótica que me animaba a hacerlo. Me alentaba a llevarme a la boca una de las fresas rosadas...—. ¡Basta, Ariel!

—me dije, al mismo tiempo que soltaba la silla, como si me hubiera quemado—. Recuerda las hadas...

Fruncí el ceño ante la sola mención de esas pequeñas diablesas que, con música, habían buscado hechizarme con la intención de hacerme prisionera, para venderme a los ogros, como me explicó Vega cuando llegamos al campamento.

En cuanto me aparté de la mesa, la comida se pudrió delante de mis ojos y un aroma nauseabundo invadió la estancia. Me llevé la mano a la nariz para tratar de oler menos, pero era casi imposible.

Giré la cabeza de lado a lado, intentando hallar una vía de escape, pero solo podía regresar por donde había llegado y sabía que por ese camino no había salida alguna.

De pronto, una luz parpadeante captó mi atención.

En la esquina más alejada de donde me encontraba, debajo de un arco apuntado, aparecía y desaparecía una escalera. Me acerqué con pasos raudos, mirando cada poco por detrás de mí, por si Vega o Nahia aparecían, y, cuando llegué a los escalones de piedra, la luz se quedó fija.

Observé como estos ascendían en una espiral que impedía ver el final de la escalinata desde mi posición y decidí internarme por ella, no sin antes comprobar que soportara mi peso. Después de lo de la comida, me podía esperar cualquier cosa y no quería arriesgarme.

Subí uno a uno los escalones, que rodeaban una columna central, y acabé posando la mano sobre la piedra gris con la que estaba construida. Me estaba mareando y me daba la sensación de que acabaría en el suelo, sin fuerzas para levantarme.

Cuando creí que debía detenerme y regresar por donde había entrado, observé la luz del sol por encima de mi cabeza.

—Allí hay alguna ventana...

Respiré con profundidad, tratando de recuperar la energía que había perdido por el ascenso, y me puse como objetivo alcanzar ese punto, que no parecía que estuviera muy lejos de donde me encontraba.

—¡Joder! ¡Me cago en todo! —grité, parándome de golpe pasados los que fueron varios segundos, minutos, eternos. Apoyé las manos en mis rodillas, doblándome por la mitad, con la respiración alterada.

Mi cabeza acabó sobre la columna central, justo cuando esta se abría y aparecía ante mí una sala, por arte de magia.

Caí, dando una voltereta, y aterricé sobre el suelo. Emití un grito de dolor cuando mi espalda y mi trasero rebotaron contra la piedra, y observé el techo sobre mis ojos. El artesonado de madera estaba decorado con pinturas llamativas que, según pude ver desde donde me encontraba, representaban escenas de los cuentos infantiles que me habían contado desde mi niñez.

Había una rueca y una princesa rubia que acercaba la mano a una aguja brillante; un hada por detrás de ella, vestida de negro y con un cuervo en su hombro, que presenciaba el momento.

Más allá, la cola de una sirena asomaba por el agua embravecida y un príncipe en su barco hacía frente a los tentáculos de un pulpo.

El rojo de los pétalos de la rosa de la Bestia brillaba tras su cúpula de cristal, que buscaba protegerla, y una joven, Bella, la observaba con veneración.

Un conejo blanco con un reloj, seguido de una chica de cabellos rubios; una mujer de piel blanca como la nieve, con una manzana roja en su mano; y una carroza con forma de calabaza alejándose de un castillo donde un reloj, en lo alto de una torre, marcaba la medianoche.

Me incorporé levemente cuando me llamó la atención que había una zona en ese techo sin ninguna ilustración y miré alrededor para comprobar si había más escenas representadas, además de las que me habían llamado la atención, o espacios vacíos como si esperaran también ser ocupados por colores llamativos.

Pero no vi nada más.

Comprobé que la sala en la que me encontraba solo tenía un atril de metal en el centro, un gran espejo donde se mostraba mi reflejo, y que estaba en la pared que tenía enfrente, y un baúl por debajo de este. Dos ventanas curvas, con su base recta y su techo arqueado, estaban en los laterales de la estancia. Aunque no tenían cristales que impidieran que se colara el frío o la suciedad, no había ninguna de las dos cosas en su interior.

—Magia... —elucubré, mientras me levantaba del todo y me acercaba a los vanos.

Me asomé para ver si podía localizar a mis compañeros y, en cuanto vi, desde la posición en la que me encontraba, algo rosa que se movía, grité con fuerza:

—¡Vega! ¡Nahia! —Las dos chicas se detuvieron y miraron hacia arriba—. ¡Aquí! —Moví la mano, y fui correspondida por un gesto similar.

—¡Quédate ahí! —me gritó Vega, aunque también se comunicó a través de la mente para decirme lo mismo, y elevé mi dedo pulgar derecho para que supiera que la había escuchado, aunque no sabía si podría verme.

Me giré hacia el interior de la habitación y me senté en el poyete de piedra blanca que había bajo la ventana. Observé los tres objetos que ocupaban la estancia y, aunque sabía que no debía acercarme a ellos, desoí mis propios consejos.

Llegué al atril de metal negro, pasé mi dedo por encima de él, siguiendo sus formas, con miedo a que apareciera ante mí algo extraño, pero no sucedió nada.

Me alejé de él para acercarme al baúl y fijé mis ojos en el espejo ovalado que colgaba por encima de este. Observé con detenimiento el marco plateado y, de repente, me di cuenta de algo: su decoración era similar al de Blancanieves. Había caballitos de mar alrededor de la superficie lisa, y caracolas entre los peces marinos. En lo alto de este, había un corazón partido que coronaba la decoración, lo que me llevó a pensar que era una copia gemela, a mayor tamaño, del que se encontraba a resguardo en La Fundación.

Aproximé mi mano por puro instinto y, cuando solo me quedaban unos centímetros para tocarlo, sentí una descarga que me recorrió los dedos hasta el corazón.

—¡Joder! —se me escapó de entre los labios, al mismo tiempo que apartaba la mano y la movía en el aire, como si así pudiera alejar el dolor.

—Siempre que te encuentro estás metida en problemas...

CAPÍTULO 27

ARIEL

«Esa voz...».

Elevé el rostro con lentitud, pensando que quizás era mi propia imaginación la que me engañaba o que se trata de otro de los trucos que escondía el palacio, cuando mis ojos se encontraron con los verdes de Riku a través del espejo.

Iba vestido de negro de arriba abajo, con los brazos expuestos y su tatuaje visible. El cabello lo tenía recogido en una coleta y, aunque se notaba que estaba más delgado, su cuerpo seguía transmitiendo esa seguridad de la que hacía gala cada vez que estaba presente.

—Tú...

—Yo —dijo, y me sonrió, apartándose del marco de la puerta por la que había entrado tras el ascenso interminable.

Fruncí el ceño y me volví hacia él con los puños cerrados.

—¿Qué haces aquí? ¿Vienes a acabar el trabajo?

Algo extraño cruzó su mirada, que no quise pararme a analizar.

—Sirenita...

Elevé la mano, deteniendo su avance y lo que fuera a decirme.

—No creas que no te agradezco lo de la noche en el bosque de las almas perdidas —le dije, reteniendo mis sentimientos—. Gracias a ti, todo fue más fácil.

—No me des las gracias...

—Por descontado que podríamos haber recuperado la reliquia sin tu ayuda —lo interrumpí, subrayando que su aparición no era necesaria—, pero no puedo obviar que así fue todo más sencillo.

Riku sonrió por mi declaración, lo que me enervó la sangre.

—Fue un placer, Sirenita.

Tensé la mandíbula en cuanto escuché el apodo con el que me llamó.

—Ahora, si no te importa, será mejor que te marches de aquí —le indiqué y le di la espalda.

Pretendía inspeccionar el baúl, que era lo único que me quedaba por revisar, pero el silencio que se asentó por la estancia me hizo cambiar de opinión. Alcé mis ojos hasta observar mi reflejo en el espejo y comprobé que Riku permanecía en el mismo sitio.

Quieto, nervioso, dudando de qué hacer...

Ese no era el Riku que había conocido.

Elevó su cara, como si sintiera que era observado, y centró su mirada en la mía, en una muda súplica.

Gruñí sin poder evitarlo y me volví de nuevo hacia él.

—¡¿Qué?!

—Estás en peligro, Sirenita.

Exploté en una carcajada carente de humor y vi cómo su boca se arrugaba en un gesto de desagrado.

—Riku, ¿has venido hasta aquí para contarme eso? —Lo señalé con la mano para, a continuación, apartarme de la cara los mechones que se habían escapado de mi trenza—. No es una novedad que esté en peligro. De hecho, desde que te conocí... —callé unos segundos, haciendo hincapié en ese dato—, parece que es mi día a día.

—Sirenita...

—Que no me llames así —lo corté, y lo miré con furia.

El joven me mostró las palmas de la mano en son de paz.

—Está bien. Tranquila...

Gruñí al escucharlo.

—Estoy de lo más tranquila —le dije, midiendo cada una de mis palabras, mientras él agitaba sus manos como si fuera un paipái—. Solo es tu presencia la que me altera —escupí.

Detuvo sus movimientos.

—Pero eso siempre lo hemos sabido, Si... Ariel —se corrigió al instante, pero no impidió que mi enfado aumentara, por su comentario.

Posé mis manos en las caderas, abrí las piernas levemente y lo miré con cara de pocos amigos. Con esta postura quería mostrarle que no era accesible a nada de lo que hiciera o dijera.

—Riku, ¿qué haces aquí?

—Ya te lo he dicho...

—La verdad.

Caminó hacia mí, deteniéndose delante del atril.

—He venido a avisarte.

—No hacía falta —espeté, y observé que había recibido el golpe. Su rostro cabizbajo e incluso las dudas en sus iris me lo manifestaban.

Un sentimiento de culpa comenzó a germinar en mi estómago, y no me gustó. No podía mostrarme débil. Sus actos me habían hecho mucho daño.

—Sé que mis acciones hablan por mí...

—Tu traición, Riku. Llámalo por su nombre —le indiqué, y alzó la mirada hasta enfrentar la mía.

Asintió con la cabeza.

—Sí, te traicioné, pero había un buen motivo para hacerlo.

Fruncí el ceño.

—¿Qué buen motivo? —Elevé las manos al aire y las dejé caer a continuación—. Riku, confiaba en ti...

—Te advertí de que no lo hicieras —me recordó, y esta vez fui yo la que recibió el golpe.

Apreté mis dedos y supe, sin verlos, que mis nudillos estaban blancos. La tensión que sentía se reflejaba en todo mi cuerpo.

—Quise hacerlo... —rumié—. ¿Soy culpable por creer en ti?

Negó con la cabeza con lentitud.

—Significó mucho para mí...

Abrí la boca para decirle lo que pensaba, pero la cerré en cuanto lo escuché. En su voz se notaba que estaba dolido, apesadumbrado... Eran sentimientos que conocía muy bien, porque yo también los sentía, aunque, a diferencia de él, yo los había transformado en odio, en un enfado que tenía un único foco: Riku.

Dejé caer las manos a lo largo de mi cuerpo.

—Y, si tanto valor tenía mi confianza para ti, ¿por qué romperla?

Sin apartar su mirada de la mía, sorteó el atril que nos separaba hasta quedar cerca de mí.

—Había que proseguir con la actuación...

—¿Actuación? —pregunté a media voz, en cuanto sus manos atraparon las mías. Sentir piel contra piel debilitó mi fuerza de voluntad, y mi corazón comenzó a latir a un ritmo diferente.

—Trabajaba para Arturo al mismo tiempo que para Merlín —me explicó—. Era un agente doble.

Fruncí el ceño al escuchar ese término. Lo había oído en otra ocasión, y haciendo referencia de otro especialista.

—Diablo también es un agente doble y no por eso traiciona a La Fundación —tanteé, aunque no tenía muy claro cómo trabajaba el Cuervo, porque nadie había querido entrar en detalles. A pesar de que había preguntado.

Riku sonrió y, en ese gesto, algo llamó mi atención.

—En realidad, tampoco es que yo traicionara a los especialistas como tal —se defendió—. Merlín sabía todos los pasos que daba. Es un juego de estrategias en el que estamos inmersos, donde, para seguir avanzando, debemos aprender a perder. —Alzó mis manos y depositó un beso en mis dedos sin apartar la mirada de mi cara.

Mi intención fue romper el contacto. Alejarme de él y de sus gestos de cariño, que solo conseguían que mi enfado se fuera difuminando. Hacía que me sintiera huérfana en mitad de la nada, ya que me había acostumbrado a ese estado desde que él había desaparecido y veía imposible regresar a la Ariel de antes.

Pero ni mis pies ni mis manos reaccionaron y en mi cabeza parecía que había una neblina que impedía que me rebelara.

—¿El profesor lo sabía?

Asintió y acortó todavía más la distancia que nos separaba. Su olor a tierra y lluvia, que tanto había añorado, invadió mis fosas nasales. Instintivamente cerré los ojos y sentí cómo su frente se posaba sobre la mía.

Abrí los ojos y me encontré los verdes muy cerca.

—Sirenita..., no soy ese chico malo que crees...

—No te creas que te voy a perdonar así como así, Riku —susurré, pero algo debió de ver en mis pupilas o notar en mi voz, porque amplió su sonrisa.

Sus manos acabaron en mis caderas y me empujó hasta acercar mi cuerpo al de él.

—Sé que tengo mucho que contarte...

—Mucho —afirmé, y lo abracé.

—Y que no va a ser fácil que me perdones... —Negué con la cabeza y cerré los ojos mientras me habituaba a su contacto—. Pero una cosa te prometo, Sirenita... —lo miré, esperando a que hablara—, haré que este tiempo separados y todo el que nos queda por delante, juntos —subrayó—, merezcan la pena. Te lo juro por... —dudó un segundo—... Maléfica.

Arqueé una de mis cejas e incluso me aparté levemente de él, apoyando mis manos en su tórax.

—¿Eso es algo bueno?

—Si mi tatatata...

—Tu antepasada —le aconsejé, y le guiñé un ojo cómplice.

Asintió y continuó:

—Si mi antepasada te hubiera conocido, sé que te habría aprobado, Sirenita —comentó—. Eres la única persona que ha creído en mí, en alguien que desciende de su sangre, la cual, recuerda, siempre nos conduce hacia la traición.

—Pero me dijiste que miembros de tu familia formaron parte de La Fundación...

—Y traicionaron a sus compañeros —especificó—. No quise decírtelo en su momento para que...

Lo tomé de la cara.

—Para que no pensara que tú también nos traicionarías —elucubré, y asintió, soltándome.

Para mi sorpresa, me sentí desvalida cuando se rompió el contacto entre los dos. Al principio, no había querido que se acercara a mí, y, ahora, quería que se mantuviera.

—No voy a justificar las acciones de mis antepasados, ni siquiera lo que llevó a Maléfica a hacer lo que hizo. —Se sentó en el poyete blanco que había bajo la ventana y se pasó la mano por el cuello—. Cada uno somos responsable de las decisiones que elegimos, y las mías me han encaminado hasta aquí. —Enfrentó mi mirada—. Hasta ti, Ariel.

Me arrodillé delante de él.

—Si Merlín estaba informado de todo, ¿por qué no me lo contó? —Se encogió de hombros—. ¿Por qué no me avisaste tú mismo?

Suspiró con profundidad.

—No sabíamos si tendríamos éxito —reconoció, y acabó tirando de mí, hasta sentarme sobre sus piernas—. Llegué a La Fundación perdido. No sabía lo que podría encontrarme... No sabía si sería bien recibido...

—Pero te aceptaron —indiqué, y tomó mis manos con cariño.

—Costó que se fiaran de mí. Era el brazo ejecutor de Arturo, que apareció... ¿arrepentido? —Hasta en su voz se notaba que le parecía casi un milagro que alguien confiara en él en esos días—. Merlín me dio un voto de confianza, y juntos tramamos mi doble función.

—¿Nadie sospechó? —indagué.

Negó con la cabeza mientras acariciaba mis dedos.

—Tuve que bajar el ritmo de acción en el bando de Arturo, dejar que otros ocuparan mi lugar para que nadie sospechara e incluso tuve que... —titubeó un segundo— hacer un papel doble, para que los aliados de este no malinterpretaran mis acciones.

—Caperucita Roja —mencioné, y asintió.

—Nuestra relación era diferente...

Lo miré a los ojos.

—Algo sospeché cuando nos enfrentamos a ella —comenté—. La forma en la que te trataba... Era... —Me sonrojé con solo recordarlo.

—Era todo mentira —apuntó, y me tomó de la barbilla—. Una mentira que necesitábamos para que no me delatara.

Moví la cabeza de forma afirmativa, comprendiendo que había tenido que entablar un tipo de relación, que se escapaba de lo meramente oficial, para que los planes no se descubrieran.

—¿Crees que fue ella quien avisó a Arturo?

—¿Que pudiera decirle que nos presentamos esa noche en su fiesta? —Asentí—. Puede ser...

—Mientras esperaba fuera de su cuartel, apareció una carroza de la que salió un hombre... —comenté, recordando aquella noche—. No puedo identificarle, porque su rostro estuvo oculto todo el tiempo, pero por su complexión física, podría tratarse de Arturo.

Movió la cabeza de forma afirmativa con lentitud.

—Me acuerdo de esa noche, y de todo lo que sucedió después —me guiñó un ojo—, pero no lo había pensado hasta ahora...

—¿No has tenido tiempo? —me interesé, aunque lo que quería descubrir era dónde había estado todo este tiempo y, sobre todo, si me había extrañado, porque yo sí. A pesar del odio con el que había envuelto mi corazón tratando de disfrazar mis verdaderos sentimientos.

Me miró con curiosidad y apartó un par de mechones de mi cara, colándolos por detrás de la oreja.

—En realidad, sí que he tenido tiempo para pensar, pero estaba más centrado en tus recuerdos.

—¿En mí?

Él asintió y apoyó su cabeza en mi pecho. Lo envolví con mi brazo, como si necesitara cobijarse en mi cuerpo.

—Ariel, creí que... Me dijeron que... —tartamudeó.

—Riku, ¿qué ocurre? —Lo obligué a mirarme y vi cómo sus ojos brillaban, reteniendo lágrimas no derramadas.

Soltó todo el aire que había en su interior y me abrazó con más fuerza.

—Me dijeron que habías muerto.

CAPÍTULO 28

RIKU

—¿Te dijeron qué? —me preguntó Ariel, sin dar crédito a lo que escuchaba.

—Que habías fallecido en esa gruta. La última vez que te vi —le expliqué, mientras le acariciaba la mejilla.

Recordé lo que supuso para mí esa noticia, cómo me creí morir yo también e incluso que llegué a valorar que la mejor opción que tenía era esperar con resignación mi muerte para acompañarla en el más allá. Así por lo menos estaríamos juntos.

—¿Quién fue?

—Arturo —le indiqué, y se levantó, para comenzar a caminar alrededor de la habitación. Se notaba que estaba enfadada. Muy enfadada—. Sirenita... —Levantó su mano, pidiéndome tiempo.

Se acercó a la ventana gemela que había enfrente de donde me encontraba y observé cómo respiraba y aspiraba con lentitud, tratando de controlar su furia. Desde esa zona se podía ver el mar.

—Me estás diciendo que ese demente —señaló hacia el exterior, como si Arturo se encontrara al otro lado— te hizo creer que me había matado.

Asentí con la cabeza.

—Es su forma de divertirse.

Golpeó la pared y salí corriendo hacia ella en cuanto emitió un quejido de dolor.

—Me cago en... —Se calló lo que fuera a decir cuando mis labios besaron la zona herida.

—Ariel, deberías pensar antes de actuar...

Me golpeó el estómago de improviso al mismo tiempo que sonreía.

—Si te lo preguntas... Lo he pensado antes. —Alcé mi ceja en gesto interrogante mientras me masajeaba la zona golpeada—. Es por lo que me has hecho sufrir en estos meses.

—No podía presentarme ante ti y explicártelo así como así —le solté, y empecé a caminar, para ver si el dolor desaparecía. Se notaba que se había ejercitado durante esos días, porque su fuerza había aumentado.

—¿Me vas a decir ahora que estuviste todo este tiempo incomunicado? —La miré y en mi cara debió ver algo que contestó por mí. Se llevó las manos a la boca y un sonido de sorpresa escapó de entre sus labios—. Riku, ¿dónde has estado?

—Encerrado en la torre más alta del castillo de Arturo —anuncié, como si fuera algo que me pasara todos los días, y me senté en el suelo.

—¿Te ha tenido prisionero? —Asentí—. ¿Todo este tiempo?

—Ariel, he estado encerrado en una celda, con la única compañía de Pinocho y... —me callé— el Sastrecillo Valiente.

Se acercó y se acomodó enfrente de mí, también en el suelo.

—Y yo que pensaba que estarías jactándote de cómo me engañaste...

Agarré sus manos y la obligué a mirarme a la cara.

—Estuve odiándome a mí mismo por hacerte eso —confesé, y me apretó las manos—. Solo rezaba para que Merlín te lo hubiera explicado y tu enfado se mitigara en cierta forma.

Me sonrió con timidez.

—No le di muchas oportunidades... —Fruncí el ceño y la animé a hablar—. Mi don mágico, si es que existe, no se ha materializado y, cada vez que tenía las clases con el profesor, mi enfado aumentaba por no lograrlo... Mi enfado hacia mí y hacia ti. —Me miró con un gesto de disculpa—. No le dejaba hablar cada vez que quería contarme algo de mi familia o de ti... Solo la última noche en la que coincidimos, que apareciste por arte de magia...

—Gracias a las luciérnagas.

Asintió con la cabeza.

—Ahora comprendo la relación entre esos insectos y cuando apareciste o desapareciste ante mí.

Le acaricié la mejilla con orgullo.

—Es un transmutador... —Vi confusión en sus ojos y le expliqué—: Un medio alternativo de transporte para no utilizar los portales mágicos y así evitar alertar a alguna persona que pueda estar cerca de donde aparezcamos. Tiene menos energía, y el rastro de magia es inferior.

Movió la cabeza de forma afirmativa, por lo que comprendí que más o menos lo había entendido.

—Cuando me diste ese mensaje para Merlín —prosiguió—, quise que me explicara lo que sucedía, pero no soltó prenda. —Me reí, y me golpeó levemente—. No te burles. Ha sido bastante duro... —Se mordió el labio inferior.

—Han sido unos meses complicados —concordé, y tiré de ella hasta acomodarla encima de mis muslos. La obligué a abrazarme con sus piernas y dejé mis manos apoyadas en su cintura—. Te he echado de menos...

Ella me miró, fijando sus ojos en los míos, y, aunque todavía encontré dudas en ellos, me confesó:

—Yo también.

Mi boca se posó sobre la de ella con demasiada rapidez, como si estuviera esperando la señal para robarle un beso, y un suspiro de satisfacción se propagó por la habitación. No supe si lo emití yo o si fue ella. Solo supe que saborear su sabor, tras el tiempo separados, tras pensar que la había perdido o que jamás me perdonaría, me condujo hacia el camino de la desesperación.

Mis manos se colaron por debajo de su ropa con celeridad al mismo tiempo que las de ella me imitaban y, cuando sus dedos acariciaron mi piel, emití un rugido que la hizo reír.

Su risa fue sonido divino para mis oídos.

Sus besos, el agua que sació mi sed.

Sus caricias revivían mi cuerpo.

La tumbé sobre el suelo, pegándome todavía más ella, haciéndole patente mi estado alterado. Ariel alzó sus caderas, abrazándome con las piernas, y me obligó a profundizar el beso que nos dábamos.

Su boca se abrió y mi lengua se introdujo por la húmeda cavidad, arrancándole más de un gemido, que me supieron a gloria.

—No deberíamos... —susurré, pero la besó de nuevo.

—No deberíamos... —repitió ella, y me dio otro beso.

—No deberíais... —dijo Vega, deteniendo nuestros movimientos. Fue como si acabara de producirse una gran helada, paralizando nuestras respiraciones.

Los dos miramos a la chica de pelo rosa y observamos que, junto a ella, se encontraba Nahia, que se reía divertida.

Ambos sonreímos, entre cohibidos y felices.

—¿Has visto, Nahia? —Vega miró a su compañera y luego, a nosotros—. Y nosotras preocupadas...

Me aparté de Ariel, levantándome al mismo tiempo, y le ofrecí una mano, que no dudó en atrapar.

—Habéis tardado poco... —dijo la joven castaña a mi lado.

Me alegró que no soltara mi mano.

Vega nos miró y negó con la cabeza.

—A mí me ha dado la sensación de que era mucho, pero hablar de tiempo es relativo en estas situaciones, ¿no creéis?

Ariel enrojeció de arriba abajo y pensé que jamás la había visto más hermosa.

—Riku...

—Vega...

Solté la mano de Ariel y me fundí en un abrazo amistoso con ella.

—Te he echado de menos —confesé.

—Sabíamos que no tardarías en aparecer —anunció, y Ariel la miró con curiosidad.

—Siempre vuelvo, Sirenita —afirmé, y la agarré de la mano de nuevo.

—Bueno, Diablo apareció antes que tú —recordó Nahia, y, al pasar por mi lado, me golpeó el brazo donde estaba el tatuaje.

—Hay algo que se me escapa —comentó Ariel, y me miró, para luego observar a sus compañeras.

—Luego te sigo explicando —le prometí, y besé su mano. Todavía quedaba mucho por contar.

Ella asintió, aunque sabía que su paciencia no era infinita.

—Pero antes resolvamos el acertijo de la caracola —señaló Vega, y caminó alrededor de la estancia en la que nos encontrábamos.

—¿La caracola? —pregunté, confuso.

—Sé algo que tú desconoces —dijo Ariel, divertida, y me dio un beso rápido en los labios que me supo a poco. Rompió nuestro contacto y se acercó al espejo, al mismo sitio donde la había encontrado cuando llegué tras usar el transmutador de Gretel—. Me falta revisar el baúl...

—Ya lo hago yo —le indicó Nahia, apartándola—. No sabemos qué puede esconderse en su interior...

—¿Y crees que no sabré defenderme? —preguntó Ariel, algo molesta.

La chica rubia la miró e hizo una señal a Vega con la cabeza.

—Ariel, no sabemos qué es lo que esconde y hemos tenido algún que otro problemilla para llegar hasta aquí —le explicó nuestra amiga, y, por primera vez, desde que habían aparecido en la sala, me percaté de los arañazos que había en su mejilla y de que Nahia cojeaba un poco al acercarse al objeto de la discordia.

—¿Qué os ha pasado? —preguntó Ariel, que acababa de darse cuenta de su estado, como yo.

Vega se pasó la mano por el cabello rosa y se apoyó en el atril.

—Hemos cruzado por un laberinto...

—Que tenía vida propia —añadió Nahia, y apoyó las manos en la tapa del baúl.

Tanto Ariel como yo las miramos con la boca abierta.

—¿Cómo es eso?

—Nos colamos por una ventana de la parte de atrás —nos explicó Vega—, y, en el momento en el que nuestros pies tocaron el suelo, empezaron a moverse las paredes, haciendo y deshaciendo pasillos.

—Se multiplicaban, se dividían... Se encogían o buscaban aplastarnos —detalló Nahia, y vi cómo tiraba de la tapa del baúl hacia arriba.

—No había tiempo para pensar —continuó Vega—, y en más de una ocasión estuvimos a punto de vernos aplastados por un techo o una pared, hasta que llegamos a esa escalera. —Señaló la escalinata con forma de caracol.

—Nada. Imposible —soltó Nahia, recordándonos lo que estaba haciendo.

—¿No se abre? —le pregunté, y negó con la cabeza.

Me acerqué a ella y ocupé su lugar. Coloqué mis manos por debajo de la hendidura que había y tiré hacia arriba.

—Riku, ¿puedes?

—Un segundo... —le pedí a Ariel, ya que me pareció que por un instante había cedido—. Nada. —Me senté sobre la tapa y me pasé la mano por la cara, apartando el sudor que había aparecido por el esfuerzo.

Ariel me miró un segundo y, a continuación comenzó a inspeccionar la sala con minuciosidad.

—Tiene que haber algo...

Nahia la siguió, fijándose en el techo, donde estaban dibujadas las escenas de algunos cuentos de hadas, y Vega se acomodó a mi lado.

—¿Y tú cómo has llegado hasta aquí? ¿Algún problema?

La miré, calibrando si debía contarle la verdad, pero estaba cansado de mentir.

—Muchos, pero lejos de aquí. —Alzó una de sus perfiladas cejas—. Ya entraré más tarde en detalles, pero... —agarré su mano— fue Bastian quien me ayudó a llegar.

—Bastian... ¿Mi hermano?

Asentí.

—Parece que se ha rebelado contra Arturo y está haciendo un doble juego...

—¿Como tú?

—Como yo —afirmé porque, aunque nunca lo habíamos hablado, siempre supe que Vega lo sospechaba—. Está ayudando a Gretel, Pinocho y a otros muchos a acabar con Arturo —le informé, y Ariel y Nahia me miraron al escucharme.

—¿Se está produciendo una pequeña rebelión contra su señor? —preguntó Nahia con cierta incredulidad, y, tras lo vivido, podía entender que no se lo creyera del todo.

Me levanté y me recoloqué la camiseta. Me pasé la mano por mi cabello y caminé hasta la ventana.

—Yo también dudé al principio... —reconocí—. Hasta que me informaron que llevaban años envenenando a Arturo con una rara planta.

—¿Y podrá morir? —preguntó Nahia, todavía desconfiada.

—Parece que sí —afirmé—. He estado ante él y os aseguro que es una sombra del «héroe» que fue.

—¿Y no sospecha nada? —se interesó Vega.

—Eso me han dicho —respondí—. Gretel le lanza una especie de hechizo que camufla los efectos secundarios que produce ese veneno, pero todo es muy lento. Han tenido mucha suerte hasta ahora para que nadie se percatara de ello, y menos Arturo —declaré.

Vega me siguió y se acomodó al otro lado de la ventana.

—¿Crees que morirá pronto?

Fui a afirmar con la cabeza, pero al final negué.

—No sabría qué contestarte, Vega —reconocí—. Pinocho me explicó que llevan con esta táctica desde hace muchos años y que, al ser Arturo uno de los primeros, es todo más complicado...

—Todo muy lento —afirmó Nahia, y tuve que asentir, ya que tenía razón.

—Entre que no tenemos tiempo —comenté, y la rubia asintió estando de acuerdo conmigo—, y que Arturo posee una reliquia especial que le avisa de cuando los otros objetos mágicos son utilizados... Lo veo todo más complicado que en el pasado.

—¿De qué reliquia hablas? —me interrogó Vega.

—No la he visto —reconocí—, pero me han dicho que es la pluma de los hermanos Grimm. Parece que, gracias a ella, cuando se usa alguna reliquia en el mundo de la fantasía, esta se activa como si fuera un GPS...

—Por eso nos localizaban con más rapidez cuando nos embarcábamos en alguna misión —comentó Vega, y miró a Nahia, que afirmó con la cabeza.

—Tu hermano, Bastian, está engañando a Arturo con su buen funcionamiento, por lo que he entendido. Se escuda en que todavía lo está estudiando para que no salgan victoriosos siempre, pero...

—Pero esa artimaña cesará —indicó Vega, y asentí con la cabeza.

—Gracias a la pluma, estoy aquí...

—¿Cómo es eso? —me preguntó la hermana de Bastian.

—Le avisó a tu hermano de que habíais activado una reliquia perteneciente a la rama primigenia, y supusimos que estaría relacionado con Aurora y Ariel —las informé.

Vega me miró sorprendida.

—Pero no hemos utilizado ningún objeto mágico, porque sospechábamos que Arturo estaba utilizando algo como lo que nos has explicado.

—¿Entonces? —pregunté, más confuso todavía.

Vega negó con la cabeza y Nahia se encogió de hombros.

—Ariel, ¿has oído lo que ha contado Riku? —Buscó a su amiga, pero, al no estar al lado de Nahia se asustó—. ¿Ariel?

—Aquí —respondió esta, que se encontraba delante del baúl con la tapa abierta.

Una luz nacía de su interior.

—Ariel...

—Estoy bien, Riku —me dijo, mientras se doblaba sobre sí misma y sacaba del baúl un objeto.

—¿Qué es eso? —le preguntó Vega, acercándose a ella.

—La caracola —le indicó, y se la mostró.

CAPÍTULO 29

ARIEL

—Ey..., chicas. —Rayan apareció por la puerta—. Tenéis que ver esto.

Instintivamente cerré mi mano alrededor de la caracola, buscando que no la viera. No tenía un motivo determinado, pero fue algo mecánico como si, ahora que por fin había localizado la reliquia, pudiera alguien arrebatármela. Aunque ese «alguien» fuera un amigo.

—¿Cómo has llegado hasta aquí? —le preguntó Nahia, asomándose por la escalinata.

—Por la escalera —dijo el chico sin más, como si fuera algo de lo más evidente. No se le veía alterado.

—¿No te has encontrado ninguna trampa? —insistió la chica rubia.

Este la miró con cara de no comprender a qué venía la pregunta y negó con la cabeza.

—No..., ¿por? —Miró a Riku—Ehh... ¿Y tú de dónde has salido? —Se llevó la mano a su espada en un acto de defensa, pero no llegó a sacarla de su funda.

A Riku no le dio tiempo a contestar, ya que se le adelantó Nahia para dar explicaciones:

—Rayan, tranquilo. Es amigo...

Rayan la miró a los ojos y esta asintió remarcando sus palabras.

El joven devolvió el arma a su lugar de origen.

—¿Qué quieres que veamos? —le preguntó Vega, acercándose a ellos.

—Sí, claro —soltó el joven, y señaló la escalera—. No sabemos lo que ha ocurrido pero, de pronto, se han abierto habitaciones, se han encendido las luces y en el patio de armas ha aparecido una gran fuente, de la que fluye agua, y una mesa en forma de U, donde hay todo tipo de comidas y bebidas. La disposición de todo parece invitar a una celebración.

—No habréis comido nada, ¿verdad?

—¿Por qué? —me interrogó, y hubo algo en su cara que me dijo que habían caído en la tentación.

—Joder, Rayan... —solté elevando mi voz—. Es una trampa. Cuando entré en el gran salón donde me llevaron mis pasos, también había una mesa con alimentos suculentos...

—¿Y qué pasó? —se interesó Riku.

—A los pocos segundos de haberme alejado de la mesa, todo se pudrió ante mis ojos y un horrible olor invadió la estancia —expliqué, mirando a Rayan.

Este fue a decir algo, pero al final salió corriendo ante nuestras narices.

—Voy a comprobar que estén bien —indicó Nahia, y siguió a su compañero.

—Voy contigo —señaló Riku, guiñándome un ojo a continuación.

Yo miré a Vega, que observaba el lugar por donde se habían marchado, y devolví la atención sobre la caracola.

—Todo es muy extraño...

Mi amiga se volvió hacia mí y fijó su mirada en la reliquia que sostenía en mi mano.

—Quizás eso que ha comentado Rayan se haya activado al aparecer esa cosa. —Señaló el objeto.

—¿Puede ser?

Se encogió de hombros.

—Cuando regresemos a La Fundación, se lo contamos a Merlín para ver si él sabe algo.

Asentí y cerré la mano, ocultando el brillo de la caracola.

—Deberíamos bajar.

—Y rezar por que no haya sucedido nada grave —apuntó Vega, y caminó hacia la escalinata.

No tardé en ir tras ella, no sin antes echar un último vistazo a los objetos que se quedaban en esa habitación. No sabía lo que significaban que estuvieran allí, pero era otra de las cosas que habría que informar a Merlín para ver si él tenía conocimientos de su existencia.

—Y el susto que me metió para el cuerpo Ariel, ¿qué me decís? —comentó por enésima vez Rayan, al mismo tiempo que alzaba una copa con cerveza.

El resto se carcajeó mientras me miraban, y solo los sonreí.

Era lo mismo que llevaba escuchando desde que había aparecido en el patio de armas, e iba maravillada por la transformación que había sufrido el palacio en el tiempo en el que habíamos estado en la habitación de los objetos mágicos.

No es que con anterioridad se percibiera el abandono que existe en una construcción cuando alguien no la habita. No había suciedad por ningún lado, pero el ambiente era sombrío e incluso algo lúgubre. Ponía la piel como escarpias y, si me hubieran ofrecido pasar la noche allí, me habría negado rotundamente. Incluso si hubiera llovido.

Ahora, en cambio, para el asombro de los que allí nos encontrábamos, el palacio había cobrado vida ante nuestros ojos.

La luz de todas las estancias estaba encendida, lo que hacía que el edificio pareciera un faro en mitad del delta, y se notaba un ambiente hogareño según paseabas por todos los espacios. Miles de dormitorios estaban habilitados para que descansáramos sin preocuparnos de la ropa de cama o de la suciedad. Las cocinas echaban humo por sus chimeneas, aunque no había ningún *chef* presente, y, en el mismo salón en el que había aparecido, tras la puerta que me impidiera regresar con mis compañeras, había aparecido un olor a flores, sustituyendo el desagradable aroma que me empujó a escapar escaleras arriba. Además, el rostro marmóreo de la estatua de la mujer mostraba una sonrisa feliz, como si estuviera contenta de nuestra compañía.

—Yo solo quise preveniros...

—Ya, ya... —me contradijo Elsa, mostrando una tartaleta de fresa—. Reconoce que querías quedarte para ti sola estos dulces.

—Vale. Me habéis pillado —dije al final, contagiada por sus bromas, y bebí del vaso de agua que tenía enfrente.

Estábamos sentados a la mesa en forma de U que Rayan nos había descrito cuando fue en nuestra busca y Nahia nos contó, cuando llegamos a su lado, que, si esos manjares hubieran estado envenenados, la mayoría de la brigada habría caído fulminada.

Parece que ninguno se paró a pensar en que pudiera ser una trampa lo que había dispuesto sobre la tabla, movidos por el hambre que tenían.

—Entonces, me confirmáis que ninguno comió las «exquisitas» comidas que nos preparó nuestro cocinero. —Moví la cabeza hacia Rayan, y todos los allí reunidos, salvo Riku, que parecía que no sabía de lo que hablábamos, agacharon la vista avergonzados.

Rayan se levantó de golpe de su silla y apoyó las manos sobre la mesa.

—¿No os gusta mi comida?

—Gustar, gustar... —habló Enzo.

—Rayan, las hemos probado mejores —indicó Thiago, alzando la comisura de sus labios.

—Sí, como esta —afirmó Elsa, tragándose otra tartaleta de golpe.

Rayan los observó, uno por uno, hasta que se dejó caer sobre la silla sin fuerzas.

—¡Pues renuncio!

—¿Ya no serás más nuestro *chef?* —se interesó Vega, porque, aunque no le daba mucha importancia a ese hecho, ya que apenas salíamos con esta brigada de misión, la conversación le estaba pareciendo de lo más entretenida. Y divertida.

El chico negó con la cabeza y bebió de nuevo de su cerveza.

—No puedes estar hablando en serio, Rayan —le dijo Elsa con el ceño fruncido.

Este asintió.

—Si no os gusta mi comida...

—Nadie sabe cocinar, salvo tú —soltó Enzo sin pensar.

—¿Es el único que sabe cocinar? —pregunté sin poder evitarlo.

El resto asintieron y miré a Riku, que se encontraba sentado a mi lado, con cara de asombro.

—No me lo puedo creer...

—¿Tan malo es? —se interesó Riku, acercándose a mi oreja.

Me acerqué a su cara y le susurré:

—Peor.

Este se rio, atrayendo las miradas del resto.

—Quizás... —Tosió, al verse el centro de atención—. Quizás, podríais alternar...

—Pero alguien tendrá que enseñarme antes —intervino Thiago, lo que provocó un debate que iba de lo surrealista a lo divertido, arrancando más de una carcajada cada pocos segundos.

—Por eso me encanta ir con ellos a las expediciones —comentó Nahia, acercándose a nosotros—. No me aburro.

—No, no puedes aburrirte con esto —indiqué, y señalé a los cuatro que estaban sentados al otro lado de la U.

—Pero yo también sé otra forma de entretenerte —le dijo Vega, levantándose para ir a su encuentro.

La chica rubia sonrió mientras mi amiga se le acercaba.

—No me quejo tampoco...

Sus labios se encontraron y desvié mi mirada hacia Riku, que me observaba con excesiva atención. Sentí que mis mofletes enrojecían y que mi corazón latía a un ritmo más acelerado.

—Riku..., estaba pensando... —Vega se acercó a nosotros, sin soltar la mano de Nahia.

—No sé cómo tomarme eso de que pienses cuando te beso...

La joven de pelo rosa se rio y negó con la cabeza, pero, en vez de decirle algo a su pareja, volvió a centrar su vista en Riku.

—¿Qué ocurre? —le preguntó este, notando su intranquilidad.

—Cuando me contaste lo de la pluma de los Grimm...

—¿Qué pluma? —me interesé porque me parecía que era la primera vez que escuchaba hablar de ella.

Riku me miró.

—Arturo tiene en su posesión un objeto que consigue localizar una reliquia cuando se está utilizando...

—La pluma de los hermanos Grimm —detalló Vega, y los observé con el ceño fruncido.

—Por eso se anticipaba a nuestros movimientos —indiqué.

Los dos asintieron a la vez.

—¿Qué has pensado? —le preguntó Riku a Vega.

—Tú llegaste hasta aquí, en nuestra busca...

—Para ayudaros —la corrigió, y supe que ese dato era importante para él.

Por eso, le apreté la mano que teníamos agarradas y le insté a que me mirara a la cara.

—Y has sido de gran ayuda... —Él asintió, agradeciendo mis palabras, y me sonrió.

—¡Y tanto! Según me dijo Vega, gracias a que apareciste a tiempo en el bosque de las almas perdidas, pudieron recuperar el anillo de...

—Maléfica —acabó Riku por Nahia, y su sonrisa se amplió. Buscó mi mirada acaramelada—. Menos mal, porque alguien me dijo que lo teníais todo bajo control...

—Eso es otro tema —lo corté, y bufé con fuerza, lo que le arrancó una carcajada.

Vega y Nahia nos observaban sin entender lo que hablábamos, y yo tampoco hice intención de aclarárselo.

—Vega, a la cuestión —le dije a mi amiga.

Esta asintió, aunque supe que más adelante me preguntaría por ello.

—Como comentaba, tú llegaste aquí guiado por esa pluma, porque se activó al utilizarse alguna reliquia que avisó de nuestros movimientos.

—Así es —afirmó el joven.

—Pero eso no puede ser posible —intervine, y Riku me miró con interés—. No utilizamos ningún objeto mágico para llegar hasta aquí, porque Merlín nos dio orden de no hacerlo.

—Sí, el profesor, aunque no nos ha dado demasiados detalles —explicó Vega—, comienza a sospechar que algo así debe estar sucediendo.

Riku asintió, comprendiendo lo que le contábamos.

—Entonces, ¿por qué se activó la pluma?

—Ahí quería llegar...

—Pues mira que le das vueltas a las cosas, cariño —la reprendió Nahia, aunque en su voz se notaba el aprecio que le profesaba.

Vega suspiró y miró a Riku.

—¿No puede ser que este palacio sea una reliquia en sí misma?

Todos nos quedamos callados, pensando en su pregunta. Incluso el resto de la brigada, que habían estado debatiendo sobre sus cosas, se callaron en cuanto la escucharon.

—¿Eso puede ser posible? —preguntó Thiago, acercándose a nosotros.

—Puede ser... —respondió Riku, sin añadir más. Se notaba que estaba pensando muy mucho sobre el tema.

—Jamás oí hablar de algo así —comentó Nahia—. Un castillo con poderes.

—No podemos negar que entre las paredes de esta construcción hay magia —señaló Rayan, y movió las manos abarcando lo que nos rodeaba.

—Exacto —afirmó Vega, sin apartar la mirada de Riku.

—Quizás en el libro azul encontremos alguna información...

—Yo cada vez dudo más que esa biblia contenga algo de valor —indiqué, cortando a Riku.

Este me observó con interés.

—¿Por qué dices eso?

Me incorporé y miré a todos los que allí se encontraban, para dejar caer mis ojos sobre Riku.

—Merlín todavía no sabe cómo utilizar el dichoso espejo... —Fue a hablar, pero alcé mi dedo índice, silenciándolo, para alzar el corazón a continuación—. Tiene que estudiar mejor el anillo de tu familia para ver si podemos usarlo de alguna forma...

—¿El anillo de Maléfica?

Vega afirmó con la cabeza, respondiéndole.

—Y no ha sabido desentrañar nada en lo referente a mí —le indiqué, elevando un tercer dedo.

—Bueno, tampoco es que tú le hayas facilitado las cosas este tiempo —señaló Vega, y, aunque me sonrojé por sus palabras, ya que me sentía avergonzada por mi comportamiento, sabía que tenía razón en lo que decía.

—Sí. Vale. Pero mucho libro de los padres fundadores y la información es muy escasa.

Todos los allí presentes se quedaron callados, sin añadir nada más a mi intervención. Parecía que, por lo menos, les había hecho pensar sobre lo que llevaba quejándome cada vez que tenía oportunidad.

—Puede que tengas razón...

—La tengo —afirmé, interrumpiendo a Vega.

—Pero el libro azul siempre nos ha sido muy útil —comentó Nahia.

—Hasta ahora —señalé.

—¿Has trasladado estas dudas a Merlín? —me preguntó Riku.

Yo asentí con la cabeza, y Vega me imitó.

—Es por todos sabido el amor-odio que profesa a esa biblia, como la llama —respondió mi amiga, y el resto hicieron sonidos afirmativos.

—Vale, puede que a veces me exceda en las formas y en los modos... —dije, y me dejé caer en la silla de nuevo.

Algunos se rieron e incluso sonreí.

—Cuando regresemos a La Fundación, habrá que hablar con Merlín sobre todo esto —indicó Riku, y me alegró que estuviera de mi lado—. Y de lo que piensas tú, Vega.

—¿De este palacio como reliquia?

Él asintió con la cabeza.

—Sí, aunque todo parece indicar que no debes estar equivocada.

—Mi chica tiene muy buenas ideas —señaló Nahia y rodeó la cintura de Vega, arrancándole una carcajada—. Chicos..., ¿quién hará el primer turno de vigilancia?

Las manos de Thiago y Enzo se elevaron a la vez.

—¿Seguro que queréis que nos quedemos aquí a pasar la noche? —pregunté una vez más porque, aunque era lo que habíamos decidido, no terminaba de convencerme la idea.

—Es lo mejor, Ariel —me dijo Vega, y sentí cómo Riku me agarraba la mano, subrayando esa respuesta. Él también estaba de acuerdo con el plan.

Moví la cabeza de forma afirmativa.

—Está bien...

—Nosotras nos retiramos, entonces —indicó Nahia, y tiró de la mano de Vega.

Esta última me miró antes de dejarse arrastrar por la chica. No había ninguna duda de que compartirían dormitorio.

—Ariel, ¿estarás bien?

La observé un instante y luego posé mis ojos sobre Riku al mismo tiempo que llevaba mis dedos hasta la caracola que colgaba alrededor de mi cuello. Había sido idea de Vega, para así evitar perderla, y, desde que la reliquia tocaba mi piel, me sentía más nerviosa de lo normal.

—Sí, tranquila. —Entrelacé mis dedos entre los de Riku—. Tenemos que hablar mucho...

Vega asintió y miró a su compañero con los ojos entornados hasta que este asintió con la cabeza. Fijo que habían mantenido una conversación telepática.

—¿Qué acaba de suceder? —les pregunté, pero ni Riku ni ella me contestaron.

Vi cómo Vega se alejaba de donde nos encontrábamos, desapareciendo por el interior del palacio, y Riku me invitó a levantarme sin despegar nuestras manos.

—¿Damos un paseo? —Asentí con la cabeza y nos dirigimos hacia la zona norte, en la que habíamos visto anclado un barco.

—No os alejéis mucho —nos aconsejó Elsa, y moví la mano para indicarle que no se preocupara.

CAPÍTULO 30

RIKU

Llegamos hasta la pasarela que se alzaba sobre el mar y caminamos cerca del barco que descansaba amarrado. Cuatro grandes mástiles estaban distribuidos a lo largo de la cubierta, con sus velas recogidas. El timón destacaba sobre el puente de mando y el mascarón de proa era una sirena que nos llamó la atención.

—¿Crees que mi padre navegó en él?

Apreté con fuerza la mano derecha de Ariel, atrayendo su atención, y vi cómo en sus ojos había rastro de lágrimas no derramadas.

—Seguro que sí, Sirenita. —Apoyó su cabeza sobre mi hombro y se quedó quieta, observando la nave que bien podría medir más de cien metros de eslora—. ¿Te apetece un baño?

Se apartó de mí para enfrentar mis ojos.

—¿Crees que debemos?

Me encogí de hombros y le guiñé un ojo travieso. Tiré de su mano para llevarla hasta las escaleras que nos conducirían hasta la playa mientras escuchaba su risa detrás de mí.

—Riku, detente.

Pero no le hice caso hasta que pisamos la arena amarilla.

La liberé de mi agarre, sin dejar de reírnos. Me deshice de la camisa y las botas, y, cuando detuve mis manos sobre el botón de mi pantalón, Ariel se calló de golpe.

—Riku, no sé si deberíamos... —insistió, y desabroché el botón. Escuché cómo retenía su respiración mientras me acercaba a ella.

—¿Sabes lo que he aprendido durante todo el tiempo que he estado prisionero? —Negó con la cabeza y vi cómo sus ojos descendían por mi torso hasta detenerse en la cinturilla del pantalón—. Que la vida es demasiado corta para desperdiciarla en los *debemos* y *no debemos*. —Tomé sus manos y las apoyé sobre mi pecho—. Que no podemos estar pensando continuamente en lo que otros hicieron antes que nosotros y nos abocaron a una historia que debemos repetir, porque somos nosotros mismos quienes tenemos que elegir qué camino queremos seguir. —Pasé mi mano por su cintura, acercándola a mi cuerpo—. No puedo evitar ser miembro de una familia llena de traidores...

—Tú no eres así —me contradijo, llevando sus dedos hasta mi boca.

Sonreí y le besé los dedos, para a continuación apartar su mano.

—No, no soy igual que ellos —aseguré—, porque quiero sentirme querido por mis actos, por mis decisiones, y no odiado por elegir la vía más egoísta.

Asintió con la cabeza.

—Has hecho todo lo contrario —afirmó, y sentí que mi corazón se llenaba de ilusión al ver que creía en mí—. Has tenido una vida difícil en la que buscaste sobrevivir... Llena de mentiras, siguiendo un juego donde, al final, optaste por el camino que sabías que era el justo. El de las personas que creen que los menos afortunados no deben sufrir por no vivir bajo un techo de seguridad o que pueden tener opiniones diferentes a las tuyas. El de alguien altruista que se sacrifica por los demás.

—Hice cosas de las que me arrepiento, Sirenita.

Ella siseó, acallándome.

—El pasado, pasado es, y a partir de este momento construiremos nuestro presente, Riku.

Solté todo el aire que retenía en mi interior sin saberlo.

—Un presente juntos...

—Un presente en el que no habrá más mentiras ni desconfianzas. —Asentí y acorté la distancia que nos separaba—. Un presente en el que estaremos tú y yo sin engaños... —Moví la cabeza de forma afirmativa de nuevo y sonreí—. ¿De qué te ríes?

—De lo preciosa que estás cuando te enfadas...

—Riku, yo no me he enfa...

No terminó lo que fuera a decir porque posé mi boca sobre la de ella, acallándola, y, en lugar de palabras, de entre sus labios salió un suspiro, que me supo a gloria. Sus manos se colaron por mi cabello, deshaciendo mi coleta, y las mías se perdieron por debajo de su ropa. Su piel, tersa y suave, me recibió, y mi cuerpo comenzó a temblar de expectación.

—Estoy deseando llegar a La Fundación para perder por tu piel —le confesé, y su sonrisa sació mi sed de ella; una que me había acompañado demasiado tiempo.

Ariel se rio y se alejó de mí mientras se deshacía de la chaqueta. Dejó su espada cerca de ella y se quitó las botas y los pantalones.

—¿Nos damos ese baño? —me preguntó a medio camino de quitarse la camiseta, lo que la llevaría a quedarse en ropa interior, que, aunque era de color negro, no dejaba de ser prendas íntimas.

Estuve tentado de seguirla con rapidez, e incluso bajé la cremallera del pantalón, pero, un segundo de lucidez me recordó algo importante.

—Esto... Ariel...

La camiseta volvió a su posición inicial, y me regañé mentalmente por castigarme de esta forma.

—¿Qué ocurre, Riku?

Gruñí y me dejé caer sobre la arena, golpeando los granos con mi mano.

Ariel me miró con curiosidad y se acomodó cerca de mí.

—Riku, ¿todo bien?

—Sí... No... —Me pasé la mano por el negro cabello, que llevaba ahora suelto. Miré a mi alrededor por si podía hallar la goma, pero con la oscuridad de la noche lo di por imposible—. Hemos hablado de no más engaños entre nosotros, ¿no?

—Sí, claro —afirmó ella, y buscó mi mirada, que la rehuía—. ¿Qué has hecho ahora, Riku?

Su tono de voz me quebró mi corazón y terminé mirándola.

—Nada grave... Creo...

—Riku...

Suspiré y mis hombros cayeron hacia atrás, llevándome con ellos. Mi cabeza aterrizó sobre la arena y mis ojos se quedaron fijos en la luna llena.

—¿Te acuerdas de Diablo?

—Sí, claro —afirmó—. Aunque no llegué a verlo, Vega y Minerva me contaron que fue él quien nos dio el aviso del intercambio del anillo.

—Así fue —indiqué, y la miré.

Ariel se tumbó y apoyó su cabeza sobre la mano.

—¿Qué relación tenéis tú y Cuervo?

Me giré hacia ella, colocándome de lado. Nuestras caras estaban muy cerca y nuestras respiraciones se entrelazaron.

—Estás familiarizada con la historia de nuestras familias, ¿verdad?

—Sí, Aurora, la Bella Durmiente, y Maléfica.

Asentí, al mismo tiempo que le apartaba un mechón castaño de la cara.

—¿Te acuerdas de quién acompañaba a Maléfica?

Se quedó callada, pensando en mi pregunta, y pasé uno de mis dedos por su ceño fruncido. Sonrió con el contacto.

—¿Un cuervo? —Moví la cabeza de forma afirmativa con lentitud, para darle tiempo a enlazar todos los hilos—. ¡Un cuervo! —Se incorporó hasta quedar sentada y enfrentó mi mirada—. Diablo y ese cuervo son la misma persona...

—La misma ave —corregí, y se quedó con la boca abierta al comprender.

—¿Cuervo no es una persona? —Negué—. ¿Y se comunica...? Le golpeé la cabeza levemente.

—Como Vega, más o menos. —Moví la mano de lado a lado mientras me sentaba como ella.

—Entiendo... —afirmó, y vi cómo se mordía el labio inferior—. Entonces, ¿es como si fuera miembro de tu familia?

Moví de nuevo la mano de lado a lado.

—Se podría decir que sí, aunque es mucho más complicado que eso. —Se volvió hacia mí, con las piernas cruzadas tipo indio, y me observó con curiosidad. Tanta que logró arrancarme una carcajada—. ¿Quieres que te lo explique? —Sonrió mientras asentía—. Vale, pero recuerda que no te puedes enfadar conmigo porque yo estaba encerrado en lo alto...

—De una torre —terminó por mí.

—Exacto, y yo desconocía la información o los detalles que te podrían facilitar los especialistas...

—¡Riku, ya! Por favor. —Bajó el tono de voz a lo último.

Suspiré temiendo su reacción. No quería que, ahora que nos habíamos reconciliado, se enfadara otra vez.

—Tengo un tatuaje...

—Sí, este. —Señaló el brazo donde las marcas negras destacaban.

—No es un tatuaje cualquiera...

Frunció el ceño y se acercó al dibujo con rapidez. Pasó los dedos por su entramado y luego me miró a los ojos.

—Diablo... —No fue una pregunta, sino una afirmación, que recibió un movimiento de mi cabeza, confirmándoselo—. ¿Está ahí Cuervo? —Esta vez sí preguntó, aunque la cuestión ya había tenido respuesta. Sentí sus dedos otra vez en mi piel, y observé como analizaba el tatuaje con interés.

—¿Qué te parece?

Se apartó y buscó mi mirada.

—Bueno... Tendría que verlo con mis propios ojos...

—Puedo garantizarte que me duele mucho... mucho —insistí— cuando lo convoco, pero si lo necesitas...

Posó la mano sobre mi hombro, reteniéndome.

—Ni se te ocurra —afirmó—. No es necesario. Lo que menos quiero es que sufras. Ya lo hemos hecho durante demasiado tiempo, los dos.

—¿Seguro?

Ella asintió y me besó con delicadeza el antebrazo.

—Seguro, Riku —aseveró—. No te creas que soy una desagradecida o una maleducada, pero, si que aparezca delante de mí supone verte sufrir, no es algo que me corra prisa conocerlo.

Sonreí, feliz de escuchar eso.

—Hacía mucho que no lo convocaba —le conté—, pero era necesario para que pudierais recuperar el anillo. Debíamos evitar que cayera en manos de Arturo otra vez.

Asintió, comprendiéndolo todo.

—¿De quién fue la idea?

—De Gretel...

—La hija de Winifred, ¿verdad? —Asentí—. Su madre me contó su historia, y me alegra que hayan decidido regresar al camino correcto.

—Como yo —señalé, y me sonrió.

—Tú lo hiciste mucho antes, Riku. —Me guiñó un ojo—. Si no, no me habrías ayudado a huir de Arturo con el espejo.

—No sabes lo mal que lo pasé... —confesé—. Creí que no lo lograrías y, cuando me mintió...

Chascó la lengua contra el paladar, silenciándome.

—El pasado, pasado es —me recordó—. Ahora, nuestro presente.

—Nuestro presente —repetí.

—¿Algo más que me tengas que desvelar? —Alzó sus cejas hacia arriba varias veces, arrancándome carcajadas—. ¿Algún muerto escondido dentro de un armario? ¿Algún poder extraño?

—Bueno, solo que...

—Riku, estaba de broma —me indicó, y se levantó de la arena—. ¿En serio que hay más cosas?

Me incorporé hasta estar a su altura y la tomé de las manos.

—No querría que creyeras que tengo un don mágico muy poderoso...

Frunció el ceño y supe que estaba confusa.

—Riku, ¿a qué viene esto?

—A que soy un simple hombre que apenas tiene poder en su sangre y no quiero que, cuando seas consciente de lo poco que soy capaz, te desilusiones.

La arruga de su ceño se intensificó.

—Riku, creo que no te estoy entendiendo o... —llevó su mano hasta mi boca, impidiéndome hablar— no quiero entenderte, porque ahora mismo saber que te estás menospreciando me duele más que la traición que creí que me hiciste.

—Sirenita...

—No, ni Sirenita ni leches. —Se soltó de mi agarre y me señaló con el dedo—. Eres tonto si piensas que podría abandonarte por otro que tuviera más poder que tú. ¿Qué estamos? ¿En la Edad Media? ¿En este mundo la gente se relaciona dependiendo de un determinado estatus de clase y me he perdido algo?

Negué con la cabeza al mismo tiempo que mi sonrisa se ampliaba.

—No, no hay nada eso...

—Pues menos mal —espetó, soltando todo el aire de su cuerpo de golpe—, porque creo que me he enamorado de ti, tonto, y no vas a perderme de vista en mucho tiempo.

Abrí los ojos como platos sin dejar de observarla.

—Sirenita...

Se acercó a mí en dos pasos y me tomó de la cara sin que yo pudiera reaccionar.

—Deja de hablar de una vez y bésame, tonto.

Su boca se cernió sobre la mía y nuestros cuerpos se amoldaron a nuestras caricias. Me deshizo de la camiseta antes de tumbarla sobre la arena y, cuando nuestras miradas estuvieron muy cerca, y nuestros labios reclamaban un nuevo contacto, mi corazón habló:

—Sirenita, yo también te amo. —Sellé mi confesión con un nuevo beso que nos llevó a perdernos en los brazos de la pasión.

CAPÍTULO 31

ARIEL

—El agua está perfecta —le indiqué a Riku, reteniéndolo dentro del mar.

Este se rio mientras me rodeaba la cintura con los brazos, sin parar de mover las piernas para evitar que nos hundiéramos.

—Me estoy quedando helado...

—Eres un exagerado —lo acusé, y me reí, sin dejar de acariciar el brazo tatuado—. ¿Te duele?

Observó el lugar en el que me fijaba y buscó mi mirada.

—No, ahora nada. Es como un tatuaje normal y corriente...

—De normal tiene poco, Riku —precisé.

Me besó, atrapando mi labio inferior.

—Solo duele cuando le obligo a aparecer.

—¿Lo obligas? —pregunté con curiosidad.

Asintió.

—Sí, no te creas que es algo que le gusta demasiado —me explicó—. Prefiere mantenerse en un letargo infinito, ofreciéndome su energía.

Fruncí el ceño nada más escucharlo, y se rio.

—Oye, no te burles de mí. —Lo golpeé y quise huir de él, pero atrapó uno de mis pies y me acercó de nuevo a su cuerpo.

—Perdona, perdona... —Me besó en la punta de la nariz—. Es que has puesto una cara...

—No tiene gracia —lo reprendí, y mostró un semblante serio, pero al poco ambos estallamos en sendas carcajadas.

—Anda, ven aquí. —Me abrazó y me obligó a rodearle con las piernas, sin que él detuviera el nado—. Este tatuaje... Diablo —se corrigió— me ofrece lo que se podría definir como energía extra. No me hace un superhéroe... —me golpeó la punta de la nariz, anticipándose a lo que le iba a preguntar, y me agradó que me conociera tan bien—, sino que más bien me ayuda de cara a poder exigir a mi cuerpo un mayor esfuerzo físico. ¿Se entiende?

Asentí, aunque no lo comprendía del todo.

—¿Y decías que no tenías poderes? —Arqueé una de mis cejas, y Riku bufó por el comentario.

—Serás... —Me empujó y se alejó de mí, nadando con fuerza hasta la orilla.

—Venga, Riku... No te enfades —le grité desde donde me encontraba.

Vi cómo salía del agua y se volvía hacia mí con los brazos en jarras.

—Yo no vuelvo allí dentro ni loco —me indicó alzando la voz, y me ofreció una sonrisa de oreja a oreja.

Me había engañado.

—¡Riku!

Su risa me llegó alta y clara.

—Sirenita, estoy muerto de frío, y no sé cómo soportas esa temperatura —comentó, mientras buscaba su camiseta.

—No me apetece salir... —musité de morros, mientras me acercaba a la arena.

Me miró, con la prenda de ropa ya puesta, y se encogió de hombros.

—Pues sigue nadando —dijo sin más—. No tengo prisa.

—¿Estás seguro? —Se adentró un poco en el agua y me dio un beso en los labios—. Tranquila. Quédate aquí. Nada un poco... —me guiñó un ojo—, con cuidado. Te espero en la playa.

Moví la cabeza de forma afirmativa y vi cómo se sentaba sobre la arena.

Me giré sobre mis pies y, sin pensarlo mucho más, me lancé de cabeza hacia el interior del océano. Di varias brazadas seguidas, buscando sumergirme en las profundidades, y me dirigí hacia las columnas sobre las que se alzaba la pasarela. Nadé cerca del barco que estaba amarrado al muelle, y volví a sumergirme un poco más allá, mientras admiraba el fondo marino.

Había amplias mesetas, cordilleras y vastas llanuras abisales no muy lejos del palacio, y, salvo porque se encontraban bajo el agua, tenía muchas similitudes con el paisaje terrestre. Buceé entre la posidonia oceánica, que se dejaba mecer por el movimiento del océano, y vi cómo salían diferentes animales submarinos de entre sus hojas. Peces de colores llamativos, tortugas verdes y unos pocos erizos marinos.

Nadé entre los corales rosas y morados, disfrutando del paisaje colorido, y las algas verdes y marrones me hicieron cosquillas cuando me atreví a atravesarlas. Vi cómo una mantarraya aparecía de pronto ante mis ojos, moviendo la arena que la había camuflado hasta escasos instantes, y cómo se alejaba de mí, algo molesta por haber interrumpido su descanso.

Me quedé quieta debajo del agua, sin dejar de mover las piernas ni los brazos, y me fijé en la cantidad de vida submarina que había por la zona. Un pulpo pasó cerca, seguido de varios peces amarillos con rayas azules, que me recordaron al que utilizaron en la película animada de *La Sirenita*. Detrás de ellos aparecieron dos caballitos de mar de color rojo, que nadaban uno detrás del otro, en una fila india que fue aumentando según aparecían otros y se colocaban por detrás del último. Observé sus movimientos, casi hipnóticos, y los seguí con curiosidad, dándome cuenta, por primera vez desde que me había sumergido bajo el agua, que mi cuerpo no me había exigido que ascendiera para recuperar el oxígeno que mis pulmones necesitaban. Llevaba mucho tiempo bajo el mar y no veía la necesidad de salir para recuperar el aire.

Toqué la caracola que colgaba de mi cuello por puro instinto, como si sospechara que todo era debido a esa reliquia, y comprobé que estaba más caliente de lo que debía. Observé la pieza, y esta comenzó a parpadear con un brillo especial. Algo sutil, pero que se repetía cada poco.

Miré a mi alrededor y me fijé en que la fila de caballitos de mar había aumentado sin darme cuenta. Ahora mismo podría haber ante mis ojos unos cincuenta, y se dirigían hacia un conjunto de rocas que se alzaban más adelante.

No dudé en seguirlos, inmersa en la curiosidad de adónde podrían dirigirse, y me adentré con cuidado entre los recodos de la montaña.

Nadé un poco más, recibiendo algún que otro arañazo de las piedras que había a mi alrededor, hasta que llegué a una cueva marina inmensa. Salí al exterior, dando una profunda bocanada de aire, mientras mis ojos se adaptaban a la luz que había por esa zona.

Observé que cerca de donde me encontraba había multitud de algas, que emitían un brillo azul, y, junto a las paredes blancas de las rocas, no había necesidad de utilizar ningún otro tipo de iluminación.

Salí por lo que parecían unos escalones, que se habían creado gracias a la erosión del agua, y posé la mano en la pared natural que tenía más próxima.

Esta brilló por mi contacto y mi caracola destelló al mismo tiempo.

Aparté la mano con rapidez, con temor a haber hecho algo mal, y miré a mi alrededor buscando algún tipo de explicación a este hecho.

No la encontré e, instigada por mi propia curiosidad, volví a apoyar la mano sobre la roca blanca.

Su brillo se repitió y mi caracola relució al mismo tiempo.

Avancé unos pasos, como si tirara de mí un hilo imaginario, y me fui internando por la cueva sin despegar la mano de la pared rocosa.

El brillo de mi caracola comenzaba a ser una constante, pasando de una intermitencia leve a un destello fijo que me alentaba a proseguir con mi expedición.

Giré en un pequeño recodo, sorteando una estalactita y una estalagmita que estaban a punto de constituirse en una columna, y aparecí ante lo que parecía una pequeña sala, que se había creado de forma natural.

Delante de mí, en la pared de piedra blanca, había una leyenda escrita en un idioma que jamás había visto hasta entonces, y debajo de esas palabras se había levantado un pequeño púlpito, que cobijaba una estatua de una mujer con cola de pez.

Acorté la distancia que me separaba de ella y, con inmensa reverencia, pasé mis dedos por la figurilla, dejando que delinearan cada una de las curvas que el artesano había creado. En el rostro de la sirena había una sonrisa, y las escamas de la cola estaban en relieve, por lo que se podía palpar sin problemas el trabajo delicado de su creador.

Cuando alcancé el final de la cola, sentí un pequeño pinchazo en mi dedo índice, lo que me llevó a apartar la mano con urgencia y observé una gota escarlata saliendo de la yema.

—Joder..., Ariel, esto te pasa por no tener las manos quietas —me dije, mientras me llevaba el dedo a la boca, tratando de mitigar el dolor.

Alcé la cabeza hacia las palabras que había escritas por encima de la estatuilla, y, para mi sorpresa, ya sí que pude leerlas:

El valor de una caracola... El valor de un corazón...
Brillar para encontrarse a uno mismo.
Brillar para hallar la sirena que esconde tu interior.

Repetí varias veces en voz alta la oración, intentando encontrarle algún sentido, mientras el brillo de mi caracola aumentaba y sentía que la temperatura de mi cuerpo crecía.

Aparté la vista de la pared, atraída por lo que notaba en mis brazos, y observé cómo mis venas comenzaban a brillar por sí solas. La luz de la cueva se fue mitigando, en contraste con el destello amarillo y azul que me atravesaba los brazos y las manos, y el calor que mi cuerpo generaba se acrecentaba.

Cerré los puños cuando a ese ardor se le unió el dolor y traté de mantenerme erguida, aunque sentía que mis piernas cada vez soportaban menos lo que me sucedía.

Un ramalazo de dolor me atravesó de arriba abajo y alcé mi cara hacia el techo, dejando que un grito impotente se escuchara por toda la gruta.

Mis rodillas se doblaron, aterrizando sobre el suelo, y eché la cabeza hacia delante, apoyando las manos sobre la roca.

El dolor aumentó un segundo y, de pronto, la nada.

Mi respiración estaba alterada...

Mi cuerpo, resentido por lo sufrido...

Aspiré varias veces buscando el aire que necesitaba, llenando mis pulmones, y miré de nuevo hacia la pequeña sirenita. Seguía en su púlpito, inerte, ignorante de lo que había provocado.

Pasé por encima de ella buscando las palabras escritas y, para mi sorpresa, estas habían desaparecido.

No había constancia de ellas y el brillo de mi caracola había cesado.

En cuanto el aire golpeó mi cabello, cerca de la pasarela, pensé que había sido casi un milagro que hubiera logrado salir de esa gruta. Notaba los músculos de mi cuerpo adormecidos y apenas me quedaban fuerzas para seguir nadando.

Di varias brazadas, sin ninguna intención de volver a sumergir mi cuerpo bajo el agua por completo, y busqué a Riku en la playa, cuando esta se encontró dentro de mi campo de visión.

Pero no lo encontré..., y un sentimiento de intranquilidad empezó a asentarse en mi estómago.

Nadé sin perder de vista la orilla, moviendo la cabeza de lado a lado, por si Riku había decidido cambiar de sitio y descansaba en otra zona, pero, al no verlo, aceleré el ritmo.

Salí del agua con tiento y me acerqué al montón de ropa que descansaba sobre la arena. Agarré mi camiseta al mismo tiempo que comprobaba que los pantalones y las botas del chico seguían allí, y, cuando me cubrí la parte de arriba, tomé mi espada. Quizás solo era un juego por su parte, pero tenía una sensación extraña que iba en aumento.

Miré alrededor por si aparecía de repente, sin suerte, y al final terminé caminando por la playa en su busca.

—¡Riku! ¡Riku! —lo llamé—. No tengo ganas de jugar al escondite... Venga, aparece. No te vas a creer lo que me ha pasado.

—¿Qué ha pasado, Sirenita?

Detuve mis pasos de golpe y apreté con fuerza la empuñadura de mi espada en cuanto reconocí esa voz.

Me parecía increíble que apareciera justo ahora.

—Arturo, ¡qué placer! —Me volví hacia él, reteniendo todo mi odio.

Su risa amarga se escuchó por la playa.

—Me encanta lo mal que mientes, Ariel. Digna hija de tu padre.

Mis dientes rechinaron al escuchar esa sola mención.

—Orgullosa de serlo —le escupí, y se carcajeó de nuevo.

Estaba delante de mí, cubierto por una capa de armiño, y, aunque solo teníamos la luz de la luna para vernos la cara, pude apreciar que estaba bastante desmejorado con respecto a nuestro último encuentro. Los huesos de su rostro estaban muy marcados y apenas había rastro de su melena rubia. Si no fuera por el abrigo que llevaba alrededor de su cuerpo, podría decir a ciencia cierta que había perdido demasiado peso.

Parecía que ese veneno del que nos habló Riku estaba logrando su efecto.

—Riku... —Su nombre se escapó de entre mis labios cuando ese pensamiento se materializó, y Arturo debió de escucharme, porque su sonrisa se amplió.

—¿Qué buscas? ¿Al traidor?

—A nadie —le dije, aunque supo que mentía.

Arturo dio un par de pasos hacia mí, provocando que retrocediera involuntariamente. Un hecho que me enfadó conmigo misma, ya que no quería que creyera que lo temía, ya que no era cierto.

—¿Sabes por qué estoy aquí? —Lo miré con furia sin responderle—. ¿No te lo imaginas?

—No sé de qué hablas...

Avanzó un poco más, y vi cómo la empuñadura de Excalibur brillaba cuando apartaba la tela de la capa a cada paso.

En esta ocasión, no me moví. No retrocedí ni un centímetro.

—¿No te preguntas cómo he podido encontrarte?

Fruncí el ceño al escuchar esa última pregunta. Había algo en su voz y en sus gestos que buscaban impregnar la duda en mí.

—Por la pluma de los Grimm —tanteé, y vi cómo vacilaba por un segundo, para disfrazar con rapidez sus inseguridades.

Me ofreció una nueva sonrisa de lo más malévola y observé cómo jugaba con el borde de la empuñadura de su espada.

Yo apreté con más fuerza la mía.

—Parece que has hecho los deberes, Sirenita —comentó, y se detuvo a escasos metros de mí. Ahora sí que pude contemplar bien que sus ojos azules habían desaparecido y, en su lugar, había dos pozos negros.

—Soy Ariel —lo corregí con tono borde.

—Pues yo solo he oído que te llaman Sirenita...

Mis dientes rechinaron de nuevo.

—Mis amigos, y tú, Arturo, no entras dentro de ese grupo —lo rebatí.

Me miró de arriba abajo con demasiada lentitud, lo que provocó que mi piel se erizara.

—Bueno, siempre podemos resolver eso...

—¡Ni loca! —espeté, y alcé mi espada por delante, recalcando mis palabras.

Arturo elevó sus manos, enseñándome las palmas en son de paz.

—Eh…, tranquila, Sirenita. No he venido en busca de guerra. —Sonrió en un intento de mostrarse más dócil, pero no lo logró—. Ahora entiendo por qué le gustas a Riku…

—Me llamo Ariel —le repetí, ignorando su última afirmación—, y me permitirás que dude de tu palabra.

Me miró de nuevo con demasiado interés y se pasó la mano por el cabello. Por los movimientos que hizo con los dedos *a posteriori*, supuse que en ese gesto se habían desprendido varios pelos de más.

Vi cómo se alejaba un poco de mí y se quedaba mirando el océano.

—Tengo muy buenos recuerdos de este sitio, ¿sabes? —Arrugué el ceño, algo confusa—. Tu padre y yo siempre fuimos amigos. Desde muy niños hasta que tuvimos que comenzar a tomar decisiones de adultos. —Me miró de lado, como si quisiera comprobar que le estaba escuchando, y regresó su atención al agua—. Quisimos gobernar el mundo… Este y el real…

—¡Eso es mentira! —lo contradije, alzando la voz, y él se volvió hacia mí.

—Ariel, en esta vida ni todo es blanco ni todo es negro —comentó como si hablara con una niña pequeña—. Aquellas personas que se enorgullecen de tener principios férreos también esconden un pasado oscuro que les ayudó a alcanzar cierta posición de privilegio.

—Mi padre no hizo nada que…

Chascó la lengua contra el paladar, silenciándome.

—Tu padre, niña tonta, fue quien me metió esa idea en la cabeza. —Se golpeó la sien con el dedo—. Eric fue quien me convenció de que podríamos tener esos dos mundos en nuestras manos, y, cuando menos lo esperaba, desapareció. —Cerró la mano en el aire, en un gesto de lo más dramático.

—Pero...

—Se enamoró de Violet y sus objetivos cambiaron —me explicó, y se encogió de hombros—. El amor siempre fastidiando lo importante. —Me miró de nuevo y sonrió como si supiera un gran secreto—. Eric y yo; Riku y tú... La historia se repite.

—No se repite ninguna historia —le indiqué con ira—. Mi padre no te quería...

Su risa me interrumpió, lo que provocó que me diera cuenta de lo que había soltado sin darme cuenta.

—Ya veo... —Se volvió hacia mí con los brazos cruzados por delante de él—. Riku y tú, enamorados... —Tensé la mandíbula, sin querer añadir nada más. Ya suficiente le había dicho—. Aunque no lo creas, niñita, yo también amaba a Eric... —Fui a discutírselo, pero preferí callar—. Formábamos una pareja peculiar... —comentó más para sí mismo que para que yo lo escuchara, y se alejó de mí, para regresar al poco—. Pero, como en toda relación, siempre hay uno que cede más. Tu padre me embaucó con supercherías. Me planteó un futuro, juntos —subrayó esa última palabra, enfrentando mi mirada—, pero apareció Violet...

—Mi madre —indiqué, y el hombre asintió.

—Tu madre, tu madre... —Se golpeó los labios con el dedo—. Supe que sería un gran problema desde el primer día que llegó a nuestra vida. —Escuché cómo suspiraba y vi sus hombros caídos—. Eric se transformó de la noche a la mañana y decidió que debía cambiar... por ella.

—Por eso entró a formar parte de los especialistas —afirmé sin buscar su confirmación.

—Todos fuimos parte de las brigadas desde el principio —admitió—, por iniciativa de Merlín, hasta que nos hartamos de sus tejemanejes. Tu padre decidió que prefería ser él quien controlase todo y no el profesor... —Se calló un segundo como si acabara de percatarse de lo que había dicho, para proseguir sin darle mayor importancia—: Nos fuimos. Los dos, y luego me abandonó...

—¿Qué quieres decir? —le interrogué.

—Eso, niñita, que me abandonó —repitió—. No es difícil de entender. Tu padre me traicionó, como ha hecho Riku contigo. Me dejó solo. —Extendió los brazos, abarcando el lugar en el que nos hallábamos, escenificando que mi situación era similar a la de él, al no estar Riku conmigo—. Eric, tras convencerme de que debía seguirlo, me plantó, para luego regresar llorando a las faldas de Merlín, porque se había enamorado de una mortal y quería dejarlo todo por ella.

Lo observé sorprendida por todo lo que me explicaba. Había cosas muy similares a lo que ya me había contado el mago, pero había ciertas variaciones que este no había mencionado o que había modificado, y no sabía si Merlín lo había hecho adrede. Quizás estaba esperando a que yo me encontrara mejor para asimilarlo o a que pasara más tiempo para explicármelo... Pero había algo en todo esto que no terminaba de cuadrarme.

—Entonces, mi padre conoció a mi madre y lo dejó todo...

Asintió con la cabeza.

—Así me gusta. Parece que me escuchas.

—¿Y por qué no regresaste con Merlín, entonces?

Fue a responderme de inmediato, pero debió pensarlo mejor, porque cerró la boca y se llevó la mano hasta su barbilla, como si estuviera decidiendo qué debía contarme y qué no.

—¿Con sinceridad?

Me reí con la sola pregunta. Nadie me podría haber dicho jamás que Arturo, alguna vez, pediría que habláramos con la verdad en la mano.

—Yo no miento...

Su sonrisa incrédula respondió lo que pensaba de mi afirmación, pero no hizo comentario alguno. Solo movió la cabeza de arriba abajo al mismo tiempo que desenvainaba Excalibur y yo alzaba mi espada para defenderme.

Me miró desde su posición, sorprendido por mi reacción.

—Ey..., tranquila. Solo la estaba aireando... —Arqueé una de mis cejas, ya que estaba muy lejos de creerlo, y vi cómo la dejaba caer hacia abajo, sin soltarla.

Lo imité, aunque no abandoné mi posición defensiva.

—Me ibas a contar por qué no regresaste con Merlín —le comenté, tratando de reanudar la conversación.

Este asintió y, mirando hacia el agua, comenzó a hacer girar la espada con la mano.

—Estuve tentado, de verdad. —Sonrió como si recordara el momento exacto en el que decidió que podía volver a La Fundación, y así olvidar todo lo que había hecho y las metas que quería alcanzar.

—¿Y qué sucedió?

—Que tus padres murieron —me contestó de golpe, y sentí cómo mi corazón se paralizaba al recibir esa información.

Mis piernas cedieron un segundo, desestabilizándome, pero reaccioné a tiempo. Apoyé la espada sobre la arena y la utilicé como bastón para sostenerme.

Vi cómo Arturo sonreía al ser consciente de lo que me había provocado y me obligué a serenarme, y a no mostrarle ningún signo de debilidad más. No podía reflejar que no era lo suficiente fuerte para enfrentarlo.

—Mis padres tuvieron un accidente de coche...

—Que alguien provocó —afirmó, muy convencido.

Lo miré frunciendo el ceño, hasta que una idea me atravesó.

—¿Tú? —Elevé mi espada, y, para mi vergüenza, Arturo la apartó de un manotazo. Del golpe, estuve a punto de caer, pero logré reponerme con rapidez—. Arturo, fuiste tú, ¿verdad? ¿Fuiste el culpable de que mis padres fallecieran?

Me miró, y creí ver algo de compasión en sus pozos negros, pero debió ser una mera ilusión, porque no tardó en sonreir con malicia.

—No, yo no fui... Se me adelantaron —declaró, aunque no supe distinguir si eran ciertas sus palabras; si de verdad se alegraba de que alguien hubiera provocado la muerte de mis padres porque quería ser él el brazo ejecutor.

Por lo que me había contado, me parecía de lo más extraño que fuera así. Arturo quería a mi padre y, aunque este se había enamorado de otra persona, lo veía incapaz de matarlo.

—No te creo —le solté, tanteándolo. Quería sonsacarle más información.

—Mira, niña... —Acortó la distancia que nos separaba con excesiva rapidez y me agarró el cuello, pillándome por sorpresa. Me alzó unos centímetros por encima del suelo, y escuchamos el sonido sordo de mi espada al caer sobre la arena, enredado con mi respiración alterada—, a Eric y a Violet los mató otra persona. Se deshizo de ellos porque no le interesaba tenerlos cerca porque...

—¿Por qué? —pregunté sin apenas voz, mientras sus dedos se clavaban en mi piel.

—Porque eran un obstáculo para que esa persona alcanzara sus planes —me informó, y me dejó en el suelo con cuidado. Sus ojos estaban fijos en los míos—. Porque ese malnacido está mucho más loco que yo...

Posé mi mano sobre su brazo y le obligué a que me soltara, aunque no tuve que hacer mucho esfuerzo.

—Arturo, ¿qué es lo que no me cuentas?

Negó con la cabeza.

—Nada que deba saber una cabecita como la tuya. —Me golpeó la testa y se apartó de mi lado, dándome la espalda.

Podía tomar mi espada y aprovechar su descuido, pero había algo que necesitaba que me aclarara.

—Arturo, hay alguien más que quiere apropiarse de las reliquias para adueñarse de los dos mundos, ¿verdad?

Se volvió hacia mí con una sonrisa de suficiencia.

—Siempre ha sido así, Sirenita —afirmó—. Siempre ha sido un juego entre dos para controlar el poder, pero nadie lo vio salvo tu padre...

Abrí los ojos como platos, sorprendida.

—¿Y lo mataron para silenciar lo que sabía?

—Lo mataron porque Violet transformó a tu padre en una buena persona que quería acabar con todas las penurias y dolores que se llevaban soportando en este mundo; porque era alguien mucho mejor que yo y...

Un grito se extendió por la playa, interrumpiendo lo que fuera a decir.

CAPÍTULO 32

ARIEL

Los dos nos volvimos al mismo tiempo hacia el lugar desde donde nos llegaban los gritos y que se extendían por la zona en la que nos encontrábamos. El sonido del metal al chocar, gritos de ira y movimientos exacerbados se sucedían a lo largo del sitio, avisándonos de que había estallado una contienda.

Vi cómo Elsa y Thiago luchaban en la pasarela con otras personas mientras Rayan alcanzaba la playa, sin dar la espalda a un enemigo que era todavía más grande que él, si eso era posible.

Riku salió de entre los árboles que hacían de frontera con la arena, donde debía haber estado escondido todo este tiempo, y se lanzó hacia Arturo, con dos pequeños espadines en ambas manos.

—Riku, no... —le grité, tratando de detenerlo, ya que todavía quedaba información por revelar.

Pero Arturo había tomado también su espada y salió a la carrera para ir contra su antiguo aliado.

—Ya me estaba preguntando dónde te escondías, traidor. —El metal chocó en el aire en cuanto estuvieron cerca.

—Esperándote... —gruñó el más joven de los dos, y se agachó cuando Excalibur sobrevoló por encima de su cabeza —. Has tratado de que Ariel desconfiara de mí de nuevo, pero no has podido —lo acusó, lo que me aclaró que había escuchado algo de nuestra conversación.

Tomé mi propia espada, con intención de ir en su ayuda, cuando una pareja de soldados enemigos apareció a mi espalda y me acorralaba de repente.

No dudé ni un segundo en enfrentarlos. Espada en mano, metal contra metal, mientras Rayan se ponía a mi lado y me ayudaba a combatirlos. Debía haber acabado con su anterior rival.

—Compañera... —me dijo, cuando evitó que uno de ellos me atravesara con su arma—, hay que estar más despierta.

Bufé por su comentario y clavé mi propia espada bajo las costillas de mi contrincante.

—¿Decías?

Su risa me envolvió e incluso me calentó el corazón, a pesar de encontrarnos en mitad de una batalla. Fui a ayudarle, pero este negó con la cabeza justo cuando hería a su adversario.

—Tranquila. Yo puedo solo... —Su rival debió escucharlo, porque se lanzó con ira contra él, recibiendo una estocada—. Ve con Riku. —Movió la cabeza hacia donde este se encontraba.

—¿Seguro?

—Seguro. —Paró un nuevo ataque y le golpeó en la cabeza. Parecía que jugaba con él—. Ahora, en un rato, voy a ayudaros.

Asentí, sin dudar que no tardaría en verlo a nuestro lado, y salí corriendo hacia Riku y Arturo.

La pareja seguía luchando sin descanso cuando llegué a su altura.

Arturo elevó Excalibur y Riku cruzó los espadines por delante de él, haciendo una cruz, deteniendo el golpe.

—Te haces mayor, Arturo. —Escuché que Riku le decía a su oponente y que este, en vez de ofenderse, se reía.

—Siempre fuiste de mis preferidos...

Riku le guiñó un ojo y se apartó con rapidez, lo que provocó que la espada cayera hacia la arena.

—¿Cómo nos has encontrado?

Arturo lo miró con sonrisa traviesa.

—El Sastrecillo Valiente...

—¿Germán? —Escuché que Riku preguntaba, dudando.

—Fue fácil —dijo, mientras trataba de levantar su espada para protegerse de un posible ataque del joven, pero justo en ese instante Riku le clavó una de las dagas en su costado. Parecía que la información que le acababa de dar no le agradaba.

—¿Qué le hiciste? —le exigió saber, temiendo la respuesta.

Arturo lo miró y se encogió de hombros.

—Matarlo, ¡qué si no!

Riku emitió un nuevo gruñido y le golpeó en el otro costado con la daga, hiriéndolo una vez más.

Todos escuchamos el grito de dolor que emitió Arturo, e incluso vimos cómo este se llevaba una de las manos hasta donde sangraba, al mismo tiempo que trataba de alzar su espada. El metal pesaba mucho, y la debilidad del hombre era cada vez más patente.

—Me explicó todos los tejemanejes que os traíais entre manos ese hombre de madera y tú —le contó, buscando tiempo—, y, en vez de exponeros, preferí esperar en las sombras. Seguí todos vuestros movimientos. —Le guiñó un ojo y volvió a tirar de la espada, pero estuvo a punto de caer del impacto—. Además, no esperarías que Bastian mantuviera mucho más tiempo en silencio lo que ocurría aquí. —Señaló el palacio—. Este siempre ha sido una reliquia muy poderosa. —Me observó brevemente—. Solo necesitaba que ella apareciera y lo activara con su presencia.

Riku y yo compartimos miradas, y supimos que la teoría de Vega era cierta: el palacio de mi familia se constituía como una reliquia.

Fui a preguntarle a Arturo sobre el tema que había quedado inconcluso justo cuando la batalla había estallado, comprobando que estaba de lo más comunicativo, y observé que le costaba respirar.

Estaba agotado, por lo que decidí optar por otra salida.

—Arturo, ¿por qué no te rindes? —le pregunté, dando un par de pasos hacia él. Tras la conversación que habíamos mantenido, era una opción plausible, y había que recordarle que una vez la valoró.

Me miró con gesto incrédulo y sonrió con maldad.

—Tu padre también me pidió que lo dejara...

—Mi padre te quería.

Vi como su mandíbula se tensó y supe de inmediato que acababa de meter la pata hasta el fondo.

Dio dos zancadas en mi dirección al mismo tiempo que Riku gritaba que saliera huyendo, pero no me dio tiempo. Me vi atrapada por los brazos del hombre y colocó su espada cerca de mi cuello.

—Tu padre solo quería a Violet... —rumió en mi oído, recordándome lo traicionado que se sentía porque él se hubiera ido, dejándolo solo.

Posé mis manos sobre su brazo y traté de apaciguarlo.

—El amor nos lleva a hacer cosas inimaginables... Tú mismo lo has dicho antes. —Noté como movía la cabeza de forma afirmativa, aunque su espada seguía en el mismo sitio—. Por el amor que sentías hacia mi padre, no deberías matar a su hija...

Su gruñido me atravesó el oído, e incluso sentí cómo acercaba el metal a mi cuello.

—¡Arturo, no! —gritó Riku, alzando sus manos al mismo tiempo que dejaba caer sus espadines al suelo—. No le hagas daño, por favor.

Su risa me heló la sangre e, instintivamente, apreté mis dedos sobre su brazo. Justo en ese momento, comencé a sentir que mi cuerpo se calentaba y que mis manos ardían.

—Me hace gracia que tú, miembro de la familia más traidora de este mundo, te hayas doblegado... —comentó, sin dejar de mirar a Riku.

—La amo, Arturo —confesó—. Por favor, no le hagas daño...

El metal se pegó todavía más a mi cuello, si eso era posible.

—Quizás, si Ariel no existiera, volverías a mi lado y podríamos conquistar el mundo... —tanteó, como si estuviera valorando de verdad esa idea—. Con Eric no llegué a tiempo y Violet me lo arrebató, pero nosotros todavía podemos resolverlo...

—Arturo, por favor... —suplicó el joven, y lo miré a los ojos. La desesperación era visible en sus iris verdes, y cerré los míos, sin querer ver lo que me esperaba.

Mi respiración se ralentizó sin que me diera cuenta y mis manos se cernieron como un gancho alrededor del brazo de Arturo. El calor que me recorría las venas se centraba cada vez más en mis dedos y sentí que mi captor empezaba a estar molesto.

—¡¿Qué haces, niña?! —exclamó en voz alta, e incluso trató de soltarme, pero se lo impedí. Mis manos le agarraban con fuerza férrea y todo el calor se focalizaba en un punto único—. ¡Suéltame! —Se le escapó de la mano la espada y Riku salió corriendo en nuestra dirección para tomarla.

Los gritos de Arturo se propagaron por la playa mientras trataba de liberarse de mi agarre sin éxito.

—Ariel...

Abrí los ojos al escuchar la voz de Riku y vi cómo movía las manos, invitándome a ir a su lado.

Negué la cabeza, imbuida todavía por la extraña energía que me recorría, y, cuando vocalizó un «te amo» con los labios, solté a mi presa sin dilación.

Riku alzó su mano, que tomé con cariño, y me cobijó entre sus brazos, con la espada de Arturo por delante nuestra, a modo de defensa.

—¿Estás bien? —me preguntó en un susurro, y asentí con la cabeza. Su olor, su fuerza, me relajaban.

Cuando tuve la fuerza suficiente para mirar hacia nuestro enemigo, observé que este se encontraba rodeado de llamas, y giraba sobre sus pies, buscando el mar. Salió corriendo hacia el océano, desprendiéndose de la capa que le había servido de abrigo, y que ardía en su espalda, y terminó sumergiéndose debajo del agua.

Riku me apartó de su lado y buscó mi mirada.

—¿Estás bien? —Me tomó de la barbilla y depositó un dulce beso en mis labios.

Fue como si acabara de traspasarme parte de la energía que había perdido con el esfuerzo en el que me había visto sumergida.

—Sí... Aunque no sé muy bien lo que ha sucedido.

Este asintió con la cabeza, como si comprendiera mi desconcierto, y me volvió a besar, pero esta vez con más pasión.

—He pasado mucho miedo... —me confesó—. Estuve a punto de salir cuando te agarró la primera vez, pero...

—Esperaste, e hiciste bien. No sabíamos qué podía suceder, en realidad —le tranquilicé—. Yo también he pasado miedo. —Suspiré y busqué sus verdes ojos mientras sentía cómo una lágrima se deslizaba por mi mejilla—. Pensé que...

Riku chistó, acallándome, y negó con la cabeza.

—No lo digas. Estamos bien y es lo importante...

—Sí... —Suspiré de nuevo y me alcé sobre mis pies para atrapar su boca—. Yo también te amo.

—¿Me escuchaste? —preguntó, algo dudoso, y asentí cobijándome en sus brazos—. Pensé que no me oías...

—Te leí los labios —reconocí—. Estaba en una especie de limbo y solo quería...

—Acabar con él —terminó por mí, y los dos nos volvimos hacia el cuerpo que yacía cerca de la orilla.

Parecía que todo había terminado...

Vimos cómo Rayan se aproximaba a Arturo y se agachaba para comprobar si seguía respirando.

Nos observó con gesto preocupado.

—Sigue con vida.

Riku y yo nos miramos con el ceño fruncido, y, aunque no era algo que deseábamos hacer, nos acercamos hasta nuestro compañero.

—¿Seguro?

Rayan asintió, y yo me arrodillé, próxima al cuerpo quemado. El agua le golpeaba cada poco, y solo olíamos el salitre que sobrevolaba nuestras cabezas, para nuestra sorpresa.

—Arturo...

Este se giró hacia mí, expresando el dolor que sentía en su rictus, pero tuvo fuerzas suficientes para sonreírme.

—La hija de Eric acabando con mi vida... —Tosió cuando trató de reír—. Perdón, pero no estoy en mi mejor momento...

—Arturo, dijiste algo antes...

Este volvió a toser, y, por el sonido que emitieron sus pulmones, no fue una buena señal.

—Siempre se quiere algo, ¿verdad, Sirenita? Nada se hace de forma altruista...

Fui a contradecirle, a rebatirle que había que tener más fe en el ser humano, pero una negación con la cabeza por parte de Riku me indicó que lo dejara estar. No había nada que hacer.

—Arturo... —lo llamé cuando vi que cerraba los ojos—, ¿quién más desea las reliquias?

Riku y Rayan, que también se encontraba cerca de nosotros, me miraron sorprendidos. Deseaba explicarles, pero elevé mi mano, pidiéndoles tiempo. A Arturo le quedaba poco tiempo de vida y necesitaba descubrir qué era lo que había estado a punto de contarme antes de que todo explotara en una batalla campal.

—Arturo...

El hombre emitió una nueva tos, apenas sin fuerzas, y vi cómo la mano que estaba más cerca de mí se movía sin vida. Creí que ya había muerto, que nunca descubriríamos ese nombre, cuando movió la boca, atrayendo mi atención.

—Arturo, ¿qué has dicho? —le pregunté, aproximando mi cara, y coloqué mi oído pegado a sus labios.

Esperé...

Un tiempo eterno que creí que perdía, cuando el poco aire que retenían sus pulmones me trasladó un nombre imposible:

—Merlín...

CAPÍTULO 33

RIKU

—Ehh..., ¿estáis bien? —nos gritó Enzo desde el muelle. Cerca de él se encontraban Elsa y Thiago.

—Sí, ¿y vosotros? —le preguntó Rayan, moviendo el brazo.

Vimos que alzaba su pulgar derecho y confirmamos que todo había terminado satisfactoriamente.

—Ariel... —le mostré mi mano, y la tomó para incorporarse—, ¿te encuentras bien? —Asintió, aunque seguía observando el cuerpo inerte de Arturo—. Ariel...

Me miró y parpadeó varias veces seguidas, buscando olvidar las imágenes que tenía grabadas en la memoria.

—Estoy bien —me dijo, tratando de tranquilizarme—. Estoy bien... —Apoyó su mano en mi torso y me regaló una tímida sonrisa—. Es solo que me ha impactado lo que ha dicho...

—Pero ¿qué quería decir? —nos preguntó Rayan, guardando su espada en la funda.

—Que aparte de él, hay otra persona interesada en recuperar las reliquias —respondió Ariel sin apenas voz. No nos aclaró si al final le había desvelado el nombre, pero algo me decía que así había sido.

Rayan asintió con la cabeza, sin insistir más sobre el tema. Parecía que no era consciente de lo que suponía esa información.

—Tendríamos que reunirnos con el resto del equipo...

Giré sobre mis pies, mirando la playa, y comprobé que todos nuestros enemigos habían caído.

—Sí, no sabemos si los chicos necesitan todavía nuestra ayuda —comenté, y tanto Rayan como Ariel movieron su cabeza de forma afirmativa.

Nos dirigimos hacia la escalinata que nos conducía hasta el muelle y agarré la mano de Ariel con fuerza. En la otra seguía portando Excalibur, la espada de Arturo.

—Sirenita...

Me miró un segundo y se detuvo a mitad de camino. Rayan también se paró, preocupado.

—Ahora vamos —le dijo Ariel, y este asintió con la cabeza, para reanudar su marcha de inmediato.

En cuanto nos quedamos solos, Ariel se soltó de mi agarre.

—¿Qué ocurre? —se interesó, observándome.

—¿Qué nombre te dijo? —le pregunté sin medias tintas. Si lo que Arturo había contado antes de su muerte era cierto, había que solucionarlo con urgencia.

Ariel miró a ambos lados, como si quisiera comprobar que nadie más nos escuchaba, y luego se centró en mí.

—Merlín.

El silencio se asentó de golpe sobre nosotros mientras asimilaba su respuesta.

Me pasé la mano por la cara mientras expulsaba todo el aire que retenía mi cuerpo y observé su rostro preocupado.

Esa información era... de lo más grave. Podría tambalear los cimientos de todo lo construido hasta ahora, de las acciones de los especialistas, de lo que nos habían inculcado desde niños... ¿Podría ser cierta?

—¿Crees que es verdad?

La joven miró hacia la playa, donde descansaba el cuerpo de Arturo.

—Tendría más sentido...

Fruncí el ceño al escucharla.

—¿A qué te refieres?

Enfrentó mi mirada.

—Arturo me contó que tanto él como mi padre formaron parte de La Fundación antes de que decidiera «conquistar el mundo».

—Movió los dedos como si fueran unas comillas.

—Sí, pero eso también lo ha contado Merlín...

Asintió.

—Pero la duda que tengo son los motivos que llevaron a mi padre, y a Arturo, a tomar ese paso —comentó, y se pasó la mano por el cabello. Muchos de sus mechones se habían soltado del recogido—. Lejos de que pueda creer o no que mi padre pudiera ser el personaje cruel que me describió Arturo, y que lo convenció para convertirlo en eso... —Lo señaló con la mano y me giré para mirarlo un segundo—. Tendría sentido que, viendo que otra persona tenía el propósito de controlar el poder bajo su mando, se autoconvenciera de que quizás podía ocupar ese lugar él mismo, ¿no crees? Si era una persona tan egoísta... —De repente, gritó de impotencia, elevando las manos al cielo, para dejarlas caer a continuación—. No sé, Riku. El Eric que yo conocí no era así... Mi padre no era así...

—Merlín siempre ha dicho que ocurrió lo contrario —apunté—; que Arturo era el malo de esta historia, que convenció a tu padre, pero se arrepintió a tiempo...

—Lo sé... —Suspiró y sus hombros caídos representaban muy bien el estado en el que se hallaba—. La gente cambia, ¿verdad? —Asentí—. Puede que Arturo y él fueran balas perdidas en sus años jóvenes, que se vieran cegados por la idea de poder...

—Y luego se arrepintió —afirmé, tomando sus manos.

Nuestros dedos nos acariciaron y nuestras miradas se encontraron. Necesitábamos el consuelo que ambos nos ofrecíamos.

—Quizás mi familia también tenga muchos agujeros negros —indicó, alzando la comisura de sus labios, lo que me arrancó una carcajada.

Tiré de ella hasta cobijarla entre mis brazos y le di un beso en la sien.

—Ya estamos nosotros para limpiar sus nombres —le aseguré y se apartó para mirarme a los ojos.

—Vaya par de dos... —Sonrió, y le correspondí con un beso.

Nuestros labios se enlazaron y nuestras respiraciones se convirtieron en una sola.

—El pasado...

—Pasado es —terminó por mí, y nos dimos un nuevo beso, para reanudar nuestro camino a continuación.

Llegamos a la pasarela del muelle y nos volvimos hacia el palacio. Las luces del edificio iluminaban la zona en la que nos encontrábamos, por lo que pudimos observar el paisaje desolador en el que nos hallábamos. Parecía que ahí arriba habían tenido que enfrentarse a bastantes enemigos. Muchos más de los que habían llegado a la playa.

—Solo una cosa más, antes de que nos reunamos con los otros...

Me miró, esperando que hablara, pero al final su curiosidad pudo más que ella:

—¿Qué ocurre?

Alcé la mano que tenía agarrada y le di la vuelta para fijarme en su palma.

—¿Qué fue lo que ocurrió allá abajo?

Ariel también contempló su mano.

—En realidad, no sabría decirte... —Busqué su mirada y observé las dudas que había en sus ojos acaramelados—. Cuando te dejé en la playa...

—Y te internaste por el océano —comenté, recibiendo un movimiento afirmativo por su parte.

—Acabé en el interior de una gruta marina —me explicó—. Estuve nadando, sin que apenas necesitara salir para buscar el oxígeno que requieren mis pulmones para respirar...

—¿Cómo? —la interrumpí, y en su rostro apareció una tímida sonrisa.

—Me di cuenta cuando llevaba debajo del agua demasiado tiempo y no había ascendido para realizar esa simple tarea.

Me reí, sin evitarlo, y su sonrisa se amplió.

—Simple, dices...

—Bueno... —se encogió de hombros—, creo que se debió a esto. —Soltó mi mano y atrapó la caracola que colgaba de su cuello.

Asentí sin dejar de mirar la reliquia.

—Puede ser...

—En resumen —suspiró—, acabé en una gruta, donde había una pequeña figura de una sirena y una oración muy extraña en un idioma que desconocía. Me pinché en el dedo —me mostró el índice, donde no encontré ninguna herida tras mi revisión— y, por arte de magia —arqueó una de sus cejas, resaltando que allí todo tenía que ver con la magia—, comencé a leer esas palabras sin ningún problema, como si alguien me impulsara a hacerlo.

—¿Y qué ocurrió?

Se encogió de hombros y acarició la caracola.

—Las venas de mis brazos empezaron a brillar y sentí que mi cuerpo ardía...

La miré con el ceño fruncido y tardé en comentar una idea que me rondaba por la cabeza desde lo ocurrido en la playa:

—Quizás todo esté relacionado con tu don.

—¿Tú crees?

Atrapé su mano, le di un beso en el dorso y asentí bastante seguro.

—Eso parece...

Se miró las manos con gesto incrédulo.

—Tengo poder...

Me reí sin poder evitarlo.

—Sirenita, eso te lo llevamos diciendo desde que apareciste en este mundo. —Atrapé su mano de nuevo, en una reacción mecánica que buscaba comprobar que seguía viva. Desde lo de la playa, y el miedo que había pasado, quería asegurarme de que se encontraba a mi lado, sana y a salvo.

—Y puedo convocar al fuego... —musitó para sí, como si no acabara de creer que eso era posible.

—Puede ser... —repetí—. Tu don empieza a hacerse notar —comenté, atrayendo su atención—, pero, a partir de ahora, habrá que vigilarlo...

—¿Qué quieres decir? —preguntó, confusa.

Le di un nuevo beso en la mano, una de las protagonistas de nuestra charla, y le guiñé un ojo cómplice.

—No sabemos de qué puedes ser capaz, Sirenita, por lo que habrá que ir con cuidado porque no queremos que provoques un incendio.

Se quedó callada un segundo, analizando mis palabras.

—¿Piensas que puedo ser peligrosa?

—De eso nada —aseveré con rotundidad, y le apreté la mano, subrayando mi afirmación—. Solo es que tendremos que ir con más cuidado, y estudiar este poder tuyo para ver de qué eres capaz. Además, habrá que practicar para que sepas utilizarlo correctamente.

Asintió y comenzamos a caminar hacia el palacio.

—Me gustaría estudiar ese libro azul vuestro, por si aparece algo de esto...

—Y tuyo —la corregí, y me miró con curiosidad—. Ese libro también es tuyo, Ariel —repetí—. Todas las reliquias salen en sus páginas —señalé con la mano la caracola, y moví la espada de Arturo que llevaba—, y te mencionan como la salvadora... Recuerda que ya te lo comentamos en su momento.

Gruñó, negando con la cabeza, y la observé sorprendido.

—Riku, Merlín no saca nada claro de lo que se dice en esa biblia, y por eso estoy pensando que, si le echo yo un vistazo, pueda ver algo... —titubeó—. Tal vez ocurra como en la gruta, y esté escrita esa información en un idioma desconocido que pueda leer solo yo. —Me miró—. El profesor no es de mucha ayuda, últimamente.

—Eso ya lo comentaste antes, cuando nos reencontramos, pero debe haber algo que aparezca en el libro que pueda explicar todo esto. Tu caracola, tus poderes... Todo.

Se paró de golpe, tirando de mí, ya que yo caminaba por delante de ella.

—Riku...

Algo noté en su cara que me preocupó al instante.

—¿Qué sucede?

—¿Y si...? —Me miró a los ojos—. ¿Y si, en realidad, sí aparece toda esa información en el libro de los padres fundadores, pero Merlín nos ha engañado...?

—No... —respondí con rapidez, sin pararme a pensar, porque eso no era posible. No podía ser posible... Aunque...—. ¿Lo crees?

Lo que vi en su mirada me hizo temblar. ¿Podía ser verdad?

—Tendría sentido... —comentó en apenas un susurro, y se pasó las dos manos por la cabeza, para dejarlas caer—. Mucho sentido...

—Ariel... Sirenita...

—Nunca aclara nada. Todo son medias verdades con él o informaciones a medias —empezó a exponer sin control las ideas que aparecían por su cabeza—. No ha descubierto todavía cómo se utiliza el espejo de Blancanieves; el anillo de tu familia —enfrentó mi mirada—, según llegó a La Fundación, lo guardó, sin apenas analizarlo; mi poder... Riku, no terminaba de decirme nada claro y hacíamos escasos avances, lo que me sacaba de quicio. Pensaba que era yo, porque no tenía paciencia. Porque vivía en un sinvivir por tu culpa. —Me señaló y agarré su mano, atrayéndola. Le di un beso, intentando borrar lo que le había causado, aunque sabía que eso era imposible—. Riku..., ¿y si Merlín nos ha estado engañando todo este tiempo y Arturo tenía razón...? —Se quedó callada, como si le diera miedo que esa realidad fuera cierta.

Pensé en su discurso, en todo lo mencionado y ocurrido hasta ahora, y había mucha verdad en ello. Pero era difícil de asumir.

—Tendríamos que enfrentarle, exponerle todo lo que me dices y comprobar cuál es su reacción.

Asintió, algo más tranquila al ver que estaba con ella y no la tomaba por loca. Sus conclusiones podían conducirnos a ese punto, pero había demasiados cabos sueltos ante nosotros, que, viéndolos en retrospectiva, no terminaban de explicarse.

Ariel podía tener razón, y si así era, todo el trabajo de los especialistas, de La Fundación, se había realizado para ayudar a una persona que buscaba el mismo propósito de Arturo: apoderarse del mundo. Del mágico y el real.

Habíamos estado inmersos en una mentira que nos había conducido a la pérdida de amigos y seres queridos por el afán egoísta de dos personas desalmadas que solo pensaban en ellos mismos.

Me volví hacia la playa y observé el cuerpo inerte de Arturo.

Uno ya había muerto... Al otro había que desenmascararlo.

—Chicos, menos mal que estáis bien —nos indicó Vega, llegando a nuestro lado—. Esto ha sido un infierno. Aparecieron de la nada y...

Ariel la tomó de las manos.

—Pero estáis todos bien, ¿verdad?

—Sí, sí... Tranquila. —Le dio un beso en la mejilla y nos ofreció una sonrisa a los dos—. Enzo es el que se ha llevado la peor parte, pero está Elsa con él, vendándolo. Nada preocupante.

Asentí con la cabeza y miré a Ariel, intercambiando gestos cómplices.

—¿Qué ocurre? —nos preguntó Vega, al fijarse en ellos.

—Hay que contárselo... —indicó Ariel, y la animé a hacerlo—. Vega, antes de que Arturo muriera, nos ha informado de algo que...

—¿Qué sucede? —insistió.

Me dirigí hacia el lateral derecho de la muralla interior que rodeaba el palacio y me acomodé en un pequeño banco que salía de la piedra.

—Tendríamos que sentarnos...

Las dos chicas estuvieron de acuerdo y me siguieron. Se sentaron en el banco, y Ariel comenzó a explicarle todo lo que sabíamos hasta ahora y las suposiciones a las que habíamos llegado.

Si todo era cierto, íbamos a requerir la ayuda de los especialistas, o por lo menos de la mayor parte, y debíamos empezar por

Vega. Era miembro destacado de La Fundación, con bastante influencia sobre Merlín, pero sobre todo era una amiga y, en esta empresa, necesitaríamos que las personas en las que más confiábamos estuvieran a nuestro lado.

CAPÍTULO 34

ARIEL

—¿Estáis seguros? —nos preguntó Vega, tras terminar de contarle todo lo que sabíamos.

Tanto Riku como yo movimos nuestras cabezas de forma afirmativa y esperamos una reacción por su parte.

—Eso explicaría algunas cosas… —comentó para nuestra sorpresa.

—¿A qué te refieres? —la interrogó Riku, y yo la miré con interés.

La joven de pelo rosa suspiró y apoyó su espalda en el muro de piedra.

—Desde que apareció Ariel, cada vez me dejaba menos leerle la mente. Apenas nos comunicábamos telepáticamente, y ya, con la llegada del espejo de Blancanieves, me golpeaba con una pared blanca cuando intentaba colarme por la puerta de atrás…

La observé con el ceño fruncido al no entender muy bien a qué se refería.

—¿Tratabas de leerle la mente sin su permiso?

—Ya sabes. —Me guiñó un ojo y encogió uno de sus hombros—. Las viejas costumbres no se pierden…

—Vega, ¿has entrado en mi mente sin mi permiso? — le exigí saber, colocando mis manos a ambos lados de mis caderas.

Me miró con diversión en sus ojos celestes, hasta que suspiró con fuerza.

—Ariel, era la única forma de saber cómo estabas. —Me agarró una mano—. Estaba preocupada por ti...

Suspiré y asentí con la cabeza.

—Entiendo... Tendría que ser yo la que debería pedirte perdón, porque he estado un poco irascible...

—¿Un poco? —preguntó, alzando una de sus niqueladas cejas.

—Un mucho. —Bufé—. ¿Contenta?

Posó los ojos sobre Riku y luego pasó a mí, y nos unió las manos.

—Ahora, sí. —Se levantó del banco—. Ya sabía yo que esto que hay entre vosotros tenía que acabar bien...

—¿Nunca pensaste en que sería un traidor? —se aventuró Riku.

Negó con la cabeza con fuerza.

—No, porque olvidas que leo la mente. —Se llevó un dedo hasta la sien—. Sabía de tus planes antes que tú mismo, pimpollo.

—¿Pimpollo? —repitió, sorprendido.

Vega se rio, y yo no tardé en seguirla. Le pasé un brazo por los hombros y la regañé:

—Bien podrías haberme avisado de ellos. —Señalé a Riku.

—Tampoco es que estuvieras muy receptiva, Sirenita —señaló, usando el apodo cariñoso que, al contrario que en las últimas veces que lo había utilizado, no me molestó—. Y tampoco estaba convencida del todo. —Riku la miró pasmado—. Un noventa por cien, creía en ti. —Le apuntó con el dedo.

—Gracias..., supongo.

Me reí por sus gestos.

—Por lo menos ella creía en ti —le mencioné—. Yo había perdido toda la confianza.

Entrelazó nuestros dedos y se los acercó hasta los labios para darles un beso.

—Te perdono, Sirenita.

Las carcajadas de Vega nos recordaron que no estábamos solos.

—¿Cómo iba a desaparecer esto? —Nos señaló con ambas manos—. Era imposible.

Sentí que me sonrojaba y Riku me dio un beso, en la cara, de felicidad.

—Bueno, bueno... Ahora, a lo importante...

—Lo importante es esto —afirmó Vega—. El amor.

No pude evitar reírme, y Riku también estalló en carcajadas.

—Es imposible que uno se enfade con ella —me susurró el joven en el oído, y asentí de inmediato mientras Vega sonreía de oreja a oreja.

Seguro que nos había escuchado.

—Venga, a lo importante —insistí, tratando de centrarnos.

—Sí. Merlín —indicó Vega, y Riku también hizo un movimiento afirmativo—. ¿Qué hacemos?

Los tres nos miramos en silencio según formuló la pregunta.

—Hablar con él...

—Enfrentarle —soltó Riku, cortándome.

—Podemos exponerle lo que hemos descubierto y veremos por dónde sale.

Vega movió la cabeza de forma afirmativa.

—¿Regresamos ya mismo a La Fundación por un portal?

Los tres volvimos a mirarnos a los ojos, dudando qué hacer, hasta que Riku respondió:

—Será lo mejor. Arturo ya no está y no hay ningún peligro inminente.

—Así irá todo más rápido —concordó Vega—. Habría que informar al resto de la brigada para tener su apoyo...

—Rayan más o menos sabe algo —le conté, y me observó con curiosidad—. Estaba con nosotros cuando Arturo lo explicó.

—Sí, no escuchó todo, pero algo se huele.

Vega asintió ante el comentario de Riku.

—Entonces, cuanto antes, mejor...

—Solo una cosa —dije, interrumpiendo a la chica.

Los dos me miraron.

—¿En qué piensas, Sirenita? —me preguntó Riku.

—Hay algo que... —Dudé un segundo—. Cuando estuvimos allá arriba —señalé la torre más alta del palacio—, los objetos que había en la habitación...

—Sí, donde encontraste la caracola —especificó Vega.

—Hay algo que me llamó la atención y quiero confirmarlo...

—Vamos —indicó Riku—. Subimos en un momento y lo vemos.

—¿De qué se trata? —se interesó Vega.

Negué con la cabeza.

—Me gustaría antes revisarlo de nuevo y luego os cuento mis sospechas, si os parece bien.

La pareja intercambió miradas, hasta que los dos afirmaron al mismo tiempo.

—De acuerdo —confirmó Vega—. Pongo en preaviso a los chicos y ahora me reúno con vosotros. ¿De acuerdo?

Agarré la mano de Riku y asentí.

—Allí te esperamos.

No nos quedaban ni cinco escalones para alcanzar la puerta de la habitación en la que se guardaban esos objetos que tanto me habían llamado la atención cuando Riku alzó Excalibur por delante de él y me obligó a colocarme a su espalda.

—¿Qué sucede?

Me siseó, acallándome, mientras se asomaba por la última curva que formaba la escalera de caracol.

—Está Merlín... —susurró, regresando con rapidez a mi lado. Apoyó la espalda en la columna central y me miró sorprendido.

—¿Merlín?

Asintió y se volvió a asomar de nuevo.

—Y acaba de aparecer Minerva a través del espejo —me informó con la voz baja.

Me quedé callada unos segundos.

—Eso era... —musité.

—¿El qué? —preguntó nervioso, sin dejar de estar atento a lo que esos dos hacían, por si debíamos intervenir.

Me asomé por encima de su hombro, recibiendo un golpe cuando me obligó a retroceder.

—Riku, el espejo...

—¿El espejo qué? —me interrogó.

Acerqué mi cara a la de él.

—El que hay en esa habitación es una copia, a mayor escala, del de Blancanieves...

Riku tardó en reaccionar, pero supe el momento exacto en el que lo hizo cuando sus verdes ojos se agrandaron.

—¿Y los han usado para viajar?

—Eso parece —respondí, aunque todavía no sabíamos muy bien ni cómo ni el motivo.

Nos quedamos callados cuando escuchamos un ruido no muy lejos.

—Ariel..., pequeña —la voz de Merlín nos llegó alta y clara—, sal. No tengas miedo.

Arrugué el ceño en cuanto lo escuché y miré a Riku, que negaba con la cabeza de forma enérgica. Sabía que era mala idea. Yo misma lo sabía, pero...

No lo hice caso.

—Merlín, ¡qué sorpresa! —Me mostré con falsa alegría, apareciendo por debajo del marco de la puerta, mientras Riku se quedaba escondido por si era necesaria su ayuda.

El mago se encontraba en el centro de la sala, con el libro azul abierto sobre el atril que había estado allí todo el rato. Iba vestido por completo de negro, con las rayas marcadas en la ropa en color plateado y, a diferencia de la última vez que lo había visto, su aspecto había envejecido bastante. Se ajustaba más al Merlín de los cuentos, mayor y con todo el pelo blanco, que al joven que había conocido cuando llegué a ese mundo.

—Se te da fatal mentir, ¿te lo han dicho alguna vez? —comentó el mago, ignorándome al mismo tiempo que movía las páginas de la biblia hacia delante.

—Pues, con sinceridad, no hace mucho —le indiqué, recordando la observación de Arturo sobre que me parecía a mi padre en ese punto.

—Bien. Eso está bien —dijo sin prestarme atención, más pendiente de lo que buscaba.

Esperé por si añadía algo más, pero, al ver que se demoraba, le anuncié:

—Arturo ha muerto.

Sus dedos se quedaron anclados en una página y elevó sus ojos por encima de las gafas.

—¿Cómo ha sido?

—Riku le clavó Excalibur en el corazón —mentí mecánicamente, sin pararme a pensarlo mucho. Algo sentía en mi interior de que no debía decirle la verdad sobre ese tema.

Vi que asentía con la cabeza, e incluso pareció sonreír satisfecho de la noticia, para proseguir de inmediato con lo que hacía: moviendo las páginas de la biblia sin ningún orden fijo, a primera vista.

Al no hacerme caso, paseé mis ojos por la habitación, y fue cuando localicé a Minerva, quien estaba en la esquina más alejada de mí, entre las sombras. También vestía de oscuro y el único color que destacaba era la flor roja que colgaba de la solapa de su chaqueta. En recuerdo de su hermano Axel.

—Minerva, te echamos de menos en la misión —le comenté, y noté su nerviosismo.

Agachó la mirada y no emitió palabra alguna. Parecía avergonzada de sus actos, los que la habían llevado hasta allí.

Fui a comentar algo más, en un intento de que me dijera alguna cosa que me pudiera ayudar a descubrir las razones que los había llevado a aparecer en el palacio o que le recordara la pequeña amistad que habíamos alcanzado en esos pocos días, pero otro joven, que no había visto hasta ahora, llamó mi atención:

—Ariel, es un placer. He oído hablar mucho de ti.

Fruncí extrañada el ceño porque, a diferencia de él, yo desconocía de quién se trataba. Su piel era oscura, su corto cabello negro e iba vestido de blanco de arriba abajo, lo que hacía que su cuerpo resaltara todavía más.

—Ohh..., perdona. Claro. Mi educación...

—Bastian, no hemos venido a hacer amigos —lo regañó Merlín, sin molestarse ni en mirarlo.

—¿El hermano de Vega?

—Va a ser que sí que has escuchado de mí —comentó, divertido, e incluso me guiñó un ojo travieso, que no podía estar más fuera de lugar.

—Tu hermana me ha contado algo —le indiqué—, y Riku me ha explicado cómo lo ayudaste...

Vi cómo tensaba la mandíbula ante esas referencias.

—Bueno, hice lo que debía —se defendió para mi sorpresa, ya que yo no le había acusado de nada implícitamente. Todavía—. Todos queríamos sobrevivir.

—¿Sobrevivir? —traté de sonsacarle algo más de información, y vi cómo se encogía de hombros.

—Todos éramos prisioneros de Arturo, de alguna u otra forma —me explicó—. Si querías vivir bajo el yugo con el que nos ataba, debíamos buscarnos la vida...

—¿Y por eso traicionaste a Arturo? —Asintió—. ¿Y a Gretel y Pinocho? —No hubo ningún movimiento de cabeza esta vez. Ni para negar ni afirmar.

—Aquí. Lo encontré —gritó Merlín con alegría, interrumpiendo la conversación que manteníamos—. Bastian, la pluma.

Observé cómo el hermano de Vega se acercaba al mago para darle la reliquia que Riku me había mencionado.

—¿Qué ha encontrado? —me interesé con un tono de voz de lo más inocente, ya que no quería que supiera de nuestras sospechas.

El mago me miró por encima de sus gafas redondas.

—No es algo que te importe...

—Es gracioso, ¿sabe? —Frunció el ceño ante mi actitud—. Me ha regañado todo este tiempo porque según usted no prestaba atención y así no podía convocar mi poder. —Acorté la distancia que nos separaba un poco más—. Y ahora que quiero saber... —Lo señalé e incluso hice un puchero con la boca.

Desde mi posición vi cómo Minerva sonreía y negaba con la cabeza.

«Parece que todavía no debo darla por perdida», me dije sin apartar mis ojos del mago.

Este bufó con desgana y dejó la pluma de los Grimm sobre la biblia.

—Siempre he pensado que eras un estorbo, y esto me lo demuestra. —Agaché la mirada, no queriéndome hacer la ofendida—. Solo te busqué como plan B, por si al final conseguías que tu poder surgiera y así utilizarte... —me confesó—, pero ya no te necesito.

—Profesor, no me diga eso... Sabe lo duro que he trabajado...

Su risa me puso los pelos como escarpias.

—Tan tonta como siempre. En alguna que otra ocasión, dudé de que por tus venas circulara la sangre de tu familia, pero, en realidad, debes de ser la más débil. Tu sangre pertenece a la familia primigenia, pero también a una simple humana, y tu poder se ha debido diluir, si no evaporarse. —Fruncí el ceño por un instante, pero supe recuperar el papel que me estaba autoimponiendo para que no recelara de mí—. Bueno, qué más da, en verdad —exclamó al final, y se sentó sobre el baúl—. ¿Quieres saber a qué has ayudado?

Asentí con una sonrisa feliz. Si presentaran mi candidatura a la mejor interpretación femenina, de seguro que tendría muchas opciones. La prueba de ello, la sangre que comenzaba a sentir en mi boca de morderme la lengua para evitar decirle a este *imbécil* lo que pensaba de él y de lo de que por mi sangre no hubiera ningún don.

—Merlín, ¿no cree que debería terminar de una vez? No hay tiempo para distracciones —comentó Bastian—. Acabe ahora que tiene la oportunidad.

El mencionado movió la mano en el aire, quitándole importancia a la preocupación del joven.

—Ya no hay prisa —indicó seguro—. Con Arturo muerto, todo será como caminar por un campo de flores, y ha sido gracias a ella. —Me señaló con la mano y observé la sonrisa sin vida que apareció en su cara.

—Profesor... —lo llamó Minerva, interviniendo por primera vez en la conversación—, recuerde a los especialistas. —Movió la cabeza hacia la ventana por la que se veía el patio de armas, donde estaría el resto de la brigada.

—Tranquila. No son un problema —insistió el hombre, demasiado confiado en sí mismo—. Ya que tenemos espectadores, que encima han ayudado a que consiguiéramos nuestro propósito, lo mejor es informarles de todo. Así se sentirán orgullosos...

—No lo creo —se me escapó entre los labios, lo que atrajo la atención de Merlín, que me regaló una sonrisa de lo más maligna.

—Seguro que, cuando lo sepas, me darás la razón...

Me quedé callada mientras sus ojos sin vida me analizaban. ¿Dónde había ido a parar el simpático y despistado mago que me había recibido con abrazos?

—Profesor... —lo instó Bastian, y este asintió.

—Sí, claro —afirmó—. Aunque no tenemos prisa, no debemos dormirnos en los laureles, ¿verdad? —Me observó buscando alguna reacción por mi parte ante sus palabras. No me quedaba fuerza para seguir disimulando—. En fin... —suspiró—, como ya sabes, Ariel, las reliquias son objetos mágicos muy poderosos que pueden cambiar el curso de la historia en algunos casos.

—Hasta ahí, estuve atenta, profesor —le dije con retintín, arrancándole una carcajada.

— Así me gusta. —Dio una palmada en al aire—. Estábamos en mitad de una carrera donde el ganador buscaba la mejor reliquia para poder conquistar el mundo...

—Arturo...

Chascó la lengua contra el paladar, acallándome.

—No, no…, niña tonta. Arturo y yo. —Se señaló a sí mismo con la mano—. Mucho antes de que esos dos quisieran traicionarme, adelantándose en la caza del «tesoro», yo sabía que para convertirme en el mago más poderoso debía recolectar uno a uno todos los objetos mágicos existentes en este mundo. —Abrió los brazos, abarcando el espacio en el que nos encontrábamos—. Pero Arturo me engañó…

—Arturo y mi padre, dirá —lo corregí, y me miró con curiosidad.

—Yo no he mencionado a tu padre…

—Ah…, ¿no? Es que como hablaba de dos que le traicionaron —alcé mi dedo índice y el corazón por delante—, y usted siempre me contó que mi padre, en un primer momento, se fue con él, tentado por la magia negra… —Me encogí de hombros—. Nada, que he sumado dos y dos, y da cuatro.

Vi cómo tensaba su mandíbula.

—Ariel, ¿hablaste con Arturo antes de que muriera?

Me encogí de hombros.

—Bueno…, ya sabes. Lo típico, ¿no? Amaba a tu padre, él fue quien quiso arrebatarle la idea a Merlín de apoderarse del mundo para ser más listos, pero luego se enamoró de tu madre… —Me encogí de hombros de nuevo y suspiré—. Lo típico en un tema de traiciones y venganzas.

Se levantó del baúl como si tuviera un muelle bajo el trasero y apretó con fuerza los puños a ambos lados de su cuerpo.

—Niña, ¿tratas de tomarme el pelo?

—¿El blanco que tiene ahora o el de antes de esta transformación a lo Benjamin Button, pero al revés?

Rechinó los dientes con furia y se acercó al atril donde descansaba el libro de los padres fundadores.

—Bastian, deshazte de ella —le pidió—. Tenías razón, no tenemos tiempo que perder en nimiedades…

—A sus órdenes.

CAPÍTULO 35

ARIEL

De pronto, por detrás de mí aparecieron tanto Riku como Vega.

El primero iba con la espada de Arturo en la mano y la chica llevaba una daga para defenderse.

—¡Bastian, detente! —le ordenó a su hermano, colocándose a mi lado.

Este la miró y pude observar que hasta palideció.

—Vega, ¿qué haces aquí? —Miró a Merlín—. Me dijiste que ella no estaría.

—Tienes que madurar, Bastian. Tu hermana no importa —le indicó el mago, para sorpresa de todos los que allí nos encontrábamos. Le era indiferente mentir si con ello conseguía sus objetivos. Su comportamiento a lo largo de todo ese tiempo nos lo había demostrado—. El futuro hacia el que vamos es lo que importa.

El joven frunció el ceño, extrañado por sus palabras, pero siguió acortando la distancia que nos separaba con intención de cumplir las órdenes del mago.

—Bastian, no tienes por qué hacerle caso —le comenté, haciéndole dudar.

—Bastian, por favor... —le rogó Vega—. Sea lo que sea, lo solucionaremos.

El joven fijó la mirada sobre Riku, quien asentía con la cabeza, animándole a escucharnos.

—Bastian, recuerda lo que conseguiremos...

—¿Qué conseguiréis? —le pregunté a Merlín alzando la voz, cuando el hermano de Vega se detuvo por fin—. ¿Qué es eso tan importante que ha matado a tanta gente por el camino?

El mago me miró con desagrado y me apuntó con la pluma.

—El fin de la realidad que todos conocemos —nos explicó—. Un nuevo mundo, regido desde la coherencia y la verdad, que busca el beneficio de todas las personas que lo habitan. Unas leyes justas, con riquezas para todos y sin escasez para nadie...

—¿Una justicia que solo tú dictaminarás?

Arqueó una de sus cejas y me miró con prepotencia.

—Nadie más está preparado para ello.

Bufé y el sonido atrajo toda su atención.

—¿Me estás diciendo que todo esto es para establecer un nuevo orden donde quien mande seas solo tú? —Asintió con orgullo—. No serás más que un dictador demente que ha matado, asesinado y traicionado a amigos y conocidos, sin preocuparse de quién caía hasta lograr su objetivo.

—Era todo por un buen fin... —se defendió con arrogancia.

—Mataste a mis padres por ese fin —lo acusé—. A mi madre, una simple mortal que no quería saber nada de todo esto, y a mi padre, quien, después de verse cegado por el poder, quiso redimirse.

—Veo que Arturo te contó mucho más de lo que nos has revelado antes —indicó, y noté hasta un tono de humor en sus palabras que me enervó.

—¡Merlín, acabaste con mi familia por tus delirios de grandeza!

—Por un mundo mejor —apuntó, como si no hubiera escuchado nada de lo que le había dicho.

—Nos usaste como peones en el ajedrez, Merlín —le acusó Riku, y avanzó hacia él.

Este lo miró con desdén.

—Al resto sí —admitió, y vi cómo a Vega eso le afectó. Creía que le profesaba cierto cariño. Todos lo pensábamos, pero estábamos

304

equivocados—, pero ¿sabes...?, a ti te tenía guardado un lugar a mi lado, Riku —le confesó—. Eras tan valioso, tan fiel... Ese sentimiento tuyo de sentirte inferior por culpa de las traiciones de tus antepasados me era muy rentable. —Me miró con odio—. Pero llegó ella y lo fastidió todo.

—Bueno, por lo menos sirvo para algo, ¿no? —le dije, haciendo referencia a sus anteriores palabras en las que me describía como una inútil.

—Sí, para precipitar nuestros planes —reconoció—. Por culpa de tus ansias de venganza, tuvimos que acelerar todo lo que habíamos ideado...

—¿Por mi culpa? No sé lo que hice, pero... No, no lo siento —lo increpé, divertida.

Este gruñó e incluso sentí mayor alegría de haberle provocado el desasosiego que sentía en ese momento.

—Niña malcriada... —Elevó uno de sus dedos sin previo aviso y vimos cómo salía un rayo morado con intención de golpearme.

Riku se colocó con rapidez delante de mí sin que pudiera evitarlo, recibiendo él el impacto.

—¡No! ¡Riku! —Se cayó sin fuerzas delante de mí.

Me arrodillé a su lado al mismo tiempo que lo tomaba entre los brazos y comprobaba que seguía respirando.

—¿Qué le has hecho, cabrón? —solté sin medir mis palabras. Ya nada más me importaba.

—Merlín, de esto no hablamos —le dijo Minerva, al ver a Riku en el suelo, malherido.

—Cállate, Minerva. Estás mejor sin decir nada —le ordenó, y la joven apretó los puños con fuerza—. Lástima que fuera tu hermano el que murió. Me era más útil que tú... —comentó como si nada, asombrándonos a todos. Con sus palabras, daba a entender que todo lo sucedido con Axel podría haberlo maquinado también él.

—Merlín, eres un bárbaro —lo acusó Vega, colocándose a mi lado.

El mago se rio. Un sonido metálico que producía su garganta y que helaba la sangre de cualquiera que estuviera cerca.

—¿Sabéis?, me dais pena, porque en realidad no sois conscientes de que todo esto es por vosotros. Por vuestro bien. —Se colocó por detrás del atril y centró su atención en la página que tenía delante.

Bastian me miró y señaló a Riku, que buscaba captar mi atención, alzando la mano.

—Riku... —susurré su nombre, y agarré la mano que me ofrecía.

—Déjale. No puedes hacer nada más por él... —comentó Merlín, mientras escribía algo en el libro de los padres fundadores.

La mano del joven me apretó con fuerza al mismo tiempo que sentía una gran energía que provenía de él. Mi cuerpo comenzó a calentarse y las venas de mis brazos empezaron a iluminarse como en la cueva.

—¿Qué está haciendo, profesor? —se interesó Vega, colocándose por delante de nosotros. Debía haberse dado cuenta de lo que estaba sucediendo entre Riku y yo; quería escondernos de su mirada, además de distraerlo.

—Ay..., Vega, tenías tanto potencial —reconoció el mago sin mirarla—, pero no alcanzabas las cotas de tu hermano.

—¿Por eso lo sacrificó? —tanteó la joven, observando a su mellizo.

El chico agachó la mirada, avergonzado de esa realidad, y volvió a fijar sus ojos sobre Merlín.

—Lista sí que has sido siempre —admitió el profesor, alzando levemente la vista, para volver a centrarse en la página. Escribió algo más con la pluma—. Ya casi está...

—¿El qué? —insistió.

—El conjuro, amiga. —Escuché cómo los dientes de Vega rechinaron con ese apelativo. Quizás hace unos días lo habría admitido sin reservas, pero hoy no era de su agrado—. El problema de este librito dichoso es que lo importante no está completo

—explicó—. Para alcanzar el poder absoluto, es necesario modificar ciertas frases o acotaciones, y, para ello, poseer esta pluma es de lo más ventajoso. —Mostró la reliquia que tenía entre los dedos.

—Y hacerlo todo en el palacio de la familia de Ariel, ¿verdad?

El mago la miró, sorprendido de que poseyera esa información.

—Veo que has hecho los deberes, querida.

—Tuve un gran maestro —afirmó con cierto desagrado.

—Sí, es cierto —indicó—. El único sitio donde se puede lograr que el conjuro funcione correctamente es aquí.

—¿Y para eso necesitabas a Ariel?

Merlín se movió levemente mirándome, pero, como estaba agachada, pendiente de Riku, no lo hice caso. Mi atención estaba centrada en lo que el joven me estaba transfiriendo mientras ambos reteníamos el dolor que esa tarea nos provocaba.

—Ya que la Sirenita tardaba en convocar su don, podía ser más útil de otra forma.

—Liberando su hogar de la magia que lo encadenaba...

El mago movió la cabeza de forma afirmativa.

—Este palacio funciona como antena. Desde aquí, una vez lance el conjuro, proyectará su energía en ondas por todo el mundo. También el real —declaró—. Era necesario que enviara a Ariel para que lo intentara y, aunque lo logró, no podíamos esperar más tiempo. —Se volvió hacia el espejo que había tras él—. Gracias a este, y al gemelo que hay en el cuartel, pudimos trasladarnos hasta aquí para cumplir nuestra misión.

—Una misión que solo busca tu propio beneficio —lo acusó, y el hombre se rio.

—Puedes mirarlo como quieras, Vega. Cuando todo haya cambiado, comprenderás que yo estaba en lo cierto, y esperaré vuestras disculpas con una sonrisa.

—Desde un trono donde dictaminaréis lo que está bien y lo que está mal, siendo juez y juzgado —lo espetó.

Merlín movió la mano en el aire, como si alejara una simple mosca, y le dijo:

—Mira, ya. No tengo tiempo para más tonterías. Estoy trabajando. Bastian...

El hermano de Vega la miró y luego contempló al mago.

—No —se negó, acaparando toda su atención.

—Bastian, no tenemos tiempo —insistió.

El joven se colocó al lado de su hermana con los brazos cruzados.

—He dicho que no, Merlín. He cambiado de opinión, y creo que todo ese nuevo mundo que quieres crear será muy parecido a lo que viví bajo Arturo.

—Bastian...

Este volvió a negar con la cabeza, y Merlín alzó su dedo con intención de golpearle desde la distancia, como había hecho con Riku.

Minerva se adelantó a su ataque y lo empujó, para su sorpresa, desequilibrándolo.

—¡Déjalo ya, loco! —le gritó la joven, al mismo tiempo que el mago se defendía y le lanzaba con la mano uno de esos rayos mortíferos.

—¡Minerva, agáchate! —le ordenó Vega, tratando de llegar a su altura, pero le fue imposible.

La magia de Merlín la golpeó sin poder evitarlo y acabó en el suelo sin apenas respiración.

—Merlín... —lo llamé, incorporándome al mismo tiempo, y alcé mi mano derecha. Alrededor del brazo tenía un tatuaje negro que acababa de aparecer por arte de magia y mucho dolor—, se me olvidó contarte algo.

El mago, con la respiración acelerada, me contempló.

—¿Otra de tus tonterías?

Le apunté con la mano, lo que le permitió observar cómo mis venas se coloreaban de brillantes colores. El amarillo y el azul sobresalían, pero, junto al negro de Diablo, el morado comenzaba a parpadear con fuerza.

—Sí que he conseguido alcanzar mi don, ¿quieres verlo?

Apreté el puño un segundo, para abrir la mano a continuación, expulsando una ráfaga de luz que le impactó en todo el pecho.

Sus pies no consiguieron retener el golpe, lo que le llevó a chocar con la pared y rebotar sin que cesara mi ataque.

En cuanto cerré la mano, el fuego de mi cuerpo se detuvo y Merlín se desmayó delante de todos nosotros.

Todos nos miramos, incapaces de atrevernos a acercarnos al mago y confirmar su muerte.

Vi cómo Bastian le daba la mano a Vega buscando su fuerza y se trasladó hacia donde el cuerpo de Merlín yacía. Se agachó y le tomó el pulso con cuidado.

—Ya está...

—¿Ha muerto? —preguntó Vega, y su hermano asintió.

Un suspiro generalizado se extendió por la habitación y una triste sonrisa apareció en nuestras caras.

Vi cómo Vega se arrodillaba cerca de Minerva, rezando porque esta siguiera respirando, pero su gesto negativo con la cabeza fue lo único que necesitamos para saber que Merlín, antes de morir, había arrancado una nueva vida de este mundo.

—Sirenita...

Me agaché corriendo al lado de Riku y le tomé la mano de nuevo, pero esta vez por motivos totalmente diferentes.

—Ya se ha acabado —le informé, y una pequeña sonrisa apareció en su cara.

—Por fin... —suspiró y cerró los ojos.

Ya podíamos descansar todos.

EPÍLOGO

ARIEL

El principio, fue difícil.

Con sinceridad, todo principio siempre es complicado. Incluso en una novela que esté bien engrasada, el lector sabe que no es hasta que los personajes terminen de tomar forma que la historia no acaba andando sola.

Y nuestra historia comenzaba a caminar sola tras la desaparición de Arturo y... Merlín.

La noticia de que el mago había tramado el mismo propósito que el viejo rey desde el comienzo fue un golpe traumático para mucha gente. Los ideales que les habían inculcado, la misma lucha en la que habían combatido, se presentaban como mentiras ante sus ojos, y su vida carecía de sentido ahora que la verdad había emergido.

Pero, como en todo cuento de hadas que se precie, siempre hay unos héroes que consiguen que todo avance. Encarrilan la vida de los otros, los que necesitan la ayuda de los que en teoría más saben, y vuelven a dejarse guiar, aunque haya algunas dudas soterradas que no se terminan de aclarar.

Los especialistas eran los héroes de esta historia, aunque fueron los traidores en realidad...

—Muy confuso... —me dije, justo cuando Riku me besaba el cuello.

—¿Sigues con ese libro tuyo? —me preguntó, sentándose enfrente de mí en el gran salón del palacio de mi familia.

—Hay que añadir un apéndice al de los padres fundadores para los que vengan por detrás de nosotros y así sepan qué pasó.

—Tienes razón, Sirenita, pero, en vez de un pequeño documento adjunto a la biblia, terminarás haciendo una bilogía...

Me encogí de hombros y lo sonreí.

—Hay mucho que contar —afirmé—. Lo de Arturo y mi padre; lo de Merlín, y, además, añadir toda la explicación necesaria relacionada con las reliquias. No queremos que esa información sea tan escasa como la que nos encontramos nosotros y no puedan resolver algún problema serio, ¿verdad?

Se rio, y ese sonido me calentó las venas. Desde que ocurrió lo de la transmisión entre nosotros y Cuervo terminó en mi cuerpo, nuestra unión se había intensificado y ambos éramos más conscientes de las necesidades del otro.

—Recemos para que nuestros hijos no tengan que vivir ninguna situación similar a la nuestra, por su bien.

—¿Hijos? —le pregunté, levantándome de mi silla, para acomodarme encima de sus piernas—. Riku, me acabas de decir que quieres hijos...

Su carcajada se escuchó en todo el palacio y le correspondí con un beso en los labios.

—Yo no he dicho eso, Sirenita —me contradijo, aunque su voz no era tan firme como en otras ocasiones—. ¿Y tu abuela? —me preguntó de pronto, y supe que fue para cambiar de tema.

Miré a lo lejos, a través de la ventana desde la que se veía el barco amarrado a la pasarela.

—En el barco.

—¿Otra vez?

Esta vez fui yo la que me reí.

—Dice que le recuerda mucho al que comandaba el Capitán Garfio, y le gusta leer sus novelas en el camarote.

Riku puso los ojos en blanco.

—Y no andará lejos Vega, ¿verdad?

—Creo que me dijo que hoy estaría con su hermano en los laboratorios...

—¿Qué hacen esos dos ahora? —me preguntó, preocupado.

—Están estudiando una nueva reliquia que apareció de pronto en el mar...

Me miró con el ceño fruncido.

—¿Esa que parecía el tridente del rey Tritón?

Asentí y acomodé mi cabeza en el hueco de su cuello.

—Estoy cansada...

—Podríamos ir a nuestro dormitorio, aprovechando que nadie necesita a la reina...

Gruñí, ya que no me habituaba a ese título, y Riku se rio a mandíbula batiente porque sabía lo que pensaba del mismo.

Tras la muerte de Arturo y Merlín, el reino que estaba dividido hubo que unirlo de nuevo, y, aunque los especialistas fueron de gran ayuda para ese trabajo, se tuvo que elegir a un líder que decidiera por todos lo que era lo mejor.

Los habitantes del mundo de la fantasía optaron por mí, ya que pertenecía a la familia primigenia y, según su opinión, lo llevaba en los genes... Debates aparte de que si era o no importante la sangre de una persona para realizar ese trabajo, lo que me terminó por convencer es que me dijeron que sería temporal...

Íbamos ya para dos años...

Habíamos tardado en unir los dos reinos en uno solo, pero, cuando se consiguió, vinieron otros problemas y otras cuestiones que parecía que no terminaban de resolverse jamás.

—Lo de escondernos en nuestra habitación me tienta —comenté, y le di un beso en el cuello.

—¿El último hará lo que el otro le pida durante un mes?

—Que sean dos —le indiqué ya levantada, corriendo hacia la escalera de caracol.

Cuando pasábamos por delante de la estancia en la que se habían producido todos los acontecimientos que nos habían conducido hasta este momento —en eso sí que había que darle la razón a Merlín: sus actos hicieron que se construyera un nuevo mundo—, me detuve, olvidándome de la apuesta.

Crucé la puerta y miré al artesonado de madera del techo, donde estaban representadas algunas de las escenas de cuentos de hadas más emblemáticos. Me detuve en la esquina que tenía más cerca y vi una chica rubia, de cabellos castaños, con una caracola brillante en su cuello. A su lado había otra persona que aferraba a Excalibur.

—¿Admirando nuestro retrato? —me preguntó Riku a mi espalda.

Me abrazó la cintura y me apoyé en su cuerpo.

—Me parece increíble que formemos parte de este mundo...

—Este mundo es nuestro mundo, Sirenita.

—A pesar del pasado —comenté en voz queda, y sus brazos me apretaron con cariño.

—El pasado, pasado es...

—Y nuestro presente está por escribir —indicó, y me volví hacia él con una gran sonrisa.

—Con un futuro por descubrir. —Posé mis labios sobre los de él y nos dimos ese final que describen los cuentos de hadas, pero el nuestro era de los de verdad.

FIN

AGRADECIMIENTOS

Solo puedo agradecer el apoyo inmenso que he recibido desde el minuto cero por parte de los lectores con esta historia. Esta aventura está siendo increíble y, si no fuera por vosotros, nada de esto sería posible. Gracias.

Gracias también a mi familia. Son quienes más creéis en mí.

Y gracias a Ediciones Kiwi por apoyarme en esta odisea tan arriesgada. Sois increíbles.

Todo se esconde tras un «Érase una vez... un cuento al revés».

Redes de Naomi Muhn:
Instagram: @naomimuhn
Twitter/X: @NaomiMuhn